文聚千章

情真意切

梁柱生 著

天津出版传媒集团
百花文艺出版社

图书在版编目（C I P）数据

情真意切 / 梁柱生著 . -- 天津 : 百花文艺出版社 , 2025. 5. -- (文聚千章). -- ISBN 978-7-5306-9164-9

Ⅰ . I247.7

中国国家版本馆 CIP 数据核字第 2025N4E715 号

情真意切

QINGZHEN-YIQIE

梁柱生　著

出 版 人：薛印胜
选题策划：郑　爽
责任编辑：胡晓童
特约策划：曹亚虎
装帧设计：悟阅文化
出版发行：百花文艺出版社
地址：天津市和平区西康路 35 号　**邮编：**300051
电话传真：+86-22-23332651（发行部）
+86-22-23332656（总编室）
+86-22-23332478（邮购部）
网址：http://www.baihuawenyi.com
印刷：成都市兴雅致印务有限责任公司
开本：880 毫米 ×1230 毫米　1/32
字数：226 千字
印张：9
版次：2025 年 5 月第 1 版
印次：2025 年 5 月第 1 次印刷
定价：78.00 元

如有印装质量问题，请与成都市兴雅致印务有限责任公司联系调换
地址：成都市金牛区沙河源街道陆家桥社区
电话：028-83181689
邮编：610000

目录 CONTENTS

第一辑　值钱的文物

002 /　值钱的文物

005 /　虫变龙

012 /　美味爱情

017 /　最牛营业员

022 /　鳝变

029 /　为官如茶

036 /　云腿月饼

043 /　北海之恋

049 /　晚婚

055 /　来自清朝的借条

062 /　鸽子红娘

067 /　生死邂逅

072 /　心灵收纳瓶

第二辑　一块猪肉

080 /　一块猪肉
084 /　大豆玉米
089 /　白领黑领
096 /　哭声
101 /　爱情只有悬念
108 /　双赢两江汇
115 /　复现爱情
120 /　三个粽子和一个女人
129 /　兰花运
135 /　那个年代的相亲
139 /　棋枰三角
148 /　瓜豆满楼

第三辑　春雷

156 /　春雷
159 /　给母亲最棒的礼物
164 /　老同
172 /　绵竹年画
181 /　家书上的爱
187 /　钻洞
194 /　变脸
199 /　龙行天下
206 /　过年“鸿门宴”
211 /　扶贫轶事
217 /　幸运号码

第四辑　爱的印记

222 /　爱的印记
227 /　奇怪的志愿者
232 /　光明
239 /　舞者之恋
245 /　标新立异的舅舅
252 /　火中情
255 /　乡土之交
260 /　甘孜之行
265 /　抢红包
270 /　咂酒飘香
276 /　创优

第一辑　值钱的文物

值钱的文物

封四是村里的贫困户，光棍，县博物馆对口帮扶他，具体联系人是馆长梁智。梁智在封四家里里外外察看时，发现墙角那儿有只肮脏的青釉瓷碗，就习惯地拿起来看看，还两眼放光地用指甲刮掉上面的污垢端详。

“这碗是干吗用的？”梁智问。封四说：“喂狗用的。”“狗呢？”“嘿嘿，吃掉了。”封四不好意思道。同时想，文化人就是怪，还对一只喂狗碗感兴趣。唉，自己运气孬，让一个清水衙门来帮扶，刚才送的都是啥子嘛，一袋米，一桶油，两百块钱，跟打发讨口子似的，哪像村里的潘七，县财政局帮扶，财大气粗，一给就是两三万块，养了一大群羊。

转完后，梁智说：“你屋后有片山林，可以发展芦花鸡养殖。”

“说得轻巧，哪来的本钱嘛！”封四没好气道，好像对方欠了他钱似的。

“这样吧，你把这只喂狗碗卖给我，我给你一万块钱。你就用这钱来买鸡苗发展养殖业。”

啥子，这只喂狗碗值一万块钱？封四瞪大了眼睛。生怕对方后悔，立马答应：“行！可我上哪儿去买这么多鸡苗呀？”言外之意是不想养。

“我帮你联系。”梁智说着掏出手机打电话。一会儿，某农业有限公司送来了一万元的芦花鸡苗四百只。

梁智把一摞扎好的现金交给封四，那是一万元。封四从来没拿过这么多钱，手都有些发抖。可钱还没有拿热，就得交给送鸡人，依依不舍地。

梁智说："这些小鸡，只要你好好养，五个月后就能长成四五斤重的成年鸡，到时公司负责收购，两百元一只。四百只就是八万元，扣除各种成本，你至少能赚五万块钱。"

梁智等人走后，封四满耳的鸡叫声。家里没有喂鸡的东西，怎么办？只好扛上那把锈迹斑斑的铁锹，引上鸡群，到荒芜多时的坡地上挖蚯蚓喂鸡。

此后，封四天天上坡掘蚯蚓给鸡吃。不知不觉，就把自家的坡地翻了一遍。封四趁机点上玉米。玉米越长越高，芦花鸡也越长越大，很快就有两斤多重了。封四嘴馋，想杀鸡吃。

他逮鸡时，在他屋后山林里放羊的潘七见了，就过来跟他聊天。得知那只喂狗碗被梁智以一万元买走后，潘七跌足道："你亏惨了。我从网上看到，某人到乡下买了一只也是喂狗用的青釉瓷碗，结果咋样？价值一亿元！"

"一亿元是多少？"封四问。

"就是一万捆一万元哪！你家有那只喂狗碗，就是亿万富翁了，还扶啥子贫！"

封四后悔不迭："可我已经卖掉了……"

"反悔呀！梁智这哪是买，简直是抢，还打着帮扶的幌子！你把他的电话号码给我，我给他打电话，咋能这样欺负乡下人！"

封四去把联系卡拿来，上面有梁智的手机号。潘七把手机拨通后说，他是封四的朋友，封四那只喂狗碗不卖了，想要回来。

"已经成交的买卖，咋能出尔反尔！"梁智不悦道。

"不好意思，那是人家的传家宝，虽说用来喂狗……"

"好吧，他把一万元退我，我就把碗还他。"

封四高兴地抢过手机说："梁馆长，一言为定，我这批鸡再过两个月就可以出栏了，我把鸡卖后，就把钱还你！"

如此一来，封四非但不敢吃鸡，还更加悉心喂养。两个月后，芦花鸡出栏。梁智和公司人员一块儿前来收购。封四卖了鸡，得了八万元，拿出其中的一万元交给梁智，后者把那只喂狗碗还给他："其实，这只青釉瓷碗是新中国成立初年生产的，文物价值不大。"

"不是说价值一亿元吗？"封四愣住了。

"价值一亿元的那只青釉瓷碗，我也看了报道。那碗是明朝宣德年间的，当然值钱了。""这只喂狗碗，到底能值多少钱？""几百块吧。""那你当初为啥子要以一万元买下？"

梁智笑道："那一万块钱，其实是单位给你的帮扶资金。如果直接给你，你肯定觉得这钱来得太容易，用起来大手大脚。而把它变成你出售文物的所得，性质就不一样了。把鸡养到两斤多重，你馋嘴发作，想吃鸡，但这只喂狗碗把你卡住了，一举两得，哈哈！"

原来，梁智在帮扶之初，就从表弟潘七那儿知道封四的致贫原因是懒惰和嘴馋，所以出点子让他养殖芦花鸡。而要把四百只小鸡崽儿养大，人根本就懒不起来。鸡一饿，那叫声铺天盖地，令你坐立不安，只好去给鸡找吃的，平息它们的叫声，渐渐地，再懒的人，也会变得勤快。至于封四嘴馋的毛病，同时也给治住了。

说完，梁智把那一万元重新拍到封四的手上。

封四听后很感动，帮扶人员真是用心良苦哇！他把六万元拍到收鸡人手里："你到公司再给我拉六万元的鸡苗过来，我已养出经验，我要扩大规模。虽然脱了贫，但我还要奔小康！"

虫变龙

一

认识梁八的人都说他儿女双全有福气，却不知他心中的苦恼。

梁八的第一个孩子就是女儿金枝。

梁八觉得女儿也挺好的，到时招个上门女婿一样能养老，所以对女儿呵护有加。从取名看，他就视孩子为金枝玉叶，因为他不知从哪儿听人说过“女儿要富养，儿子要穷养”，可家里没钱，咋个富养？只好让女儿衣来伸手，饭来张口，有好东西首先给她吃，处处让着她，不使她受委屈，长大后也不让她干农活。有一次，娘去扯猪草，小金枝出于好奇也跟去帮忙，扯着扯着，突然看到猪草里有一条胖胖的豆绿色的猪儿虫，吓得一声尖叫，哭着跑开，那一小篮猪草也不要了。为这事，小伙伴们很是耻笑了一阵。梁八责怪老伴，从此不再让女儿干活，只叫她好好念书。

在金枝上幼儿园那年，妻子生第二胎，原以为也是女儿，这样就可以取名为玉叶，却是个儿子。也好，家里穷，正好穷养。儿子用不着起好名，就叫狗剩，像家里那条狗一样，粗茶淡饭，爱理不理，做错事就打骂。有时狗剩觉得委屈，说爹偏爱姐姐，梁八就把眼睛一瞪：“你是男的，能跟女的相比吗？”

转眼间，孩子都长大成人。读书均不行，金枝高中毕业，狗剩初中肄业，都先后回了村里务农。狗剩因从小严格要求，手脚勤快，吃苦耐劳，成为父母的好帮手；金枝娇生惯养，落下懒散毛病，整天玩手机，后来出去打工，也没一分钱交给家里；甚至有一年，连回家过年的盘缠都无。梁八叫儿子给女儿转钱购车票，狗剩怒“怼”：“不转，要转你转！”

“我不是玩不来微信嘛！”梁八第一次低声下气道。儿子虽然还未成年，可个头儿已经比他还高，孔武有力，论武力，当爹的可能已经不是对手。

“哼，这种懒人，谁娶谁倒霉！”狗剩继续发泄。

梁八不高兴了：“有你这样说姐姐的吗？”

“你真以为她是金枝玉叶说不得？都是你们从小惯的，溺爱是溺不是爱！网上有段视频，一个女人当街扇她老娘的耳光，噼里啪啦，十分响亮，众人都同情那老太婆，我不，我认为扇得好，这就是她溺爱出来的好女儿！”

这话也像掴梁八的耳刮子，他无言以对。

春节后，金枝回来了，跟男朋友一道。男朋友是江苏省连云港农村的，两人在打工中认识，很快坠入爱河，现在谈婚论嫁了。

梁八把儿子的初中课本《中国地图册》找出来一看，连云港在海边，距离四川足有 3000 多里。嫁这么远，以后受了委屈，娘家咋个帮得上忙？可看看女儿微微隆起的腹部，生米已煮成熟饭，不同意也不行。

金枝说，连云港地处平原，比四川老家的丘陵好，还说江苏的啥子“鸡的屁”（GDP）总量全国排名第二，比四川排名靠前。

只念过两年小学的梁八平时看电视也听说过“鸡的屁”，晓得这玩意儿好像跟经济有关，“鸡的屁”越多的地方越富。搞不懂“鸡的屁”是干啥用的，会不会是兑鸡尾酒喝？四川人可都不吃鸡屁股……既然江苏比四川强，那就行吧！

二

不久金枝结婚。梁八很快当外公。从女儿传来的视频看，小家伙一天天长大。

“唉，嫁这么远，想去看看外孙都不方便！”梁八常这么说。

其实他更担心金枝受到委屈。异省他乡，举目无亲，她适应吗？都怪小时候惯她，让她养成懒散的毛病，如果像爹妈或狗剩这么勤快，到哪儿都会适应的。梁八首次对“富养”女儿懊悔起来。好在现在通信发达，金枝遇到不顺心的事儿就打电话诉说。

正想着，女儿又打来视频。原来她跟丈夫承包了 25 亩地种大棚黄豆，长势不是很好，想让爹过来瞧瞧是咋回事，因为爹是种豆能手。

梁八一听，气不打一处来：“黄豆贱得很，哪里用得着建大棚？我看你们卖黄豆所得还不够大棚钱！”

金枝嘟嘴：“在大棚里都长不好，露天就更长不好了！”

“黄豆要跟玉米间种才行。玉米高，喜光，根子浅，主要吸收上层土的养料，需要氮肥比较多。大豆呢，低矮耐荫，根系扎得比玉米深，能吸收下层土的养分，主要需要磷钾肥。大豆根部有根瘤菌，能吸收空气中的氮气制造成氮肥供玉米需要——这是镇上的农技员说的，也是我摸索出来的……”

老伴在一旁道：“又不是叫你讲课！是请你到地头指导，你就跑一趟吧。咱们还没出过省哩，高铁也没坐过，也该去见见亲家和外孙。”

梁八嘴硬：“高铁有啥坐的，不就比一般铁路修得高，都建在桥上，那得花多少钱哪，所以高铁票卖得贵！”

狗剩也赞成父母出去走走：“反正现在春耕才开始，家里那点儿农活还不够我一个人干。”

梁八对儿子的踏实肯干很放心，就答应下来。

两人坐高速动车组列车赶到连云港时，正是吃晚饭的时候，女儿女婿准备了一大桌好吃的。老伴问外孙呢，女婿说在老家父母帮忙带，他们两个在这儿赁房租地创业。

梁八听后心里一沉：搞啥子名堂哟，种黄豆你比得过机械化大面积生产的东北大豆？就算你建大棚能早些上市，也赚不到啥子钱。但他不好一见面就训斥，便闷闷地问："你们的地在哪儿？"

"屋后的大棚都是。先吃饭，你们坐了一天车，早饿了。"女婿说着给岳父斟上一杯酒。酒香把梁八的不快一扫而光："好香，这是啥子酒？"

"这是我们连云港的特产徐福酒。"

"就是秦始皇派他带 3000 童男童女出海去寻找长生不老之药的那个徐福？"

"是呀，他是我们本地人。"

梁八轻抿一口，馥郁弥漫，周身通泰："好酒，喝了徐福酒，俺也长生不老啦！"众笑。

老伴给他搛几箸菜："你尝尝这个，美味得很！"

梁八一看，那菜长圆条，小指大小，嫩白色，有些像剥了壳的虾仁。夹到嘴里一嚼，齿颊留芳，妙不可言；一连嚼了几个，大呼过瘾："好吃，山珍海味也不过如此！这是啥子菜？"

女儿说："豆丹。"

梁八没听懂，女婿笑着解释："就是用豆子精华制出的仙丹，简称豆丹！"

梁八恍然大悟："也是徐福发明的？难怪这么香！"

这顿饭他吃得很满意。

三

梁八有早起的习惯，窗子一泛白就醒了。看手机，才五点半。他赶紧起来，到屋后看看。那儿建了不少大棚，塑料薄膜上凝着露珠。

掀开门帘进去，空气十分污浊闷热。里面种的黄豆，叶子几乎都被虫子吃光了！蹲下细瞧，每株黄豆秆上都爬满了蚕一样的猪儿虫，看得他毛骨悚然！

逐个瞅完大棚，全是这样，梁八不由得愤怒了：虫害到了这个地步也不晓得打打农药，懒成这样，还创业！他真想把女儿女婿从被窝里拖出来训一顿，想想忍住了：反正身上带了钱，上街买农药帮他们除除虫吧！

当地不少人早起。一个穿古代服装的老太婆蹲在房前磨铁杵，边忙活边对屋里什么人咕哝："你就不能帮一下忙，待会儿我还要去排练。"

梁八以为历史穿越了，遇到了"铁杵磨成针"，可看看自己并未变成小李白，就走近细瞧，原来对方正在擀一条条泡死了的猪儿虫！每擀一下，猪儿虫就扑哧一声皮肉分离。

这是干吗呀？梁八觉得恶心，就懒得问，继续往前走，心想大概是城里人为了减啥子压，就拿这些蛆虫出气！

又看到几个人在擀虫子，他就忍不住问了："你们弄这个干啥？"对方头也不抬："卖钱。"

梁八想可能是卖给宠物店喂鸟的，也就把这事抛到了脑后。埋头穿过十字路口时，一位市民朝他喊："莫闯红灯，小心被擀了豆丹！"后半句梁八没听懂，但他还是停了步。

对面有家农药门市部，可门关着。一瞧老年机，才七点半。梁八决定先去吃早餐。他往前走时，一辆轿车停到了旁边。扭头一看，女婿开车，女儿坐在副驾驶座上。

“你们终于起来了！”梁八不高兴道。

金枝说：“我们五点钟就去给各大宾馆送货了，顺便给您和妈买了早餐。您起这么早干吗，多睡一会儿嘛。”

“我睡不着，我去买农药！”梁八火暴道。

女儿大惊：“买农药干啥！”

梁八吼道：“你们种的黄豆，都快让虫子吃完啦，再不打药，连种子都收不回来！”

金枝舒了口气：“爹，我们种黄豆就是为了让虫子吃的，虫子越多越好！”

啊，这是为啥？！梁八愣住了。

回到家，女儿问父亲：“您的胃不痛了吧？”

经这一说，梁八才发现多年的胃痛没感觉了。“咦，好了，不痛了！”

“那是因为昨晚吃了豆丹。”

“豆丹到底是用啥来做的？怪好吃的。”

“豆青虫，就是咱们老家说的猪儿虫，我小时候最怕。”

“啊！”梁八目瞪口呆。

金枝说：“就像成都人爱吃兔头一样，连云港人喜食豆丹。豆丹的原料豆青虫以吃黄豆叶子为生，天然无毒无公害，肉浆是一种特佳的高蛋白食物，去皮后做成菜肴，不但味美，还可治疗胃寒等疾病。价格比黄豆高得多，常常卖到每斤400多块钱，节假日甚至涨到上千元数千元一斤。如果是反季节，比如现在，更贵。所以我们独辟蹊径，投资养殖豆青虫，每茬赚个十几万没问题，一年能养好几茬，天冷时就用大棚来养。”

“那你叫我来……”梁八不解。

女儿笑笑：“一是看您这个种植能手能不能让黄豆多长些叶子好让虫子吃；二是治一下您的老胃病；三是让您和妈出来玩玩，不然你们老舍不得。另外，我刚才给婆婆打了电话，下午公公婆婆带小孙子过来跟咱们团聚！”

母亲说：“太好了，你们想得真周到！”

梁八欣慰道：“女儿呀，你变勤快了，我们也就放心喽！”

金枝说：“成家后不勤快，只好去喝西北风。爱情能使虫变龙，也能使懒人起早贪黑。女子本柔弱，为母则刚强！”

美味爱情

容州被戏称为舌尖上的城市，不假。容州好吃街随处可见，各种小吃美食脍炙人口。在这个连空气都飘着香油味道的地方，人们自然特别好吃、能吃、会吃。

有没有人把容州美食挨个儿吃了一遍？有，他就是容州最牛好吃嘴——梁山。牛到什么程度？早上从容州坐飞机到首都，中午在北京饭店贵宾楼吃完饭，抹抹嘴，再坐飞机返回容州，一周一次，雷打不动！

远在北京的美食尚且如此，更别说容州本地的各种美食了。“民以食为天”这句老话在梁山身上得到最好的诠释。你说“秀色可餐”，他说“餐可秀色”，只要有美食，他能把一切置之度外，故而三十岁了，还是光棍一条。

梁山能有今天，也缘于好吃。

20 世纪 80 年代后期，毕业于建筑学院的梁山下海搞基建，恰此时容州一家宾馆请来一批粤菜厨师。那时候，容州很少有人吃过鲍鱼、燕窝、海参这些高档菜品。由于梁山重视质量，讲求信誉，在建筑行业越做越大。

之前梁山在当地品美食留下了很大的遗憾，除了咸味，他没感觉到其他的美味，跟他想象中的相差甚远！有的菜根本不该那样做，真不知那些厨师是怎么搞的？这么鲜美的食材做出那样的味道，简直是暴殄天物！直到有一天出差北京，吃了正宗京菜后，他才惊呼：“此菜只应天上有，人间哪得几回尝！”从此如痴如狂，开始了坐飞机赴京吃食的漫漫之旅，一周不吃，心就痒痒。

这天下午，梁总正要去订机票，这时姑妈走过来说："机票我已为你订好了。"梁山说谢谢，要把钱还给姑妈，姑妈说："你表弟在你公司里干活，我哪还能收你的钱？"见梁山硬要给，她就说："要不这样，你请我到美味楼去撮一顿？"

梁山眼睛一亮："行！就算我谢媒，虽说没有成功。"

原来，此前姑妈给梁山介绍过不少对象，但都没有成功。没成功的原因是那些姑娘不会做菜或做出来的菜让梁山大摇其头。

梁山驱车来到美味楼，进了小包间。美味楼除了囊括容州两百多种小吃外，还推出不少美食。服务员沏茶，递上菜谱，梁山看也不看，便说："就我和姑妈两个人，把你们的特色菜端五六个上来就行了。"

服务员领命而去。梁山和姑妈边看电视边等菜。

不一会儿，梁山闻到一股熟悉的香味，恍惚间，他仿佛来到了北京饭店贵宾楼，直到门被推开，他才猛醒过来。服务员笑盈盈地端着一大盘菜走了进来。

梁山定睛一看：京菜系中的名馔！

北京名菜，烹饪工艺十分繁杂。

"美味楼啥时推出名菜了？"梁山吃了一惊。

服务员回答："这是今天才推出的新菜。"

"为什么不打广告？"梁山问。姑妈打趣："没经你这容州最牛好吃嘴品尝，他们哪敢擅自打广告？"

梁山一笑，只见盘中色泽饱满，金黄醇厚，柔滑透亮；他深吸一口气，芬芳馥郁，沁人心脾，醇香浓烈。他再也忍不住："姑妈，请！"

梁山品其味，翅肉软烂，柔顺糯滑，多汁，香、鲜、滑、润交融，齿颊互芳，口舌生津，不忍咽下。吃到一半，加入调料，别有一番滋味；末了拌以米饭，浓汤醇香，米饭清香，众香融汇，馥郁透脑，胶饧盏底，妙不可言！

梁山意犹未尽地慨叹："比北京饭店做的还好吃！"

"这下，你用不着坐飞机去吃了——坐飞机的费用，能多吃好多。"姑妈调侃。

梁山对服务员说："厨师的手艺不错！我想见见厨师，麻烦你去喊一下。"

可服务员微笑着没有挪步。"这是商业秘密吗？"梁山问。服务员回答："不是。""那是因为什么？""因为厨师就站在这儿！"

"你？！"梁山瞪大了眼睛。姑娘说："没错，我做的，能得到容州最牛好吃嘴的赞赏，深感荣幸！"

"梁山，我介绍一下，"姑妈站起来说，"这位美女厨师叫甘田，毕业于北京一所著名烹饪学校，厨艺十分了得。你们两个一个会做美味，一个会尝美味，相信一定会有共同语言。好啦，你们谈，我出去办点儿事。谢谢甘姑娘！"姑妈说完，走了。

梁山摸摸后脑勺，原来是相亲哪！这姑妈，弄得我一点儿准备都没有！

冷场一会儿后，梁山很快调节过来。他没话找话："你是美味楼的厨师？"甘田摇摇头："不，我只是客串一下。美味楼老板跟你姑妈原先是同事，所以为我提供了这么个一展身手的平台。原料是我从北京带来的。"

梁山不解："你为什么要这样做？"甘田一笑："这是秘密。"梁山问："你认识我姑妈？"甘田说："她跟我妈妈是高中时的同学。"

梁山"哦"了声，问："美味楼对你的厨艺满意吗？"甘田说："满意是满意，但老板胆子小，认为菜肴太名贵会没有销路。其实，通过市场调查，我发现容州这些名贵菜肴很少，而且不齐全，味道也有待提高。随着人们生活水平的提高，这方面的市场潜力巨大。”

“英雄所见略同！”梁山忍不住赞叹，“如果容州有饭店推出这些佳肴，我还用得着每周坐飞机到北京去一饱口福吗？”

甘田笑道：“现在厨师有了，原料也不成问题，可英雄无用武之地。”梁山说：“女英雄放心，你会很快拥有用武之地！”

梁山不顾父母和朋友的反对，斥资涉足餐饮行业，在容州黄金地段开了家“好吃嘴联盟”，挖掘推出古往今来的珍馐，全力打造“天下第一味”。

梁山招了一大帮名厨，任命甘田为厨师长，负责菜品的烹饪质量。“好吃嘴联盟”在美味上狠下功夫，菜品的味道，做菜厨师把第一道关，甘田把第二道关，梁山把第三道关。只有梁山满意了，才能端给客人。

因味道极佳，食客还是源源不断，图的就是味蕾的享受。没多久，到“好吃嘴联盟”请客吃饭成了身份的象征。

局面打开后，梁山更加注重质量。他规定，当天没用完的汤必须全部倒掉，虽然从卫生标准来看没有这个必要，但梁山受不了，他觉得即使顾客吃不出味道的变化，但菜品的味道肯定会受到影响。有个厨师觉得这样太浪费，就偷偷把汤留到第二天用，鲜味不够就用味精提味，结果梁山一尝就尝出来了，二话没说，就把那个厨师辞退了。

甘田求情：“那是我表哥，做燕窝、鲍鱼很有一套，还是把他留下吧。”

“不行！”梁山铁青着脸说，“餐饮靠什么立足？靠的就是美味！如果把饭菜做得像猪食，会有顾客吗？咱们打造的是‘天下第一味’，这‘味’不但是美味，更是名贵！顾客会在味道上特别挑剔，这很正常。我必须把自己当成一个顾客，一个严厉的顾客！菜品只有经得起我的挑剔，才能经得起顾客的挑剔！”

由于坚持不懈抓质量，“好吃嘴联盟”越做越大，在西安、重庆、贵阳、昆明等地都开了分店。

在共同打拼中，梁山跟甘田的爱也瓜熟蒂落，两人携手迈向婚姻的殿堂。

新婚之夜，梁山问他的新娘：“我一直搞不明白，你的烹饪技艺怎么比北京饭店的主厨还高？”甘田说：“很简单，因为我爸是北京饭店的主厨，我在北京饭店实习时，经常得到他的指点，青出于蓝胜于蓝。”

“那你为什么要到容州来帮我？”

甘田俏皮一笑：“因为你坐飞机赴京品味美食的‘行径’让我感动。”

“就为这个？”梁山有些不信。

“当然不是，”甘田说，“有一天我下班走出北京饭店，看到你把一个被自行车撞倒的老太太送往医院。这事不大，但深深感动着我，你有一颗善良的心，所以，我就决定到容州来了。”

最牛营业员

如果您到广西红石村口杂货铺买东西，一定会认识那位“史上最牛营业员”。牛到什么程度？今年九十九，开店八十年，东西一抓准，看秤眼不花，心算快又好，找钱不会错。

这位最牛营业员就是梁培才大爷。

这天，杂货铺来了一男一女两个年轻人。女的是个购物狂，一口气报了十几种要买的东西，数量各不相同。她报完没多久，梁大爷就把她所需的东西拿到了柜台上，之后逐一心算，一会儿得出总额：“七十元四角六分，收个整数，七十元。”那女的呢，还在手忙脚乱地摁带来的计算器。摁完一对照，跟梁大爷说的毫厘不爽！

“‘最牛营业员’，果然名不虚传！”女青年惊奇道，之后自我介绍说，她是县电视台《牛年我最牛》栏目的主持人，想给梁大爷做期节目。

经她这样一说，梁大爷才明白过来，怪不得刚才干活时，那个男青年一直在旁边摄像。

梁大爷愉快接受采访。

女主持人：“您的长寿秘诀是什么？”

梁大爷呵呵一笑：“就俩字：开店。”

梁大爷说，他小时候跟父亲一块儿放蜂，逐花而动。蜂蜜、蜂胶、蜂王浆收上来后，他就摆在路边卖。他虽只有高小文化，却酷爱算术，心算能力很强。没事时，他就看那些从旧书摊上买来的中学数学课本，之后演算课后的习题，乐此不疲。

梁培才十九岁那年，放蜂有了一定的本钱，父亲就在村口修了栋房子，并开间杂货铺，以卖蜂蜜制品为主。

那天，财主的女儿青葙来买蜂蜜。她小梁培才两岁，在县女子中学念高二，周末回家。在所有的功课中，数学最令她头疼，以致失眠，所以她前来买蜂蜜服用，蜂蜜具有改善睡眠和护肤美容的作用。

在梁培才舀蜂蜜时，青葙看到柜台上摊着一本用包装纸订成的本子，上面又是数字，又是公式，还点缀着坐标和各种图形，就拿过来看，竟是那道困惑她多时的解析几何难题！

“你会做数学？”她惊喜地问。梁培才说：“目前还没碰到过能难倒俺的数学题。”“你能不能辅导我？”“可以，不懂的题尽管拿来。”

起初财主不同意，认为男女授受不亲，所以把女儿送到县女中去念书，可女儿的数学成绩一直上不去，他请过不少女家教，但都没有什么效果。财主把那些连女家教都做不来的难题交给梁培才，梁培才如获至宝，东西也不卖了，跑到一边做题，一会儿就把题全部解了出来。财主一对答案，全部正确！这才决定让梁培才辅导女儿。

在梁培才的帮助下，青葙的数学成绩直线上升，很快跃居前茅，一年后考上大学。在此期间，竟没有一道题难倒梁培才。为此梁培才自号“难不倒”。青葙不服气，找老师要了道世界难题给他做。这难题是：“只用圆规和无刻度直尺，三等分任意角。”梁培才目光灼灼地问：“我解出来你怎么办？”泼辣的青葙说：“解出来你就成了世界名人，我就嫁给你！”

“一言为定！”梁培才执着青葙的手说。

青葙在大学里受到新思潮的影响。财主大惧，连忙把她弄回来，嫁给当时村主任的儿子。青葙不从，绝食反抗，只喝水。青葙为家庭安排所迫，生米已煮成熟饭，只好嫁鸡随鸡，嫁狗随狗。

梁培才大失所望，为了忘记痛苦，一闲下来就钻研那道世界难题，但毫无进展。后来他想开了，自己跟青葙无缘，一是地位悬殊，二是没有把那道难题解出来，怪不得哪个。不久，他跟一位村姑成了亲。

青葙时不时到杂货铺来买东西，两人都把往事埋在心底。只是每次见面，青葙都要问："那道题解出来了没有？"梁培才说："还没有。"

一晃二十年过去，村里解放了，梁家跟青家的地位倒了个个儿。梁培才的父亲被推选为村贫协主席，他本人也被任命为供销社代销店主任，杂货铺的规模扩大了，生意也越发兴隆。

青财主和伪村主任两家的浮财没落，日子很难过，梁培才就暗中资助他们，青葙很感激。资助的方式很隐秘，青家父女拿钱到杂货铺去买东西："多少钱？""五块。"梁培才说着收了钱，把东西交给他们。其实，在青家父女所购之物的包装纸里，梁培才暗中塞了五块钱，相当于把收上来的钱返还他们，货物白给。如果没有梁培才资助，他们都活不出来。

即使在那个"读书无用"的年代，梁培才仍坚持研究那道世界几何难题。开始时，他在纸上比画，但太费纸张，他找来一块铁钣，在铁钣上反复打草稿，反复试验。后来，他找到了一点儿眉目；又过了十年，终于破解这道世界难题！此时，他已是一位白发苍苍的古稀老人，他和青葙的老伴都已辞世。

在青老太到杂货铺来买东西时，梁大爷兴致勃勃地拿起圆规和直尺，在一块木板上演示给青老太看。他只用八个步骤，不到三分钟，就把这道世界难题做了一遍。

青老太把解题方法寄给儿子——省城一所知名大学的数学教授看，胡大爷的解题方法是对的！

半个多世纪的心血没有白费，梁大爷激动得老泪纵横。青老太也替他高兴。擦干泪水，梁大爷说："你当时说过，只要我把这道题做出来，你就……"青老太满是皱纹的脸上泛起了红晕。

可两人向各自的儿女委婉提起时，犯起了难。梁家儿子说："黄土都埋到脖子了，还闹这个，你不嫌丢人，我嫌丢人！"

教授给青老太打电话："妈，你住不惯大城市，所以我让你留在村里，村里空气好，有利于养生。我每月给你寄一千块，有吃有穿，你还要咋样？梁叔虽帮过咱们，可这些年你天天光顾他的杂货铺，相当于回报了他……"

青老太无言。

后来，两家儿子分析，梁大爷跟青老太之所以起结婚这个怪念头，是因为青老太隔三岔五到梁大爷的杂货铺去买东西，日久生情。以前只以为他们是老年人之间的正常交往，哪料到两人搞起了黄昏恋！为了阻止他们的情感继续发展，儿女们决定调虎离山！

杂货铺搬不走，梁大爷也没地方去，他的亲戚都在村里，只有一个办法：把青老太弄到城里去住，理由是她有冠心病，城里的治疗条件比村里好得多。

青老太进城那天，梁大爷提一大瓶优质蜂蜜去为她送行，他说蜂蜜能促进消化，润肺止咳，保护心血管，提高免疫力，延年益寿，祝她以后的生活比蜜还甜。

青老太把手伸出车窗去拿，可儿子却开动小轿车，一溜烟跑了。

梁大爷在村口站了半天。

讲完故事，这位"最牛营业员"叹了口气："从那时起，又过了二十年。因天天爬山收蜂蜜，所以我身子骨还硬朗；因天天卖东西，心算，所以我耳聪目明，没得老年痴呆症。"

女主持人问："锻炼的方法很多，是什么力量让你九十九岁了还坚持卖东西，成为'最牛营业员'？"

"这个嘛，一是闲不住，二是希望有朝一日青莉突然到店里来买东西，给我一个惊喜。”梁大爷擦了把泪，继续对着镜头说，“别叫我‘最牛营业员’。我牛什么呀，一点儿也不牛，连跟青萙过日子的愿望都实现不了。”

栏目组告辞时，梁大爷又说：“我上了电视后，希望青萙能看到，早点儿回来！”

参与送行的梁家儿子叹了口气。青老太三年前就去世了，他一直没把这消息告诉父亲。

鳝变

一

红石村有两大能人：一个是村主任高克坪。高克坪承包村里的纸厂，年年收购稻草，放到石灰池内浸泡，之后用机器打成浆，压制成黄纸板，晒干后卖钱。另一个就是养殖黄鳝的梁善。黄鳝具有保肝明目、美容养颜、增强脑力等功效，城里人很爱吃。梁善靠养鳝鱼，赚得盆满钵满，成了致富带头人。

梁善想把村子打造成黄鳝村，成立合作社，扩大影响，树起“红石黄鳝”品牌——从名字看，这一红一黄的，就很吸引人。可高克坪却说：“拉倒吧，这儿野生黄鳝那么多，一入伏，就纷纷钻出来，哪里还用得着养？”

的确，一到夏天的晚上，村民们就纷纷拿上电筒，到才插了秧苗的水田里捉黄鳝，之后拿到市场上出售。可禾苗长茂密后，就没法逮黄鳝了，吃现成也就那么几天。

梁善见村干部不支持，就挨个儿找村民谈养黄鳝的好处，可大伙吃惯了现成，都不愿意投资，怕有风险。说到最后，只有贫困户范九跟他学习鳝鱼养殖。

范家门前有个大集体时用砖头水泥修起来的氨水池。范九把池子清洁消毒后，填上一些泥土，用竹笕从屋后引来山泉，养鳝池就做好了。梁善给他 20 条雌鳝，让他试养。当时村文书从旁边经过，笑道：“只给母鳝，不给公鳝，咋个繁殖呀？你这个善人哪，善事做到底嘛，公母都给一些，这样阴阳才平衡。”梁善说："他主要是学习养殖技术。"

三年后，范九把养鳝技术学会学透，便想扩大规模，恰好上头给村里拨了一笔扶贫资金。当时村支书长期患病住院治疗，村里的大权落到了村主任高克坪的身上。

他把所养的黄鳝捉一半出来，觉得太少；再捉些吧，自己以后拿什么养鳝？就打算去逮些野生的来。

此时是仲夏，禾苗已长得密密麻麻，没法到水田里捉了，只好到河滩上碰运气。黄鳝喜欢在夜里出来乘凉觅食。范九一手用木棍挑着以铁丝编成的火篮，火篮里燃着几根松明子，一手持一把半米多长的竹剪，剪口削有锯齿状的小牙儿。

河水浑浊，火光昏暗。范九瞪大眼睛，一看到水里有条状的模糊影子，马上快速地把竹剪伸过去夹，有时就夹起了黄鳝。鳝鱼虽滑，可竹剪上有齿儿，所以挣扎不脱。

到天亮，那个小木桶里就装了不少黄鳝，估计有三四斤。范九便哈欠连天地打道回府。

回家后仔细一看，有两条黄鳝特别粗。用秤一称，竟有一斤多！这么大的黄鳝，范九还是头一次看到，便决定留下一条做种，因为梁善说过，粗大的黄鳝都是雄性，正好给池里养的雌鳝配种。

范九把养殖的十条雌鳝与捉来的野生黄鳝混在一起，装到塑料袋里给高克坪提去。高克坪喜笑颜开地接过说："难得你有这份心。"

范九喜滋滋回来。几天后，吃过午饭，就到村主任家去打听消息。还没走拢，便见一辆救护车呼啸而至，停在高家门口。众人七手八脚将昏迷不醒的高克坪抬上车，车子绝尘而去！

"高主任咋啦？"范九吃惊地问惊魂未定的村主任老婆八姑。后者看到他，愤怒地扇了他一耳光，母狮子一般吼道："你安的是啥子心？给他送望月鳝！我老公要有个三长两短，老娘跟你没完！”

范九摸着火辣辣的脸，愣住了。

望月鳝，他听说过，据说此鳝喜欢钻到被水浸泡的坟墓里吃腐尸，所以有毒，常在月圆之夜抬头望月，故名。望月鳝很少，万中有一。难道给高主任送的鳝鱼里就有望月鳝？

范九为了撇清关系，本能地辩解：“我送的黄鳝都是自己养的！黄鳝的种苗，是梁善给的，咋个可能有毒？！”

八姑怒道：“我就晓得姓梁的不是好东西，为了当村主任，竟下毒手！你甭走，警察来了！”

二

一辆警车开到跟前。县公安局刑侦大队长带领警察和电视台记者下车调查村主任中毒的经过。八姑说：“他爱吃黄鳝，中午我给他做了一盘红烧黄鳝，吃后他就中毒了……”

“你怎么没中毒？”大队长职业性地质疑。八姑吞吞吐吐道：“我嫌腥，从来不吃那东西。”“黄鳝是从哪儿来的？”“范九送的望月鳝！”八姑一指范九。

大队长看过古书，上面记载过望月鳝有毒之事。他逼问范九：“你为什么要给村主任送望月鳝？”

“啥子望月鳝哟！那是我自己养的黄鳝，鱼苗是梁善给的。”范九叫屈。

大队长到范家养鳝池察看，几条黄鳝正静卧水底。范九瞥了一眼，那条最大的野鳝钻到了泥里，没有现身。大队长把梁善叫来：“这些鳝鱼是你给范九的？”

梁善脸色苍白，摇了摇头：“不是。”范九一下子瞪大了眼睛，知道对方怕事上身，急道：“咋个不是？你当初给我的鱼苗，我都养了三年了！”梁善说：“我当初给你鱼苗不假，可我给你的都是雌鳝，这个村文书可以作证，但你现在池子里养的，全是雄鳝！”

范九听后一愣。大队长也感到奇怪：“你连看都没看一眼池里的鳝鱼，怎么就知道它们全是公的？”梁善不屑道：“因为我是养鳝大户，未卜先知。不信？你随便抓一条黄鳝出来解剖，如果不是雄性，你砍了我的头！”

大队长往水池里撒了些饲料，趁黄鳝浮上来吃食时，捞起一条解剖，发现精巢发育齐全，果然是雄性！

范九愕然。把剩余九条养殖鳝鱼捞上来解剖，也全是公的！这就奇了怪了，好端端的雌鱼怎么变成了雄鱼？难道养殖过程中有人调包？不会呀，平时为了防止水鸟飞过来吃鱼，他在水池上方做了个铁丝网盖子，并用锁锁上。网眼只有绿豆大，黄鳝不可能进出。盖子也没有被破坏的痕迹。这些雄鳝是从哪里来的？原来的雌鳝又到哪儿去了？难道藏到了泥里？

范九把池水放干，跳进去将稀泥逐一刨了一道，只捉到那条大野鳝，并没有其他鳝鱼！

高克坪吃了范九所送的鳝鱼中毒，难道这些雄鳝都是望月鳝？大队长叫范九把解剖的十条雄鳝煎熟喂狗，可狗吃后，啥事没有，还意犹未尽地舔舔嘴巴。那村主任中毒又是怎么回事？

“你给高克坪送的，全是自己养的黄鳝吗？”大队长问。

事到如今，范九不敢再隐瞒，只得如实说：“因为我只养了20条黄鳝，给村主任送十条，觉得太少，就又去抓了些野生鳝鱼，其中就有一条像这条野鳝这么大，一斤多重。”

八姑说：“我老公吃的那条黄鳝，就跟这条野鳝一模一样！”她说，范九把黄鳝送过来后，高克坪看到有一条特别大，就决定先吃。老婆杀黄鳝时，他特别叮嘱：“你把鳝血给我留着，我要竞酒喝。”老婆把大鳝杀死后，高克坪一连几天都有应酬，鳝血鳝肉只好搁在冰箱里，一放就是七天，直到今天中午才有时间吃，没想吃后就中毒了。

梁善听后，冷哼一声。

难道高克坪吃的那条大黄鳝就是望月鳝？因它跟手中这条野鳝相似，大队长就决定带回去研究。而这时，县人民医院传来消息：经过洗胃等措施，高克坪抢救过来了。

八姑拍拍胸口，瘫软在地。

三

刑侦大队长松了口气，但一心想找出真凶。回到公安局后，就到单位食堂要了个水缸，把那条大鳝放进去，内装半缸水，水缸搁到院子中央。月亮出来后，那条大鳝果然浮出水面望月！人一走近，它便潜入水中。一会儿，又浮出头来望月……

大队长高兴地给梁善打电话："经试验，那条大鳝就是望月鳝！高克坪中毒，就是误吃望月鳝所致……"

梁善却问："望月鳝为什么有毒？为什么望月？您知道吗？"

大队长摇摇头："不知道。只晓得古书上写过望月鳝有毒，吃不得。"

"望月鳝最早见于明代的铅山县。当时该县造纸业非常发达，驰名中外的连史纸就产于此。连史纸以嫩毛竹为原料，经过浸、沤、洗、蒸、煎、漂、槌、晒、碓、洗等工序制成，其中不少工序都在水里进行，每天都有大量污水向外排放，久而久之，水域受到严重污染，生活在此的鳝鱼也日复一日地通过食物链，不断在体内积蓄毒素，成了有毒物质的携带者。鳝鱼越大，生活时间越长，体内的毒素就越多。人吃了这样的鳝鱼，能不中毒吗？这就是所谓的望月鳝。"

大队长点点头："有道理。那为什么中毒的鳝鱼要望月？"

"鳝鱼是用口腔、喉和表皮进行呼吸的。鳝鱼好静，一般静卧水底。而中毒后的鳝鱼由于体内严重缺氧，只好把头伸出水面去呼吸，尤其到了晚上，更是如此，只是没有月亮的晚上，人们没有发现罢了。”

“这么说，范九抓到的那两条大黄鳝都是中了毒的鳝鱼？”

“不仅那两条大黄鳝中了毒，村里所有的野生鳝鱼都中了毒，只是程度不同而已。罪魁祸首就是纸厂排出的污水。这次中毒，可以说是高克坪自己毒了自己。”

“排污不达标，为什么不关闭纸厂？”大队长问。梁善习惯性地冷哼一声。

几天后，市环保局执法大队到村里调查，关闭了纸厂。高克坪的表哥、县环保局局长被停职。正是局长的保护，天天放毒的纸厂才支撑了这么多年。

事后，梁善知道是刑侦大队长推动的。

高克坪垮台后，村民们一致选举梁善当村主任。没有纸厂争夺水源，梁善在村里大力发展鳝鱼养殖。通过电视台对上次高克坪中毒事故的报道，消费者们都知道，最好别吃野生黄鳝，一是寄生虫多，二是可能有毒。人工养殖的鳝鱼一时成了抢手货，这更加刺激了村里鳝鱼的养殖。

梁善免费给养殖户送鱼苗，自然都是送雌鳝。有人不解，只送雌鳝怎么繁殖？这位村主任笑道：“养了几年后，它就会变成雄鳝了。”

原来，黄鳝雌雄同体，卵巢先发育，所以它们小时候都是雌性，这个时期的鳝鱼体长在 24 厘米以下。3 岁左右，发育成熟并产卵后，卵巢开始萎缩，精巢开始发育，进入一种“雌雄间体”的状态。到了 6 岁，就彻底变成雄性了。这个时期的体长都超过 24 厘米。

另外，鳝鱼的血有毒，不能喝。吃鳝鱼也一定要吃活的鲜的，不能吃死鳝，因为死鳝体内含有较多的组胺酸，组胺酸能分解生成有毒的组胺。鳝鱼死亡时间越长，毒性越重。上次高克坪中毒，一是那野生大鳝本身就有毒，二是他喝了鳝血，三是鳝鱼杀了七天后才烹饪，含有大量的组胺。

范九恍然大悟，同时不解地问梁善："事发那天，你为啥不承认我池子里的鳝鱼是你给的？"

梁善笑笑："因为那些黄鳝已从雌性变成了雄性，我可以不承认哪。不承认，留个悬念，深挖中毒背后的故事。"

为官如茶

李富走出监狱大门，四下里看了看，恍若隔世。他在里面待了整整一轮，世事沧桑。

李富正在感慨，一辆小轿车开了过来，停在他前面。司机喊了声“老李”，李富以为是喊别人，没在意。司机又喊了一声：“李富！”

李富这才疑惑地走近前，细看对方，却是昔日的部下赵茗。赵茗笑道：“老同学，上车吧。”

李富本能地现出一丝尴尬。不过，十多年的牢狱生活早已把他的面子磨没了。有车坐更好，省得自己去赶车，而且不知到哪儿去赶。李富这样想着上了车。“你怎么知道我今天出来？”他竟有些好奇地问。

赵茗边开车边说：“我去看外孙，回来经过这儿，看到走出大门那个人有些像你，仔细一看，果然是。”

其实，那是因为赵茗的女婿在监狱里当狱警。

“十几年了，难为你还认得我。”李富听后自嘲道。赵茗瞥了他一眼：“谁叫咱们是同学，还共事多年？”

李富感到一丝温暖，他问：“退休后，你现在干什么？”赵茗说：“解甲归田。”“我不信，你是个闲不住的人。”“真的，退休后我回了老家。老同学，到我老家住两天吧，我们好好叙一叙。”

李富没说什么，表示默认。自从入狱后，众叛亲离。老婆跟他离婚，他贪污的钱，她可没少用；一心想当兵的儿子，因为他，政审未过关，抱恨终天，跟他划清界限……他现在出来了，但他无家可归。

一个钟头后，车子在一栋小洋楼前停下。赵茗说："到了，这是我老家同心村。"

李富下车，空气异常清新，忍不住深呼吸两口。看看四周的坡地，全都种着一行行墨绿的茶树，像一条条蜿蜒的龙。村姑们一边采茶一边唱歌，不时传来银铃般的笑声。

李富一下子明白了，怪不得赵茗能在乡下待住，原来这里有茶。茶是赵茗的命。他原名赵明，初中时爱上喝茶，高中时就改名赵茗，高考时的第一志愿，就报华西农业大学茶叶系。大学时，因其茶学知识丰富，经常引经据典，被同学们称为茶博士。

"老同学，这是在我指导下建起的标准化生态茶园，还可以吧？"赵茗指指前面的茶田问。

"不错不错，到底是茶博士。"李富由衷称赞。

"大学时学的东西，能为家乡建设贡献点儿余热，我感到很高兴。走，出去转一转。"

两人在茶垄间走，边走边谈，时而停下来察看茶树的生长情况。渐渐地，丢了多时的茶学知识，又回到了李富的脑海中。他想：如果一直搞茶，像赵茗这样，也许就不会有后来的牢狱之灾了。

走累后，两人来到一家露天茶摊坐下。赵茗点了两杯绿茶。李富看到周围的房子修得不错，还陈列着许多展板图片，就饶有兴趣地上前观看。赵茗解释说，这是镇上打造的"人生如茶"廉洁文化教育基地。近年来，县里依托茶产业发展基础和自然资源禀赋优势，紧紧围绕"深化廉洁教育，助推产业发展"主题，以同心村标准化生态茶园为载体，强化廉洁文化教育，从喝茶品茶之中感悟如何做人、如何为官、如何处事的人生哲理，大力营造"以廉为荣、以清为尚"的良好社会氛围。

“这个廉洁文化教育基地，我也参与了策划。”赵茗说着，进屋去拿出一本《人生如茶》交给李富，“这本书收集了晋、唐、宋、清到近现代茶诗108首，很值得一读。”

李富接过书，明白了赵茗请他过来的目的，那就是“补课”，虽说有些晚，但是也不晚，他才61岁，余生还有几十年。

两人回到茶桌边坐下。李富渴了，端起茶杯喝了一口，感觉一缕清爽从口腔通过喉头直达五脏六腑，所有风尘顿时被过滤一空。李富闭起眼，又呷一小口，细细品味，齿颊留芳，神清气爽。

“你们村的茶真香啊。”李富忍不住赞叹。

赵茗笑笑：“你已经很久没喝过茶了吧。”

李富点点头：“自从当了精制车间主任，我就不喝茶了，改喝咖啡，觉得喝咖啡时尚、洋气、有品位。喝咖啡我喜欢加糖，结果越长越胖。当了副厂长、厂长后，咖啡也只喝进口的，就连方糖，也用进口的。”

“你追求甜腻，追求享受，追求所谓的品位，结果，渐渐滑向深渊。如果你喝茶，不但能消灭多余的脂肪，使你身体健康，还能让你保持清醒的头脑，在是非面前有一个正确的判断。人生如茶，为官更如茶。”

这种理论，李富还是第一次听说，因此道：“愿闻其详。”

赵茗是廉洁文化教育基地的义务讲解员。他侃侃而谈：“为官的真谛是实干。请看杯中茶，好茶不浮于表面，吸饱水分后，便静静沉于杯底，默默吐露芬芳。领导干部也要这样，不能做一些浮夸的表面工程，而要在寂寞中沉下心、静下气，在实干中不骄躁、不浮躁，做一名实干家，真真正正为人民群众办实事，为党和国家解难忧。”

李富点点头。

“为官的真谛是纯净。你我都是学制茶专业的，知道反复的冲泡是检验茶叶好坏的重要手段。真金不怕烈火炼，好茶不怕沸水泡。品质最好的茶拥有纯洁的灵魂，能经得住岁月的修炼和人性的考验，多次浸于滚水之中依然茶香四溢，用朴素的悠长，诠释内心的坚定。领导干部要有底线，要有信仰。好干部的底线是道德，好干部的信仰是人民。面对群众、党和国家，要耐得住温度的施压，忍得了反复的冲泡，目不眩于五色之惑，绝不丢失半点初心，如此这样，方得始终。”

李富低头沉思。

“真谛是善学。流动的泉水，水质清、轻、活、甘、洌，最适合泡茶。不同的岗位，任务多、重、杂、难、累，最适合锻炼。在现实生活中，有的人不适应新的工作岗位，但仍然尸位素餐，原因就是没有得到‘流水’的系统训练。好的茶叶不能用自来水冲泡，换成活水则徐徐生香。铁打的营盘流水的兵，应对自身的考验与提升，炼出勇于担当、敢于作为的一股茶香，修出不畏险阻、一心向前的一品茶韵。”

李富慨叹：“没想到喝茶竟有这么多哲理，可惜我知道得太晚了。”

“一点儿也不晚。这个村子叫同心，为官的真谛也在于同心。老同学请看杯中，一根根看似单薄的茶，却在拥簇中凝练、总结、吐露芳华，看似混成一团，实则并无二心。要团结，走进群众，团结同事，与人民群众打成一片，和领导同事搞好关系。可你当了厂长后，常搞一言堂，干部职工提的意见，你都听不进去。自以为没人监管，何苦来哉？”

“的确非常不划算，可当初就没想到这一层，总觉得别人东窗事发是因为他太笨，以我的高智商，一定能‘平稳过渡’，哪知一样……在狱中，我常想，到底是谁告发了我？”

赵茗冷冷地问：“你想打击报复吗？要想人不知，除非己莫为。因为贪污受贿，你把茶厂拖到了倒闭的边缘！”

李富连忙说："我刚被抓时，曾恨过那个告发者，可入狱后，我感谢那个告发者。因为当时我已收不住手，疯狂敛财，利令智昏，如果他不告发，我贪污受贿的数目超过一定的额度，就要判死刑了。今天得以跟老同学在一起喝茶，还要感谢那个告发者。"

"那个告发者就是我。我不能眼睁睁看着你把茶厂搞垮，所以到区纪委检举了你。检举你，就是挽救你！"

李富一下子握住赵茗的手："老同学，谢谢你及时拉了我一把！我把茶厂搞垮，致使职工们下岗，你回老家种茶，我很对不起大家呀！"

"你的确对不起大家，但后来茶厂起死回生了。我大刀阔斧改革，力挽狂澜，终于把厂子救活，第二年就扭亏为盈，渐渐地，开发的产品越来越多，销路也越来越广。我退休的前一年，单位已更名为华西茶厂有限公司。现任厂长是一位茶学博士，真正的博士，不是我这种歪博士。"

品完茶，李富站起来说："在哪儿跌倒，就在哪儿爬起。老同学，我决定回老家发展茶业。我老家藏王寨有一片 50 多平方公里的山区，山上有几千亩的野生茶树。我要把这些野茶开发出来，为当地老百姓增收。"

"这个主意很好。我借你 20 万元启动资金。""谢谢！"

李富回到藏王寨，正是清明前一周。随着气温回升，山上的野生茶树都冒出了新芽。李富在村委会旁边贴出告示，请村民们上山摘茶，他大量收购。可村民们都不相信他，知道他刚刚走出班房，去摘茶，岂不是让他贪污了，自己白忙活。李富就背上背篼去摘。摘满一背篼后，他交给一位孤寡老人，叫他背到村委会过秤。过秤后，李富马上给他付钱。这下村民们相信了，纷纷上山摘茶。

李富没事时，也加入摘茶队伍。因为经常爬山劳动，他很快瘦了下来，脚步轻盈多了。

茶叶摘下来后，李富就把老家的房子改造成制茶作坊，将生茶叶加工成绿茶。因为跟青茶、黄茶、红茶、黑茶相比，绿茶的制作工艺相对简单得多，不过越是简单的东西，要做到更好往往也越难。

杀青、揉捻、干燥……李富埋头干了起来，大学时学的制茶知识，源源不断地涌现出来。李富边干边教那些愿学制茶的村民。

在所有步骤中，最关键的是杀青，对绿茶的品质起着决定性的作用。

把铁锅烧到二三百度高温后，将茶叶倒进去，一边抖杀，一边闷杀。抖杀就是将叶子扬高，以利于水分的散失，青草气的挥发，使清香透发，防止叶色黄变。闷杀就是加盖不扬叶，使热蒸气在叶内作短暂的停留，迅速提高叶温，彻底破坏酶的活性，促进有关物质的水解和转化，使芽叶杀匀杀透，避免产生红梗红叶。

“抖闷结合，多抖少闷。”李富一边示范，一边讲解。

五六分钟后，杀青完毕，进入揉捻阶段。分冷揉与热揉。冷揉，就是把杀青叶晾凉后揉捻。热揉则是杀青叶一出锅就揉捻。嫩叶宜冷揉，老叶宜热揉。嫩叶一般要揉 20 多分钟，老叶则要重压长揉，解块分筛，分次揉捻，总时间一般不超过 50 分钟。

揉捻后晒干，绿茶就制成了。

“明前茶，贵如金。”因是野生茶，毫无污染，品质极佳，一投放市场，极受欢迎。李富通过自己的劳动，掘到了出狱后的第一桶金。花着用汗水挣来的钱，李富心里踏实而自豪。

第二年，他扩大规模，购买滚筒式杀青机代替铁锅杀青，大大提高了效率。不过揉捻还是用手工。

这天，李富正在作坊前面用簸箕晒茶，看到村口开来一辆小轿车，三人下车，沿着小路朝他家走来。定睛一看，走在前面的是前妻和儿子，走在后面的是老同学赵茗。

李富的眼眶，一下子湿润起来……

云腿月饼

中秋节前一个月，一年一度的月饼大战又拉开帷幕。

这天，云香糕点城老板梁家旺的母亲云珊罗老人把儿子叫到跟前："儿啊，娘想吃块云腿月饼。"梁家旺说："好，咱们店里的云腿月饼已经上架了，我现在就去给你拿块来。"母亲摇摇头说："我想吃正宗的。"梁老板说："咱们做的就是正宗的云腿月饼，得了合香楼的真传，有一百三十多年的历史，广告词里一直这么说。"老人摇了摇头。

梁家旺退出来后想，母亲今天是咋啦，活了七十八岁，咋个突然想吃正宗云腿月饼？昆明哪家糕点店烘烤出来的云腿月饼不号称正宗云腿月饼，可又有谁去考究？难道母亲对云腿月饼有研究？可此前一直没有显露的迹象啊，或者……

为了遂母亲的愿，梁家旺想了想，就叫儿子骑上摩托车，把昆明所有糕点店里卖的云腿月饼各买一块来，包好，贴上不干胶，写上店名，然后交给老太太品尝，如果老太太尝出哪块是正宗的，正好可以加以研究，对自己烘烤的云腿月饼进行改进。

几天后，儿子跑遍昆明所有的大街小巷，把各糕点店里卖的云腿月饼一网打尽。梁家旺把月饼交给母亲，母亲各切一小块下来，碾碎，用放大镜仔细看里面的配料，又认真地尝了尝，都一一摇了摇头。

"啥子，都不正宗？"梁家旺惊讶地问，"难道你对云腿月饼有研究？"云珊罗老人叹了口气，说研究谈不上，略知一二而已——

清代咸丰年间，舒兴阿从北京到昆明担任云南巡抚时，带来了两位专门为他制作膳食的满族大师傅胡善、胡增贵父子。为了维持生计，后来胡家父子就用从京城宫廷学来的手艺制作糕点，在昆明街头摆摊卖饽饽点心，简易的包装纸上都盖着三个桃红色的印章：合香楼。

有了本钱后，胡氏父子就开了家合香楼糕点铺，几经研究，创造出了云腿月饼。云腿月饼的配料非常考究，味道十分鲜美。每年月饼一上市，铺子就天天门庭若市，里三层，外三层，有时要人从头上递钱才能买到。到了 20 世纪 40 年代末，甚至要请警察来维持秩序。

那时，云珊罗十八岁，是合香楼附近一家大户人家的丫鬟。有一次上街给太太买东西，回来时抄捷径，走一条偏僻小巷，不想却遭遇流氓。云珊罗大声呼救，这时冲来一个壮实的小伙子，几下把流氓砸跑。

惊魂甫定后，云珊罗问："你是不是合香楼做糕点的师傅？"小伙子问："你咋个晓得？"云珊罗说："因为你每拳出去都像是砸饼子。"小伙子呵呵一笑："没错，我就是合香楼砸饼子的，天天砸，砸惯了，如果再砸几下，那小子就成肉饼了。"

梁家旺听到这儿，插嘴问母亲："那个救你的小伙子叫啥子名字？"母亲沉浸在对往事的回忆之中："他叫龙潭，是合香楼的大师傅，只有他晓得云腿月饼的秘方。"

梁家旺表示怀疑："他一个伙计咋个会晓得？"

老人反问："他不晓得，咋个制作月饼？是这样：原先胡老板想招他为婿，所以把祖传秘方告诉了他，可后来老板娘嫌他出身贫寒，没同意。这是后来我才晓得的。"梁家旺哦了声，又问："那，后来合香楼呢？"老人黯然说："1956 年公私合营后就不存在了，不过，在 20 世纪 40 年代，合香楼的生意好得不得了。我们家老爷太太都很爱吃。"

1948年中秋前几天，云珊罗从太太那儿接过钱，到合香楼去买月饼。到近一看，又是里三层，外三层，拥挤不堪。她一个女孩子怎么好意思去挤啊，只好站在一旁等人少了再去买。可等了老半天，人一点儿不见少，反而好像越来越多。

不把月饼买回去，今天咋个交差？云珊罗只好硬着头皮上前去挤。她一去挤，身后马上就贴了几个流里流气的男人，借拥挤之机对她进行骚扰。云珊罗呵斥也不是，忍受也不是，只好憋红着脸儿从人堆里突围出来，急得眼泪直打转儿。

这时，又有伙计把新出炉的云腿月饼端了出来。那伙计看到云珊罗，打了一声招呼："嗨！"云珊罗定睛一看，却是龙潭！因店内很嘈杂，人又多，云珊罗就向他招招手，示意他出来。龙潭从侧门出来后，云珊罗就上前说："你能不能帮我买一下月饼，人太挤了，我等了半天也没买到。"说着就掏钱，却发现钱不见了！

云珊罗一惊，马上反应过来：一定是刚才那个在她后面蹭来蹭去的秃子偷去了！云珊罗急忙转到店堂来寻找秃子，可秃子早已没了踪影。

钱掉了，咋个买月饼啊。云珊罗急得要哭。龙潭说："不要紧，你要好多月饼，先提去，账先记到我脑壳上。"说着把云珊罗所需的月饼包好递给她。

攒了两个多月，云珊罗才把丢失的月饼钱攒够。那天傍晚，她到合香楼去还钱，顺便买些太太喜欢吃的糕点。才进店，就有一个硬邦邦的东西顶在她的背后，同时传来一声低喝："不许动！"云珊罗回头一看，只见一个满脸杀气的黑衣大汉手持短枪对着她，吓得她一下子瘫软在地……

讲到这儿，老人的脸上出现了痛苦的神情。她显得有些累，就仰到躺椅上闭目休息。梁家旺见状，轻手轻脚出来。没想到，母亲的经历竟是如此曲折，如此丰富。

此后几天，梁家旺一直在思考这个问题：母亲对所买来的云腿月饼都细看细尝了一下，均觉得不正宗，这说明龙潭及他的后人没有从事糕点业，那么，只要把龙潭或他的后人找到，就有可能找到云腿月饼的真正秘方！可人海茫茫，上哪儿去找？梁家旺冥思苦想几天，终于有了个主意。

云香糕点城跟省卫视一个频道有广告业务往来，因此，梁家旺决定将今年的月饼广告翻新：赞助一期访谈性质的特别节目《中秋时节话月饼》。在录制节目时，云珊罗老人被邀请为特约嘉宾，到演播室讲述云腿月饼的历史。在主持人循循善诱的引导下，云珊罗老人沉入了对往事的回忆之中——

那次云珊罗去还钱时，遭遇了特务。原来，特务得到情报，这天傍晚有个女地下党要到合香楼接头。特务很快对合香楼进行布控。特务头子以为云珊罗就是前来接头的人，可当他把云珊罗拎到旁边的杂物室，掏出照片一看，才发现不是，抓错了人。但云珊罗的美貌使他产生了邪念，他把前门一关，将云珊罗往桌子上一扔，就欲图谋不轨。云珊罗苏醒过来，一边拼命蹬腿，一边大声呼救，但特务头子狞笑着掐住她的脖子，很快压了下去……

在这千钧一发的时刻，只听啪的一声响，特务头子木头一般倒到了地上。云珊罗定睛一看，只见跟前站着一脸冷峻的龙潭，手里拿着两片砸烂的饼模，再看那倒地的黑衣大汉，两条腿抽搐不已。

“快起来穿好衣服！”龙潭低声说，他把手中的烂饼模一丢，蹲下去从特务头子的尸体上摸走手枪。之后拉着云珊罗的手从后门跑了出去。出去没多久，四周就警笛大作……

两人专往黑暗的偏僻小巷跑，终于摆脱追捕。龙潭说：“珊罗你莫事，只是以后不要再到合香楼去。我犯了人命，昆明不能待了，事不宜迟，今晚就走！”“你准备去哪里？”“坐小火车到河内去躲一躲！”

“我跟你一起去！”云珊罗说，“你救了我两次，你是好人，我跟你一起走！”龙潭说：“两个人走太显眼，再说，我的钱都放在寝室里，身上没带一分钱……”云珊罗这才想起她到合香楼去是还钱的，马上把身上所有的钱掏出来交给龙潭。龙潭说：“珊罗，少则两月，多则半年，等风头一过，我就回来或者叫个朋友到昆明来接你！”

云珊罗心细，问：“如果你叫朋友来接，我咋个晓得他是你派来的？”龙潭想了想，就从身上掏出一张纸，嗤地撕成两半，一半交给云珊罗：“我们一人拿一半。如果我叫朋友来接你，我就让他拿上我这半张纸，他接你时，只要这两张纸能合到一起，你就跟他走！”

跟龙潭分手后，云珊罗天天思念他，同时庆幸他当晚就离开了昆明，因为第二天全城贴满了捉拿他的通缉令。

两个月后，通缉令日晒雨淋变得很模糊了，龙潭没来接她；半年后，龙潭没来接她；一年后，龙潭还是没来接她。此时云南已解放。云珊罗失望地回了位于滇池边的老家。

龙潭为什么没有回来接云珊罗？为了互动，主持人把这个六十年前的谜交给观众朋友推测。观众纷纷拨打热线电话，参与竞猜：1. 龙潭在逃亡途中遭到不测，被火车乘警逮住；2. 龙潭到河内后不久，饥寒交迫，客死他乡；3. 龙潭适应越南生活，在当地安家乐业；4. 龙潭可能回来找过，可阴差阳错没有找到，就又失望地走了……

中秋节那天，云香糕点城来了一位五十多岁的汉子，说要找云珊罗老人。梁家旺问他是谁，汉子说：“我叫龙虎，龙潭的儿子！”梁家旺十分惊喜：“你是龙潭的儿子？你爹呢？”“他在两年前就过世了。”龙虎说，“前几天我在卫视上看到你们那期节目，所以特地来替我爹看望一下云珊罗老人，了却一桩心愿。”

梁家旺把龙虎带到老母亲那儿，龙虎扑通一声给老太太跪下："云阿姨，我爹对不起你家（您）呀，我来替他向你家（您）道歉！""这是啥子话！"云珊罗老人颤巍巍地把龙虎扶起，之后仔细端详，"像！像龙潭的样子！"

原来，龙潭当年逃到河内后不久，即被当局莫名其妙地关进了监狱，四年后才出来，辗转回国，到昆明一看，今非昔比。云珊罗以前当丫鬟的那家大户人家的房子早已被分给穷苦人住。龙潭问那些住户认不认识一个叫云珊罗的女人，住户都摇头说不认识，没听说过。龙潭又在昆明找了一段时间，见实在是大海捞针，只好失望地回了西双版纳老家。几年后，他在当地娶妻生子。

为了养家糊口，龙潭后来开了一家糕点店，但他一直没有制作云腿月饼，虽说他知道云腿月饼的秘方，但他觉得那是合香楼的祖传专利，既然自己现在跟合香楼没有瓜葛了，就不能再使用——用现在的话来说，就是知识产权应该受到保护……

"说起云腿月饼，我也晓得一些。"云珊罗老人说，"那时昆明人都把云腿月饼叫火腿四两砣，因为最初制作时，每个月饼都有四两重。云腿月饼分酥皮、硬壳、荞面几种，其中硬壳那种最好吃，入口很酥，但不飞屑。馅儿呢，甜中带咸，咸中带甜，又糯又香，真个好吃呀。"梁家旺笑说："怪不得老妈突然想吃正宗云腿月饼。"

龙虎说："我爹临终时交给我一个竹筒，说有朝一日我能找到云阿姨时，就把这个竹筒交给她，他说那是一个约定。"说着从布袋里拿出一个碗口粗的竹筒递给云珊罗老人。竹筒一头带节，另一头用木塞塞着。老人颤抖着双手接过竹筒，仔细看了看，之后叫儿子把竹筒破开，并嘱咐："里面有张重要的纸，竹筒慢慢地破。"

有张重要的纸？那肯定是云腿月饼的秘方！梁家旺兴奋地接过竹筒，竹筒有些沉，摇摇，啷啷直响，不会是纸吧？梁家旺疑惑地拿过菜刀小心地把竹筒破开——

里面是一个略小一些的竹筒，也一头带节，另一头用木塞塞着。又破开，里面又是一个更小的竹筒……如此四次后，梁家旺终于破开最后那个小竹筒，果然有张纸！他迫不及待地拿起来一看，却大失所望：不过是半张发黄的合香楼云腿月饼的包装纸！

云珊罗老人却激动万分地接过那半张包装纸，两行浊泪从昏花的老眼里流了出来，最后竟泣不成声。梁家旺和龙虎面面相觑。他们当然不会知道，她盼这半张纸盼了整整六十年！

情绪稍微平静后，云珊罗老人从怀里掏出一把带着体温的钥匙，叫儿子打开墙角那个陈旧的皮箱，把箱子里那个同样陈旧的梳妆盒端过来。老人拉开梳妆盒的抽屉，从里面拿出半张发黄的纸，在桌面上一拼，两张半纸天衣无缝地合到了一起，是一张生产日期印着“民国卅六年”的完整的合香楼云腿月饼的包装纸！

梁家旺和龙虎看后惊讶不已，这就是龙潭所说的“约定”！

忽然，梁家旺发现母亲那半张纸上写着一连串文字和数字，就凑过来看，谁知母亲却伸出枯手一把盖住：“不属于你的东西，你不能看。”

“那是啥子？”梁老板不解地问。

“云腿月饼的配料秘方。”云珊罗老人平静地说。

北海之恋

罗秀一走出北海火车站，眼前就是一方辽阔的大海。她静静地眺望一会儿，就直奔银滩。

这时，从旁边的椰林里走出一个黑瘦的小伙子：“小妹住店吧，我们涠洲酒家的位置最好了，不但离沙滩近，还可以看日出，收费也便宜。”

罗秀见四周的旅馆都差不多，就跟小伙子进去。吃了午饭后，就拿上相机到沙滩去，虽说此时太阳正大。

银滩果然名不虚传，沙子细得跟才磨出来的米粉似的，太阳一晒，耀眼的白。水边，不少穿着泳装的游客正在嬉戏游泳或坐在遮阳伞下堆沙玩，只有罗秀一人穿得如此整齐，显得有些另类。

“嗨，给我闪一张。”身后有人喊。

罗秀回头，却是那个拉客的伙计。他只穿一条游泳裤，浑身黑得像泥鳅。罗秀见他已摆好姿势，就举起相机摁快门。可在摁快门的刹那，一条大狗跑了进来。“咔嚓”过后，罗秀把照片翻出来一瞧，人和狗正好并排在一起。

那小伙子看后说：“照得不错！只是要加以注明：‘阿海（左一）在北海银滩’。”一句话把罗秀逗笑了：“你叫阿海？我给你重拍一张吧。”阿海说：“用不着，我属狗，也喜欢狗，这张照片正合我意。你怎么不去游泳，罗秀？”

罗秀很惊奇：“你怎么知道我的名字？”阿海说：“我拉的客，还能不知道？你千里迢迢跑到北海来，就为了逛沙滩？那也太不值了。”罗秀说：“我不会游泳。”阿海说：“我去给你拿个救生圈来。放心，银滩退潮快，涨潮慢，游泳安全系数很高。”

待阿海拿来救生圈，罗秀已到旁边的小摊上买了泳装，到更衣室里换好了。阿海叫摊主帮保管一下罗秀的照相机，两人就朝大海跑去。在扑进大海的时候，一个浪头迎面袭来。罗秀尖叫一声，海浪消失后，两人已被浇得精湿。

阿海问罗秀是不是头一次看到大海，罗秀点头：“大海真宽阔！”“但是，比大海更宽阔的是天空，比天空更宽阔的是人的胸怀。一个人不管碰到什么不顺心的事情，都要想得开。”阿海忽然变成了哲学家。

两人一直玩到夕阳西下才依依不舍上岸。吃完晚饭，天就黑了。月亮升了起来。透过椰林赏月，别有一番风味。罗秀朝沙滩走去。

此时已退潮，那座白天被海水淹去一半的瞭望塔现在完全露了出来，白天罗秀跟阿海游泳的地方也干涸成了一片沙滩。海风阵阵，把罗秀的长发和裙裾往后飘，令人心旷神怡。

“小心着凉。”背后有人说。罗秀回头，是阿海。两人散了一会儿步，就返回涠洲酒家。

罗秀忽然问：“涠洲是什么意思？”阿海说：“是北部湾一个小岛，离北海二十一海里。是中国最大最年轻的火山岛，也是中国十大最美丽的地方之一。”

罗秀一下子来了兴趣，问：“涠洲岛怎么走？”阿海说：“坐船去，从北海有到涠洲岛的渡轮。我们明天去怎么样？”罗秀说：“太好了！可你……”阿海说：“我正好回趟家，我家住在岛上。”

第二天早上，渡轮一驶抵涠洲岛，罗秀就迫不及待地登岛，只见树木葱茏，鸟语花香，远处水天一色，湛蓝得不掺一点儿杂质，简直是人间仙境！

罗秀边走边了解，涠洲岛比澳门还大一点儿，但它只是北海的一个镇，人口在一万六千左右，客家人居多。

阿海的家在山顶，他带罗秀爬山。举眼望去，到处都是成片的香蕉林。阿海随手摘几个香蕉塞给罗秀：“尝尝，这是我们岛上的特产——火山蕉，皮薄肉厚，甘甜爽口，多得都用来喂猪。”

穿过一片硕果累累的木菠萝林，就来到了阿海家。阿海父母见状，喜出望外，连忙摘几个油苞木菠萝招待客人。阿海有个弟弟在念大学。罗秀晚上睡阿海弟弟的铺。白天阿海陪她在岛上游玩，充当导游，讲解涠洲岛的历史沿革、风土人情。岛上空气异常清新，天天阳光灿烂，蓝天白云。罗秀的心情越来越舒畅。

岛上火山口、火山灰、火山熔岩和各种海蚀海积景观随处可见，环岛周围还生长着茂密的珊瑚礁，十分奇特。罗秀不停地摁快门。

“阿海，谢谢你，要不是你，我还不知道世上还有这么美丽的地方！”

阿海含笑问道：“还想自杀吗？”

罗秀一惊：“你怎么知道我想自杀？”

“你来北海的目的，不就是想看完海后自杀吗？——那天中午，你在店堂吃饭时，我到你房间去送开水，见你没把旅行包放到柜子里，就帮你放进去，不料却从包里滚出十几瓶高效安眠药，加上看到你神情抑郁，知道你可能有什么事情想不开。讲讲你的故事吧，阿秀。”

罗秀沉默一会儿后，讲开了——

“我出生在成都一个摄影世家，自小酷爱摄影，高中毕业后，就到父母开的影楼帮忙。在一次影展上，我认识了一个叫龙泉的青年摄影家，他很擅长婚纱摄影。后来我说服父母，把龙泉请到影楼来当摄影师。

“干了一段时间，父母见龙泉精明强干，能说会道，就把他提为经理，负责影楼的里里外外。我父母则经常带上摄影器材，开上越野车，全国各地到处跑。可令他们遗憾的是，一直没有拍过大海，因此他们决定拍完雪域高原后就到海边去采风，可他们回来时，车子翻进了雅鲁藏布江。

“办完父母的丧事，影楼的担子一下子落到了我的肩上。但我实在不会理财，龙泉就过来帮我。在他的帮助下，影楼重新变得井井有条。龙泉经常对我问寒问暖，关怀备至，慰藉我失去双亲的痛苦。一来二往，我渐渐爱上了他。他在我家住了下来。

“后来我干脆把影楼交给他管理，自己背上摄影包到处采风。

“上个月，我到新疆采风，拍了大量精美的照片，十分高兴，原打算坐火车回去的，可想到已跟龙泉分别一个多月，就改乘飞机，这样我比原定计划提前一周返回成都。可当我兴冲冲打开家门时，看到了不堪入目的一幕……

“等那个女的穿上衣服出去后，我愤怒地扇了龙泉两记耳光。他恼羞成怒：‘扇吧，你以为你是谁！我干脆告诉你：你以为你父母为什么出车祸？那是因为刹车不灵……’

“我听后十分震惊：‘你谋害了我的父母，我要去告你！’龙泉冷笑：‘可惜你刚才没有录音，毫无证据，一切都等于零，没人会相信你！’

“我愤怒至极：‘我父母对你这样好，你为什么要这样做？’龙泉狰狞道：‘因为我既想得到他们的遗产，又不想当他们的女婿！’

“第二天，我到账上一查，父母辛辛苦苦积攒下来的五百万元全被龙泉取走了！我给他打电话，关机；打他家座机，竟是殡仪馆！原来他是个骗子！说不定他的名字都是假的！我对人生感到绝望，就想到了死。

“但我玩了多年相机，一直没有拍过大海，也没有见过真正的大海，因此我就决定在自杀之前去看看大海，也不枉到这世上来走一遭。于是，我卖掉手机，到北海来了……”

“你就不怕我是第二个骗子？”阿海听完故事后问。

罗秀一愣：“如果你是骗子，那我喜欢这样的骗子。”

“我真的是骗子，你看，我不是把你骗到涠洲岛来了吗？如果被骗了就去死，那岂不是傻上加傻？你自杀，龙泉正求之不得呢，那样他就彻底没了‘后患’。”

“你说得对，”罗秀说，“我现在想通了，好好珍惜生命，不再做傻事。”

阿海高兴道：“这才差不多！我今晚为你做一顿鱼宴祝贺一下！做鱼可是我的拿手好戏。”

回来后，阿海就兴冲冲下厨做鱼。“我们涠洲人最爱吃沙箭鱼，用它蒸、焖、煎、炸都鲜美可口，你喜欢吃哪样？”罗秀说随便，阿海说可没有这种做法，清蒸吧。

鱼宴非常丰富，煎鲻鱼、巴鲽鱼、狗利鱼、鹌子黄鱼、清蒸龙利鱼和用老虎鱼、石斑鱼、黄丝鱼、跳狗鱼、牛心头鱼熬成的浓汤，都是涠洲岛的特色鱼菜。香得罗秀多吃了半碗饭。“把我吃胖了可唯你是问哦！”

“胖了好呀，心宽体胖，说明你心宽了，好事吵！”

饭后，阿海说他明天要回去上班了，叫罗秀留在岛上多玩几天。罗秀听后问阿海明天能不能陪她去看日出，阿海说那得早起，五点钟太阳就出来了。

第二天早上四点半，两人来到岛上观看日出的最佳地点芝麻滩。东方的海平面上渐渐出现红霞，很快，一轮红日从海里徐徐升起，异常壮观。

“新的一天开始了。”阿海说。

罗秀一下子扑到他的怀里：“阿海，别离开我。”

阿海走后，虽然岛上景色美丽依旧，可罗秀感到一点儿都不生动了。到了第五天，终于无法忍受对阿海的思念，她决定离岛去看阿海。阿海的父母对她不放心，一定要送她去。

到了银滩，罗秀迫不及待地走进涠洲酒家，却不见阿海的踪影。问老板，老板说："阿海昨天走了。"罗秀问他到哪儿去了，老板惊奇道："你不是跟他父母一块儿来的吗，他们没告诉你？"

等罗秀扑进北海市中心一家医院，看到阿海直挺挺地躺在白色床单下时，她一下子昏了过去。

等她苏醒过来，酒家老板告诉她，几年前，阿海被查出患了一种绝症，这种绝症目前国内还无法治疗。如果不感冒，不发病，跟常人无异，可一旦感冒，就会病来如山倒。阿海虽然一直处于死亡的威胁之下，但他始终笑对人生。他常说，与其坐以待毙，怨天尤人，不如干些有益的事，点燃自己，照亮别人。所以，他在店里一边打工为弟弟挣学费，一边助人为乐，大家都很喜欢他。那次他看到你有轻生的苗头后，就千方百计帮助你。五天前，他回来时说，他今生最大的快乐就是把你从死神手里夺了回来。可没几天他发现自己感冒了，应该是看日出时着了凉……

办完阿海的后事，罗秀陪阿海父母回到涠洲岛，替阿海照料年迈的双亲，从此再也没有离开过这座美丽的岛屿。后来罗秀在岛上开了个照相摊，为前来观光的游客照相，摊子的名字就叫"阿海照相"……

晚婚

这天，市工商联合会会长单竹家里来了一个后生，名叫晚晖，自称是他的老乡。单竹很高兴，一摆谈，家乡很多人和事晚晖都知道，可见真是老乡。

晚晖说，无事不登三宝殿，他来是想请会长帮找份工作，在老家，面朝黄土背朝天，种出来的东西仅够糊口，连老婆都讨不起。因为穷，他 27 岁了，还没成家，这在乡下已是大龄青年，为此他得了个外号“晚婚”。

单竹问晚晖会什么，晚晖说只会种地，这是头一次出来打工。单竹见他长得瘦弱，基建活儿可能吃不消，就给雅峤酒楼步老板打电话，问他那儿缺不缺人，步老板说缺个择菜工，包吃包住，月薪 1500 元。

下了线，单竹问晚晖愿不愿意干，晚晖说愿意。单竹就开车把他送到酒楼，步老板看后很满意，之后把晚晖带到厨房。临走时，单竹叮嘱晚晖好好干。

几天后，单竹到雅峤酒楼赴宴。饭后特意到厨房去看看晚晖，问他给家里打过电话没有，晚晖说他家没有安电话，娘接电话要到村主任家去，麻烦，再说长途话费贵，所以走时他跟娘约好：不打电话一切如常。

单竹听后感慨万千。

一晃三个月过去。妻子对单竹说：“你那位老乡怎么搞的，这么长时间也不来坐坐。”单竹说：“他有他的难处。”“那电话……”“不打说明一切如常。”

这时，步老板打来电话，询问工商联开会的事情。单竹答复后，顺便问一下晚晖的情况。步老板的语气一下子冷了下来："雅峤水浅，搁不下他这条大鱼，他跑到绣江去了。"

原来，晚晖一个月前就跳槽到了雅峤对面的绣江酒家。当地人都知道，这两家是死对头。因隔得近，为了拉客，争先请来名厨，相互斗菜，倒是便宜了好吃嘴们。

步老板在电话里气咻咻地说："当初我并不缺择菜工，我让晚晖来打工，是看你的面子。他来时啥都不懂，我就叫厨房多关照他一下。他倒好，学会后跑去帮我的对手，把雅峤当作他实习的基地！这种人，早晚要栽跟头！"

单竹听后脸上火辣辣的。晚晖呀晚晖，你咋这么不识好歹，你这样朝三暮四，把我也陷入了难堪的境地！

因生气，单竹懒得打电话到绣江酒家去问。

果不出步老板所料，两个多月后，晚晖被绣江酒家炒了鱿鱼。

单竹得知这一消息后，心里很不是滋味，想帮晚晖一把，可妻子说："他没上门求，你又何必多事？你得罪雅峤不够，还想把全市的宾馆饭店都得罪完？"

单竹想想也是，就按下这一心思。几天后，他听说晚晖在杨妃大酒店找了份差事，心里暗暗高兴，同时希望晚晖安心工作，别再这山望着那山高。可没过多久，晚晖故态复萌，跳槽到了绿荫饭店。后来又跳槽到容州宾馆、华侨大厦、真武阁……不到一年，竟把容州比较有名的酒楼饭店都跳了一遍，落了个外号"跳蚤"。老板们知道他的德行后，不再招聘他。

晚晖没有脸面来见单竹，不久在城区消失。单竹以为他回老家种地去了，可后来听说他在郊区一家叫阿底园的小饭馆打工。饭馆老板约法一章：工钱一年结算一次，没干满一年，一分钱没有。真是卤水点豆腐，一物降一物。晚晖不得不死心塌地地在阿底园干下去。

忽忽两年过去。这天单竹正在家里写工商联年度总结，有人敲门。开门一看，是个青年男子，手里提着大包小包。单竹定睛细瞧，却是晚晖！“哎呀小晚，怎么这么长时间也不来坐坐！”晚晖推说忙，单竹也不想揭他的短，便转移话题，“来就来了，还买什么东西！待会儿你把这些东西带回去。”

“不，这是喜糖喜烟，您一定得收下。”晚晖放下东西，双手递上请柬，“下周星期六，六降山庄。请会长一定带上家人光临。”

“你结婚了？恭喜恭喜！”单竹接过请柬，还没来得及看，放在沙发上的手机就响了。单竹边走过去边问晚晖现在在哪儿干，晚晖说还是在阿底园。

单竹拿起手机，是领导打来的，问年度总结写得怎么样了，他的发言稿要一些数据。单竹连忙谦恭地汇报。晚晖见状，就说：“会长您忙，我还有好几家要跑。”便走了。

妻子下班回来，单竹跟她说起这事。妻子说：“没想他还混出来了。能在六降山庄请客，说明新娘家还不错。”六降山庄是星级农家乐，去年一开张，便以上乘的菜品、周到的服务跃居全市农家乐之首，不少婚宴寿筵都在那儿举行，生意十分兴隆。

妻子见茶几上放着大红请柬，就拿起来看，只见上面写着——

单竹先生及全家：

我们定于元月 2 日（星期六）晚上 11 时在六降山庄举行婚宴，恭请光临。

晚晖古榄谨邀

妻子笑了起来：“我说呢，晚晖怎么娶了个富家女，原来是个寡妇。”单竹一愣，问：“你认识新娘？”妻子说：“不认识。”“不认识你咋知道是寡妇？”妻子说：“请柬上明明写着嘛。”单竹这才想起，请柬还没细瞧呢，就拿过来看。妻子说：“如果不是寡妇，为什么要在深更半夜举行婚宴？”

“是呀，”单竹不解道，“会不会写错了，应该是上午 11 时？”“那也不对呀，谁不知道容州的婚宴都在中午 12 点 18 分举行？只有娶寡妇才选在深更半夜。”“甭管那么多，咱们就按请柬上的时间、地点赴宴。”

2 号晚上 10 点半，单竹带上妻子，驱车来到六降山庄。果见西装革履的晚晖和一个穿着新娘礼服的女子站在门口迎宾。单竹恭贺过后，特意看了新娘一眼，很年轻，很漂亮，很阳光，不像是寡妇。

来到婚宴大厅，里面灯火辉煌，摆着十张圆桌，一些凉菜酒水已摆好，轻音乐在流淌。单竹夫妇来得最早，随便找个位子坐下。一会儿，宾客们陆续赶到。令单竹惊奇的是，赴宴的绝大多数是厨师，因为那些人还穿着油渍渍的厨师服，显得很疲惫，像是才从厨房里出来。

因夜已深，仪式从简。人到得差不多后，婚宴就开始。晚晖致辞，说他能有今天，跟各位的帮助分不开，所以特地把各位请来敬杯酒。

坐在单竹旁边的胖厨师高声道：“酒要敬，但我们更想取取你的恋爱经！”厨师们鼓掌起哄。晚晖笑道：“只要有手艺，动脑筋，不愁没人爱！”带上新娘挨桌敬酒去了。

一个瘦厨师说：“跳蚤艳福不浅啊！”胖厨师说：“那是，他有心计。”单竹问：“此话怎讲？”胖厨师说：“他当初在各酒店间跳来跳去，大伙儿都不解，原来呀，偷艺！”一个老厨师说：“话也不能这样说，他是主动学艺。”

原来，晚晖虽是择菜工，但他手脚勤快，择完菜，洗净，切好，放到厨师趁手的位置。厨师要什么，还没说，他就端到跟前了。因此跟各种性格的厨师都相处得很好。厨师炒菜时，他就在一旁看，问这儿问那儿，有时厨师懒得动手，就让他上阵，厨师在一边说流程，讲注意事项。晚晖对烹调极有悟性，新菜一炒即会。他把一个酒店的菜品学会后，就到另一家酒店去当择菜工，不在乎钱多少，只在乎学厨艺，因为每个酒店都有各自不同的特色菜。不到一年，他就把容州各大酒店的菜肴学完了，相当于上了免费的烹饪学校。这时，他看到阿底园的《旺铺转让启事》，就前去说动老板，不必转让，他来当主厨，一定会有起色。果不其然。因他把学来的厨艺综合起来，取长补短，炒出来的菜比大酒店里的香，却比大酒店里的便宜。很快在好吃嘴中传开，阿底园起死回生，生意越来越兴隆。晚晖赚了钱，就开了容州首家星级农家乐——六降山庄。

“什么，这家山庄是他开的？”单竹吃了一惊。胖厨师道：“虽说营业执照上写的是老板夫人的名字，但还不等于是跳蚤的？老板夫妇只有古榄这么个宝贝女儿。跳蚤这小子人财两得！”

“这是好事呀！”单竹赞叹，“为什么不在中午光明正大举行婚礼，深更半夜才偷偷摸摸搞婚宴？”

“也是没办法，”胖厨师说，“元旦小长假，餐饮生意火爆得很，我们哪天不忙到晚上 10 点半才收工？中午根本不可能，因为那时是我们最忙的时候。跳蚤和古老板都是外地人，在容州没有什么亲戚，邀请的客人几乎都是厨师。”

原来是这样！单竹拿出手机一阵乱按。

一会儿，新郎新娘过来给大伙儿敬酒。敬完之后，晚晖又单独给单竹夫妇敬一杯：“会长，要不是你当初帮忙，哪有我今天！你的恩德，晚某没齿难忘！”

“哪里，主要是你勤学好问，天道酬勤！”

“步老板等人对我误解太深，我给他们发了请帖，可他们没来。还请会长多多解释……”

话犹未了，门口拥进一大群人："正儿八经的晚婚哪，偏偏我们还来晚了，晚上加晚！"晚晖一看，却是步老板等各大酒店的老总，连忙迎上去。

原来，刚才单竹知道真相后，给老板们群发了短信。

来自清朝的借条

一

这天，县档案局编研科帅哥梁廒拿着一册大开本杂志来到技术保护科，对女朋友西小芳说：“我给你带来了样好东西。”

“好东西不用给我，我专门收‘破烂’。”西小芳笑道。她是搞档案修复的，目前正在拜师学艺。

“嘿嘿，有时候越破烂越是好东西。”

“你今儿咋啦，成哲学家了？”

梁廒把杂志打开，里面是一张千疮百孔的发黄纸页，写着一些毛笔繁体字，散发着一股陈年霉味。西小芳粗略一瞥，似乎是什么契约。

“老家拆房子时发现的，光绪年间的东西。”梁廒解释道。

西小芳小心翼翼地接过，开始工作。

两人自幼是邻居，只因父辈有仇，两家从不来往。她小梁廒3岁，去年于省艺术学院古画修复与装裱专业毕业时，梁廒说局里档案修复岗位缺人，她就过来应聘，跟快要退休的档案修复师学习。学会档案修裱后，深深爱上了这份工作，每天恨不得有更多的破东西让她来一显身手。每修好一份古老资料，她都有一种成就感。今天正好“断炊”，梁廒就送来了这张破纸，她恨不得再破一些，以显示自己的手艺。

西小芳把契约平铺在工作台上，喷水、展平、刷浆、拼接、修补、托裱、上墙……经过十余道纯手工程序，原本破损不堪的文约修复完好。从头到尾看一遍，却是一张古代借条：

立借钱文约人西金龙，今借到红石村梁崇德名下铜钱贰拾陆仟文整，其钱即日三面言定：利息长年每仟加苞谷利叁升。到期如偿还不清，借者喂养猪牛任随出钱人牵算，借者不得异言阻滞。口说无凭，特立借约一张为据。

在场人：西金虎、西银富、西银章、西金武、西银衣

立借钱文约人：西金龙（手印）

大清朝光绪五年十二月初八日

临下班时，梁廒过来看后，赞道：“不错，妙手回春！修裱技术是越来越炉火纯青了。”在把借条拿回办公室之前又问，“今天星期五了，你回村吗？村里灾后重建热火朝天哩！”

西小芳还是像以前那样回答：“你回我也回。”下班后就坐梁廒的摩托车回去了，不过在村口下车，走路进村。

二

两家大人虽形同水火，但西小芳和梁廒自小一块儿上学，梁廒总像大哥哥一样照顾她，工作后又在同一个单位，自然心心相印。可两人也知道，有一堵无形的墙在阻隔着他们相爱。他们的恋情至今还没跟父母讲。

在地震中，村里的房子都被损毁了。经勘测，最后选了块地质结构比较好的地方集中建房。一年后，这个农村小区就屹立在群山之中。购房时国家补助一些，地方政府资助一些，剩下的各人掏腰包，之后抓阄选择门牌入住。原先有仇的梁家和西家又住到了一起！

梁廒的爷爷和西小芳的奶奶在地震中遇难。经历这次天灾，

两家按说大彻大悟，过去的就让它过去，一切从头开始。然而，矛盾根深蒂固，不是一下子就能解决的。

按规定，村民入住小区后，必须把原先的宅基地复耕。西家好办，土坯房震成了废墟，直接把碎泥砖平整种庄稼就是了；梁家原先住的小洋楼震成了危房，必须拆除。

拆房前，梁廒先把可用的东西搬出来。在原先爷爷住的房间里，他发现了一口蒙满灰尘的旧木箱，打开一看，里面是一些发黄的古籍，内有一本满是蛀眼的族谱。他饶有兴趣地翻了翻，突然一张纸掉了下来。捡起一看，就是后来请西小芳修补的清代借条。

在村里，梁西两姓是小姓，人丁都不多。借条中的西金龙无疑就是西小芳的祖先。借条仍在梁家手中，说明当时西金龙没有把钱还清。

梁廒查了一下我国历代纪元表，清朝光绪五年是公元 1879 年。这张借条距今 130 年！

当地方言习惯称货币单位元为“文”，现在仍是。贰拾陆仟文相当于人民币 26000 元，“利息长年每仟加苞谷利叁升”，一升苞谷按一斤计算，叁升就是 3 斤，目前苞谷 2 元 / 斤，130 年该交利息：26×3×2×130=20280 元，利息加上本金就是 46280 元。

父债子还，祖债孙还。梁廒把借条打印几份，回村后的第二天就理直气壮地敲开了西家的门，这也是 20 多年来梁家人第一次“造访”西家。几个过路村民都露出了惊讶的神色。

三

西小芳的父亲西山开门见是梁廒，错愕了一下。梁廒不卑不亢，说明来意，之后把借条复印件递给对方。西山看后几下撕了："你凭啥说我是西金龙的后代？如果我是西金虎他们的后代呢？"西小芳在一旁插话："我看过咱家的族谱，我们就是从西金龙那一支繁衍下来的。"

西山瞪了女儿一眼，咋个胳膊肘朝外弯！又对梁廒说："清代的铜钱一文怎么相当于人民币一元？你把兑换比率拿给我看看！还有，一升苞谷怎么会是一斤？升是容量单位，斤是重量单位，两者咋能扯到一起？"

梁廒语塞。西山嘭地关了门。

西家本来就不富，遭受地震后，更是雪上加霜。此次购房，已是身无分文，偏偏前些天老伴又查出患了早期子宫癌，做手术要 5 万块，闺女才参加工作，进的又是清水衙门，编制还没考，那点儿工资还不够她开支。西山正为这事闹心呢，现在又突然冒出这笔百年陈账，一定要想方设法撇清！

可梁廒不会轻易放弃，他查资料知道，升是古代量粮食的器具，十升等于一斗，十斗等于一石，石通担，一担等于一百市斤。可见一升就是一斤！

梁廒又敲开西家的门，把换算方法说了一遍。西山又找到理由："苞谷两块钱一斤是目前的价格，不是光绪五年的价格。存过钱的人都晓得，利息是以当年的利率为标准的。你把光绪五年的苞谷价格查出来，我就支付给你！"

他以为这一招能把梁廒难住，可他错了。梁廒说："那利息就按实物计算，26×3×130=10140 斤苞谷！我作出让步，本金不要，只要利息一万斤苞谷！"

西山听后愣了一下："你给我的只是复印件，不是原件。那借条是不是光绪五年的，我怀疑！"

梁廒出示借条原件："下周咱们到文物局去请专家鉴定。"

鉴定结果，借条确系清代文物。

很快，该县发现清代借条并引起借贷双方后人发生纠纷一事被媒体知道后，纷纷前来采访，两家由来已久的矛盾也被披诸报端——

20多年前，西山跟梁廒的父亲梁东升是好朋友，两家有什么事都相互帮衬，形同一家子。西山的爸爸临终前，把儿子叫到跟前，说后院那棵梨树旁埋有一坛金子……

这时，窗外咣啷一响，西山跑出来一看，见那只喂鸡的铝盆被人绊翻，可见有人偷听！老爹经这一吓，撒手人寰。西山忙于后事，无暇他顾。梁东升照例过来帮忙，格外卖力。

埋了老爹后，西山跑到后院一看，那棵梨树旁新挖了个大坑，金子被盗走了！

一问梁东升，后者承认那坑是他挖的，但他只是挖了些土垫猪圈。

“只挖一些土，咋会有这么大个坑？”西山怀疑。

“挖了一些土后，发现下面是块大石头。有大石头压着，梨树长不好，难怪每年结的梨子都不大。我就把大石头挖出来，一是砸碎后可以砌猪圈的口子，二是能把猪粪填到坑里当肥料，一举两得……”

“河滩有的是石头，用得着费这么大的劲？”西山根本不信，跟梁东升发生争吵。

从此两家结怨，不再来往。不久梁家修起了小洋楼，更加证实西山的猜测。

记者采访梁廒时，后者说金子一事纯属无中生有！如果西家不还万斤苞谷，他将动用法律武器为祖先讨还公道！

西山听后愣了一下，就顺便到县司法局去咨询。司法人员告诉他，根据有关法规，新中国成立以前的公民之间的债务，因年代久远，情况复杂，债权人起诉要偿还债务的，原则上不予受理。

果然，梁廒状告西山偿还百年债务一事被县人民法院民事审判庭驳回。此事在当地成了笑谈。

四

可令村民们不解的是，几天后，西山却主动上门偿还债务，说是祖宗托梦，不还钱不得安生，所以西家借钱也要把这段公案了结。梁廒收了两万元现金后，把借条还给西山。

他哪里知道，西山一转手，就赚了六万元！

原来，百年借条一事经媒体报道后，引起了收藏界的注意。这么古老的借条，全国罕见，极具收藏价值。那天，村里来了一个外省口音的中年人，向西山打听百年借条，说他想收购。

西山谎称借条在他手上，问对方出多少钱，中年人说五万元。西山听后狂喜，但他不动声色地说十万元。最后讨价还价讲成八万元。

西山把那人请到家中，对方也爽快，当即从手提包里拿出四沓百元大钞，每沓两万元。西山谎说借条在爹手里，要拿到借条必须给爹两万元，爹住在隔壁。中年人说你们父子之间如何分钱我不管，我只要借条。

西山拿上两万元到隔壁去，一会儿把借条拿了回来。中年人很内行地用放大镜看了看，确信是原件后，收好，告辞。

凭空赚了六万元，西山心花怒放。姓梁的小子，跟我玩，你还嫩着点儿！

有了钱，他就把老婆送到医院去做手术，手术很成功。

出院那天，赶班车不方便，西小芳就租了辆面包车。上车后，西山发现，开车的竟是梁廒！

“前两天买了辆二手车，你们是第一批顾客。”梁廒笑道。

西山问女儿是怎么回事，西小芳说：“你以为你真赚了六万块呀，那是梁廒给的，为的是给妈治病！”

原来，由于西山的顽固，两家断绝了来往，但梁廒和西小芳却暗地里相爱，因此抓阄选门牌时，两人做了手脚，搬家后还是邻居！西母患病后，梁廒暗中焦急，可如果直接资助，依西山的倔强性格，绝对不会要。再说，总不能由着西山的性子一直冷战下去，日后自己还得喊他爸，怎么办？梁廒无意中翻出那张百年借条后，就灵机一动，三番五次上门“索债”，在不断接触中，冷战瓦解了。为了把给准岳母治病的钱送到准岳父手上，梁廒请朋友客串了一回文物贩子。

西山说：“既是这样，那我就不客气了，我家丢失的那坛金子还不止六万块钱！”

梁廒笑笑：“这个悬案马上就能见分晓。”

车子开到小区后，梁廒打开后备厢，拿出一个奇形怪状的仪器，那是才从网上买回来的探宝器，为的是帮乡亲们把埋在废墟下面的宝贝找出来。只要地下有金银，探宝器就会发出蜂鸣声。

西山跟梁廒来到老家废墟，梁廒打开仪器，东探探西测测。在探到一棵李树旁边时，探宝器响了起来。西山猛挖，不久发现一只黑坛子，拔出来一看，里面装满了黄澄澄的金子！

原来，父亲当年说的是李树，可他却听成梨树，还冤枉邻居这么多年！

两家矛盾冰释，梁廒也把那张清代借条捐给了档案局。

鸽子红娘

梁大隆养鸽十分偶然。那天，他骑车下班，经过郊区一条土路时，看到一位姑娘扶着一辆坤车站在那儿，一脸无助的样子。“咋啦？”大隆把车子停下来问。这一问，他后来的人生就发生了根本的改变。

姑娘指着路边的草丛说：“那儿有只鸽子，受了伤。我想去帮它，可它抓我。”大隆一看，草丛里果然藏着一只铁青色的鸽子，正滴溜着眼睛警惕地看着他们。大隆去捉，鸽子挣扎着逃走，可一会儿就被大隆捉到手了。大隆看到它的一只脚上戴着编了号的塑料脚环，知道是只信鸽。再细看，鸽子的右翅根那儿中了一颗汽枪弹，大概因为负伤后继续奋飞，后来中弹处就裂开了一条两厘米长的口子，鲜血淋漓。

“好可怜哪。”那姑娘凑过来说。大隆说：“没事，我能妙手回春，让它重新翱翔蓝天。你先帮我拿着。”说着把鸽子递给姑娘，鸽子见两人无意伤害它，就很乖巧地一动不动。

大隆把车子后架上那箱盒装牛奶腾出来，在纸箱上挖了几个小孔，之后叫姑娘把鸽子放到纸箱里，再用绳子绑到后架上。那堆倒出来的牛奶，大隆装到一只皱巴巴的塑料袋里。剩下两盒装不下，他就递一盒给姑娘：“帮我消灭一盒吧。”两人就一边喝牛奶，一边推车前进，仿佛一对恋人。

闲谈中，大隆知道姑娘叫那丽，在县猪鬃厂工作，其效益不如他工作的县电子仪表机箱厂。

此后，大隆下班时经常在路上碰到那丽。每碰到，两人都

“并驾齐驱”，一边骑车一边谈论那只鸽子。那丽给那只鸽子取了个名字“铁青”。“铁青现在怎么样了？”每次见面，她都这样问。

铁青恢复很快，这跟大隆对它的精心照料有关。那天回去后，大隆把铁青提到附近的兽医站去为它拔弹、消毒、敷药、包扎，并咨询一些喂养鸽子的知识。兽医站长说：“这是信鸽，而且都长这么大了，你喂不熟的，伤一好，它就要飞回它的主人那儿。”大隆笑笑：“我并不想要它，只是想给它把伤治好。”

一个月后，铁青的伤彻底痊愈了。大隆就约那丽星期天到郊外去放飞。他把鸽子从纸箱里捉出来，交给那丽，那丽一下一下地抚着铁青的背，下不了决心，大隆只好说：“我宣布，铁青放飞仪式正式开始！”

那丽一咬牙，把鸽子往上一抛。鸽子扑棱棱飞起，在两人的头顶上空盘旋几圈后，就向高高的云层奋力飞去……

直到看不到鸽子的影子了，两人才收回目光。大隆看到那丽的眼里充满惆怅，她那样子令人怜爱。对一只鸽子她都这样，可见她一定是位难得的好姑娘，大隆决定对她发起爱情攻势。

大隆邀那丽到附近的景点游玩，回来时还请她吃了一顿饭。两人分手时，比以往多了点儿依依不舍。

大隆回到家，一只大鸟从阳台飞到了客厅的茶几上。大隆定睛一看，却是铁青，原来它没有飞走！大隆又惊又喜，当即给那丽打电话。那丽也很高兴，问清大隆所住的具体方位后，很快打车过来看铁青。这么一来，两人的爱情迅速升温。

从此，铁青就在大隆家生活了下来。大隆家住顶楼，为此他用油毛毡在楼顶为铁青搭了个鸽棚。为了养好铁青，大隆除了请教兽医站长外，还买了不少养鸽方面的书籍看。

铁青是只母鸽，不久开始下蛋。鸽蛋营养等同燕窝，被誉为“动物人参”，有嫩肤美白之功效。大隆舍不得吃，都攒到冰箱里，每隔一段时间送给厂长和同事品尝。后来厂里缺人，就把那丽调了过来。那丽自是喜欢，第二年就跟大隆结了婚。

大隆怕铁青孤单，后来买来一只良种公鸽给它做伴。此后铁青下的蛋，大隆都用来孵小鸽。这样一来，鸽棚里的鸽子就越来越多了。

鸽子虽可爱，可毕竟是动物，随地拉粪便，时间一长，喜欢干净的那丽就有些不悦了。好在鸽棚在楼顶，不喜欢不去看就是了，所以那丽也不怎么反对丈夫养鸽。

几年后，县电子仪表机箱厂的效益也不行了，终于倒闭。夫妻两人下了岗，那丽到清洁公司去当清洁工，大隆到一家汽车修理厂打工，挣来的钱勉强够度日。可就是在这种情况下，大隆仍一如既往地买各种名贵饲料给鸽子吃，还加入了县信鸽协会。

那丽说："我们现在都穷得喝稀饭了，你还养鸽！不如把鸽子卖了，我们去做点儿小本生意。"大隆说："把鸽子卖了？信鸽协会的会员没有一只鸽子还叫会员吗？"

令那丽生气的事还在后头，大隆加入信鸽协会后，经常跟鸽友们切磋养鸽技艺，把她一人晾在家里，好像鸽子比她还重要。

这年春暖花开时节，两人本说好出去旅游的，可大隆临时改变了主意："往后推一下吧，我们协会最近要举行信鸽竞翔活动，我报了名，还被大伙儿推为五个放鸽负责人之一。"

信鸽竞翔活动那丽听说过，就是把参赛者的信鸽收上来，登记鸽子脚环上的号码，之后放到铁笼里，拉到外地去放。谁的鸽子最先飞回来，谁就得冠军。"冠军奖励五千块钱哩，"大隆信心十足地说，"我拿去参赛的那只信鸽'点眼丛'，是铁青跟那只'老灰贝宁砂眼雄'的后代，瞳孔里有三个小黄点，品质不俗，夺冠的可能性很大。"

放飞的地点是贺州，大隆跟其他四位放飞负责人坐火车去。他们在容州火车站办了托运手续后，当天下午就出发。为了防止信鸽在途中被盗，他们跟鸽笼一起待在沉闷的行李车厢内。

第二天清晨，列车缓缓驶进南岭脚下的贺州火车站。大隆他们把长方体的鸽笼搬到站台上，摞在一起。大隆一声令下，五人一齐打开鸽笼上的小门，鸽子就争先恐后地往外飞，一会儿就飞光了。

放完鸽子后，其他人都到贺州城里去玩，可大隆没有这个心思，他买了返程的车票，当即打道回府，因为今天是那丽的生日。

再说独自在家的那丽，心里那个气呀，放鸽竟比自己的生日还重要！因心情不好，大隆打回来的电话她一个都不接，发来的短信也一条不看。都是假的！中午胡乱吃了些东西后，那丽就百无聊赖地坐到客厅里看电视。

下午三点左右，一只鸽子飞到了客厅的阳台上。那丽定睛一看，竟是那只送到贺州去放飞的“点眼丛”！她立即给县信鸽协会会长打电话，会长高兴地说：“这是我们接到鸽子飞回来的第一个电话！”当即到大隆家验证。确信无疑后，会长给那丽颁发了冠军获奖证书和五千元奖金！

那丽喜出望外，心中的不快一扫而光。她给大隆打手机，问他现在在哪儿，大隆说：“我在返程的火车上。如果不出意外，我们那只‘点眼丛’现在应该到家了。”那丽故意不向他报喜，大隆又说：“那丽，中午因公务缠身没能祝你生日快乐，晚上我请你吃饭补上，并送你一件生日礼物，你绝对猜不到是啥东西！”

大隆回到容州时，天已擦黑。两人一起去吃火锅。大隆说：“那丽，我要送你一件生日礼物。”那丽把那只信封拿出来放到火锅桌上：“谢谢，五千块奖金我已悉数收下，咱们那只鸽子夺得了冠军。”

大隆笑笑：“这消息会长下午就打电话告诉我了。我说的生日礼物不是这个，而是……”说着从口袋里拿出一小袋东西，递给那丽。那丽不解地解开袋子一看，是一些绿豆大小的暗红色颗粒。“这是啥玩意儿？”大隆说：“泥巴。”

那丽嘲讽地呵呵一笑：“原来你打工打烦了，就想点土成金？”大隆说：“对，给别人打工，还不如自己当老板。从明天起，我是老板，你是老板娘！——这就是我送给你的生日礼物！”

那丽说：“自封老板很简单，关键是我们经营啥东西？”大隆一指那些暗红颗粒：“就经营这个。”那丽一愣：“泥巴？”大隆点点头：“说它是泥巴也可以，不过我给它取了个很好听的名字——益鸽壮骨砂。”

那丽眉头一挑：“你想行骗？！”大隆说：“哪会呀。告诉你吧，这次信鸽竞翔，品种比咱们那只鸽子优良的多的是，为什么咱们的鸽子夺得了冠军？就是因为它经常吃这种益鸽壮骨砂！”

大隆告诉那丽，早在养鸽之初，他就发现鸽子经常飞到地上去吃泥巴。这是怎么回事？经多方请教有关专家后才知道，原来鸽子吃泥巴是为了获得各种微量元素，而这些微量元素单靠饲料是远远不够的。如果鸽子缺乏这些微量元素，飞翔就容易疲劳。后来大隆灵机一动，决心研发出一种专门喂鸽子的泥巴。

经过多年的观察、遴选、检测、试验、分析，大隆终于在老家的一块坡地上发现一种能增强鸽子飞翔劲道的泥巴，他在泥巴里拌上一种无机盐后，鸽子很爱吃。“点眼丛”这次轻松夺冠，无疑为大隆的益鸽壮骨砂做了绝妙的广告。

鸽友们闻讯，纷纷向大隆要货。媒体知道他卖泥巴后，觉得很新奇，蜂拥来采访。益鸽壮骨砂很快名扬千里，连港、澳、台一些鸽友都向大隆邮购。不到一年，两人就赚得盆满钵满了。

生死邂逅

这天，年轻画家梁石桥到银行取了一万元到期存款，顺便去买些油画颜料。他有一个习惯，一走出家门，双眼就像扫描仪一样准确无误地在众多的过往行人中把美女“揪”出来，边走边欣赏，并美其名曰：“爱美之心，人皆有之。”所以他笔下的女子都美轮美奂，令人怦然心动。

附近那家文具店没有白颜料，梁石桥就打算到城东那家文具超市去买。白颜料是油画中的“溶剂”，其他颜料要稀释，都少不了它，比如要把朱红调成粉红，就必须加白颜料，所以用量很大。

文具店前有个公交站台。梁石桥看了一下路线牌，发现 8 路车恰好在城东那家文具超市旁设有个站，就决定坐 8 路车去。

在众多的交通工具中，梁石桥最爱坐公交车。为什么？并不是舍不得花钱，而是除了可以浏览沿途美女外，还可以近距离欣赏同车美女。坐出租车或三轮车则只能远距离观赏，单调无味多了。

正胡思乱想，8 路车开了过来，是无人售票车，前门上，后门下。梁石桥一上车，发现车上很挤，过道里都站满了人，而且以年轻女性居多，心中不由得一喜，以致投币时都没看那个投币口，而且摸索着塞，半天都没把那张软不拉几的纸币塞进去，后面的人就不耐烦地嚷：“搞快些嘛！”

司机扭头疲惫地喊：“往里走，往里走，不要堵在车门口！”

梁石桥想，不用你喊，我也要往里走。因此投了币后，他就挤到车子中部，处于美女的包围之中。

梁石桥身高一米八，俯视美女有种鹤立鸡群的感觉。

梁石桥属于那种有贼心没贼胆的人，他只大饱眼福，把美女摄入大脑中的美女库，作画时调出来就是了。他不会动手动脚，那样有失身份，违背道德。

道路十分拥堵，行人、小贩、非机动车像驴粪蛋一样满街都是，还经常随心所欲地横穿街道，那样子仿佛在说："有种你就撞过来！"不是他们让公交车，而是公交车让他们。公交车只好像老牛拉破车一样走走停停，经常急刹，弄得车上怨声载道："龟儿子会不会开车呀，先到驾校去学两年再来！"众人哄笑。又有一乘客嚷："能不能开快点儿，我赶的火车马上就要开了！像你这样开车，猴年马月才能开到火车站？！"

司机恼怒地回应："要快就去坐火箭！你以为这是高速公路？这整个一个大市场！"正说着，他猛地急刹。原来，一个骑赛车的年轻人突然从慢车道向左拐进快车道，之后横穿街道，幸亏公交车刹车及时，不然年轻人就成肉酱了。可整个过程，年轻人居然连头也没回一下，如入无车之境！

一连几站，只上不下，车上越来越挤，乘客大多是到终点站——火车站。

又到站了，还是没人下去，却又上来几个人。梁石桥眼睛一亮，新上来一个穿黑色吊带裙的美女，顿感一种清爽迎面而来。

因他的身高很瞩目，那美女也很快发现他。四目交接，似乎还碰出了蓝色的火花，梁石桥心中一阵激动。

吊带裙后面站着一个猥琐的秃子，秃子双目平视，假装一副正人君子的样子，可梁石桥却发现他的肩膀在动。果然，吊带裙回头瞪了秃子一眼："你干什么！"秃子一脸无辜："我没干啥呀！"

吊带裙为了摆脱秃子的骚扰，往前挤了挤，秃子紧紧跟上。

吊带裙抬头，目光又跟梁石桥碰到一起，就急中生智地喊了声："表哥，你也在这儿呀！"

梁石桥一下子明白了，吊带裙这是向他求救，就回答说："是呀，我到车站去接一个同学，你呢？"

"我去接爸爸妈妈！"吊带裙说着挤到了石桥的跟前。秃子看了石桥一眼，自忖不是对手，只好很不甘心地退回到发动机后。

吊带裙见秃子走了，感激地对梁石桥笑了笑。那笑像涟漪一样，在梁石桥心中漾起一股英雄救美的自豪来。

他比吊带裙高出一个半头。吊带裙的皮肤十分白皙，奶油似的，从他的角度俯视，更是白花花一片，高山峡谷一览无余。为了显示自己比秃子高尚些，他把目光投到了窗外。

因车上太挤，不是说话的地方，况且他们又是假的表兄妹，言多必有失，所以"寒暄"过后都闭了嘴。梁石桥像举手投降一样双手握着脑袋旁的横杠，吊带裙则扶着旁边的竖杠，随其他"沙丁鱼"一起摇摇晃晃往前赶。每遇急刹和转弯，吊带裙就在惯性的作用下，紧紧贴到石桥的身上，水蛭一般。石桥"逆来顺受"，飘飘欲仙。

然而，幸福总是短暂。一会儿，吊带裙低声说了句："糟了，我买的那一小箱水果还放在那边。"说完就朝车头挤去。对她的离开，梁石桥心里十分遗憾，同时希望她拿到水果后，重新回到他身边。

这时公交车开出了闹市区，街道宽敞笔直，车辆行人也相对减少，司机加快了速度。

又一个站台扑入眼帘。可公交车丝毫没有停下来的意思，仍像坦克一样快速往前冲！到了站台，公交车呼啸而过，站台上的人先招手，后叫骂，车上的人则破口大骂："停车，停车，我要下去！"

吊带裙和秃子也叫："停车，停车，快停车！"

梁石桥一愣，吊带裙不是要到火车站去吗，怎么半途下车？他下意识地摸了一下裤兜，手机和钱包不见了！

"有小偷！"梁石桥奋力往前挤。吊带裙看了他一眼，脸色一下子变得像纸一样苍白。她敏捷地钻过发动机后面的栏杆，踩上发动机盖，朝司机扑去。司机被推到一旁。车上有人尖叫起来！

梁石桥抬头，一下子愣住了：前方是一个铁道口，一列火车正风驰电掣地通过，可公交车仍像猛兽一般朝前冲去！

"快刹车！"梁石桥朝驾驶室吼。

只见吊带裙坐在司机座上，右脚拼命踩刹车，身子使劲往后仰，"吱——"因她力气较小，车速过猛，惯性很大，公交车急刹后继续往前滑行，在安全员的惊叫声中，冲向弯道口那根红白相间的铁栏杆，最后在铁道旁停了下来，车头离奔驰的火车仅半米！

车上瞬间一片死寂，乘客们都在火车轮子扬起的臭味中惊呆了。

吊带裙打开车门，秃子第一个跳下去，其他惊魂甫定的乘客也抢着下车。梁石桥怕从车门下去来不及，就钻过栏杆，踏上发动机盖，愤怒地对吊带裙说："把手机和钱包还给我！"

吊带裙拉开坤包，把手机和钱包还给他："快打120，司机晕过去了！"

梁石桥一愣，看了一眼歪在旁边的司机，连忙开机拨号。吊带裙打开驾驶室的门，把司机拖下去，平放地上，做人工呼吸。梁石桥打完电话，那列长长的火车也全部通过了，他从驾驶室门口下了车。

乘客们想看看到底发生了什么事，全都围了过来。有人对吊带裙由衷感谢："幸亏你及时刹车，不然我们全完了！"

可吊带裙没有工夫搭腔，仍在司机身上忙碌着，满头大汗。

秃子上前把吊带裙拉起，不满道："你多什么事，快走吧！"

吊带裙奋力挣脱："你别管！"秃子一愣，骂道："你真以为你是英雄？"

这一骂，把吊带裙激怒了："我不是英雄，可也不想再做狗熊！抓住他，他有盗窃嫌疑！"

乘客闻言，都下意识地摸了一下身上，几个人发现钱包不见了。秃子正要逃走，梁石桥等几个男子把他逮住。一搜，秃子身上的挎包里装满了钱包！梁石桥拨打 110 报警。

救护车和警车先后赶到。

巡警把秃子铐上。秃子抬起双手一指吊带裙："她也有嫌疑，要抓一起抓！"

梁石桥对巡警说："他在血口喷人，因为是我逮的他，是我报的警，所以他想打击报复！这位女士，行为端正，心地善良，见义勇为，我以我的人格担保！"

几个乘客也作证说他们是表兄妹，这位姑娘在司机晕倒的情况下，奋不顾身上前刹车，救了一车人，之后又在第一时间对司机进行抢救，不是坏人是英雄！

警察看了吊带裙一眼，对其同样进行正常调查。

乘客们渐渐散去。公交公司接到报告，也派人来把空车开走。梁石桥对吊带裙说："我们也走吧。"

吊带裙对他笑了一下，眼里噙着泪花。

不久，朋友们发现梁石桥的画店里多了一个爱穿吊带裙的美女，就开他的玩笑说："你招的是店员还是模特儿呀！"

梁石桥笑笑，其实朋友们只说对了两个"头衔"，她还有一个重要"头衔"：他的女朋友！

心灵收纳瓶

梁城从小喜欢看卡通，画卡通，虽没名师指导，但凭着悟性，他的卡通越画越好。遗憾高考不考卡通。梁城没考上大学，就归咎于画画，发誓以后再也不碰这劳什子！

复读了两年，还是没考上，梁城只好顶父亲的班进镇卫生院工作，在中药房抓药。

这天梁城休息，到街上转悠，看到信用社职工正在搞普法活动。职工们声嘶力竭地讲了半天，可乡下人就是不懂啥叫洗钱："钱这东西再脏都可以用，洗它干吗？""我脏衣服都洗不赢，还洗钱？吃饱了撑的！"

职工们发宣传资料，可谁看哪，都用来包豆种、菜籽，或裁成小方块，卷上烟丝吸了。信用社主任忧心忡忡："县联社两个月后就要下来抽查，咋办？"

梁城说这些东西太枯燥，哪个看得进去，最好画成画，配以浅显易懂的语言，这样人们才好理解。主任说："可我们都不会画画。"一个叫那桃的姑娘问梁城会不会画画，梁城说会一些，主任说："那你帮我们画，到时我们付你一定的报酬。"梁城答应。主任就叫那桃协助梁城完成这项工作。

傍晚，那桃到梁城的单身宿舍，发现才半天时间，他就画了二十多张桌子一般大小的画！每张画都分成若干个格子，格子里的卡通内容具有连续性，相当于连环画，把枯燥的法律条文形象地表现了出来。那桃很高兴，拿几张给主任看。主任很满意，说干脆涂上颜色，除做展板外，再拿到印刷厂去印刷，上面印画，下面印日历，赶集天免费发给农民，这样双管齐下，一定效果显著！

果真如主任所言，信用社在普法活动中被评为先进集体。主任从县联社捧回奖牌后，高兴地请大家去吃火锅，当然也把梁城喊上。

“你真是个天才画家，谢谢你帮了我们的大忙！”那桃给梁城敬酒。其他职工起哄：“要喝就喝交杯酒！”那桃也泼辣：“喝就喝！”手一勾过来就把杯中的葡萄酒干了。梁城脸一红，也喝了。

跟那桃认识后，梁城才知道追那桃的人很多，其中就包括南梅堂医生。南梅堂是院里的内科医生，有事没事爱往信用社跑，跟那桃打闹嬉笑。

不久，梁城到信用社存钱，之后递给那桃一本处方笺，走了。那桃一看，上面没有一个字，但画满了卡通，男的像梁城，女的像她。那桃从头翻到尾，越看脸越红，心跳越快，原来梁城用卡通的形式向她求爱！这样的情书，恐怕天底下绝无仅有！

那桃找到梁城：“你这画分文不值！”

梁城被泼了盆冷水，愣住了。那桃说：“画家画了画后都要盖章，你这画没盖章，所以分文不值！”“我没有私章。”“那我帮你盖！”那桃说着飞快地在梁城的脸上亲了一下，“这下，这本卡通就价值连城了！”

跟那桃相恋后，梁城感到很幸福。

那桃几次劝梁城把画画坚持下去，说他很有画卡通的天赋，放弃可惜了，梁城说：“得了吧，这东西既不能吃，又不能喝，还耽误了我考大学。那次不是帮你们搞宣传，我这辈子都不会再去碰它。把本职工作干好才是正经！”

可事与愿违，后来梁城还是出了差错。

这天，梁城正在中药房忙活，南梅堂扶着一个人走了过来，把一塑料袋药渣放到柜台上，递过一张旧处方："这药是你抓的吧？"梁城看到处方上有自己的签名，就说是的，南医生冷笑："承认就好！不但闹了笑话，还出了事故，患者要求索赔！""咋啦？""自己看！"南梅堂把那袋药渣推了过去。

梁城翻了翻药渣，也不知错在哪儿。南医生拈起一朵熬烂的淡紫花蕾："这是丁香！处方上有这味药吗？"梁城一看处方，只有"木香"。

南医生说："这名病人因患痢疾，前天到我这儿看病，我给他开了十三味中药，其中木香十五克，可你抓药看花眼，把木香抓成了丁香！木香跟丁香，字面差不多，但药性差别很大：木香性温，味苦辛，理气止痛，主治痢疾；丁香性温，味辛，温胃降逆，主治呃逆。你不看清药方就乱抓，这药能乱抓的吗？你违反中药配伍禁忌'十九畏'，导致患者服药后出现心慌、头昏、舌头发麻、喉咙发烧等不适症状，这医疗事故你要负责！"

"我要求赔偿经济损失八千元，不然咱们就到法庭上见！"患者虚弱但十分生气地说。

梁城怀疑这是南梅堂跟患者串通捣的鬼。南梅堂见他追到了那桃，就这样整他，因为中药房的药品都是按功效分门别类的，木香跟丁香功能不一，两者的位置相差很远，不可能存在手误。在梁城的印象中，也没抓过丁香。

可患者拿出了证据，他拿不出，加上患者又一个劲地说要把他告上法庭，卫生院为了消除不利影响，只好同意赔偿，这钱当然从梁城的工资里扣除，同时取消他的全年奖金，并把他从抓药员调为负责清洁、收发和销毁过期药品。

过期药品主要是西药，销毁办法是把那些片剂倒出来，挖坑深埋。倒空的瓶瓶罐罐堆在地下室，每隔一段时间叫收破烂的人来拉走。

遭此变故后，梁城跟那桃的感情出现了危机。那桃的父母本来就不赞成女儿跟梁城耍朋友，女儿不管怎么说是个中专生，梁城呢，高中毕业；那桃会做账，梁古城会什么？抓药？抓药谁不会，况且他还出了差错。那桃说他会画卡通，父亲反问：“那玩意儿能当饭吃吗？”

那桃找到梁城，告诉他：“人生在世，不如意事常八九，面对逆境，如果你沉沦下去，那我们只好拜拜；如果你奋发，我们还有希望。”末了她把父亲的话告诉他，希望他发挥优势，有所作为！

那桃走后，梁城对着满屋的瓶瓶罐罐吼：“我一定要在卡通方面闯出一条血路来！”才吼完，那些拧了盖子的空瓶就嗡嗡回响，给梁城的感觉好像是把他的烦恼装了进去。他连吼十几声，心情轻松了不少！

一个灵感在梁城的脑海里电光石火一闪：我何不把这些瓶子改装成“心灵收纳瓶”？只消把药瓶上的标签去掉，贴上我画的卡通即可！

说干就干，梁城把一百多个大小不一的药瓶泡到水池里，除去上面的标签，淘洗干净，之后动手画卡通，贴到瓶子上，并写上字，每个瓶子的名字都不同：“美丽天使”“爱到永远”“青春永驻”“你是我的唯一”“爱情青睐勇敢者”……

如此一来，普普通通的药瓶就成了美轮美奂的艺术品，还十分时尚。

双休日，梁城把“心灵收纳瓶”装进编织袋，坐班车来到容州，到酷卖一条街摆地摊。他才把“心灵收纳瓶”倒出来，马上就吸引许多年轻人的目光。一问价格，每个十五至三十元不等，便宜。姑娘小伙们纷纷选购。一个姑娘爱上了一个小伙子，可不敢表白，就买个“机不可失”和“勇敢爱”，放到自己的床头，时刻提醒自己勇敢起来；那些小伙子呢，为了向女友表白心迹，纷纷购买“舍你其谁”“爱至尊”“我的心中只有你”……

没多久，梁城背来的一百个“心灵收纳瓶”就被抢购一空了。收摊时一数钱，好家伙，赚了两千元，比在中药房抓一个月药挣的还多！原来创意也可以赚大钱！

梁城深受鼓舞，回去后加大创作力度，业余时间几乎都花在制作“心灵收纳瓶”上。那桃过来帮忙，梁城画画，她往瓶上粘贴。制作好后，两人就在双休日弄到容州来卖，局面很快打开。城里的格子铺见“心灵收纳瓶”好卖，纷纷向梁城要货。梁城灵机一动，跟印刷厂合作，把他画的卡通批量印刷，之后贴到瓶子上。除此之外，他还到淘宝网和创意集市推销自己的产品。

因独辟蹊径，梁城的生意越做越红火。他干脆停薪留职，到容州租了个门面，专卖“心灵收纳瓶”。店子装修时钱不够，那桃就给他拿了一万八千元，梁城深受感动。

店子后面是作坊，梁城招了几个年轻人，收瓶子、找防水纸张、跑印刷厂、到外地推销等，梁城则专门负责设计图案。有了一定的本钱后，梁城又开了一家广告公司。

没几年，梁城就发了，不但买了房，还把那桃调到城里的银行工作，两人的爱情越来越牢固。

这天，店里来了一个大胡子，他看了看琳琅满目的“心灵收纳瓶”，说要见一下店主。梁城出来，大胡子说他是省动漫制作中心主任，单位很缺卡通人才，想把梁城调去画卡通，不知梁城愿不愿意，梁城当然十分愿意。

拿到调令后，梁城回卫生院办理调动手续，那桃陪他回来，顺便看望一下昔日的同事。自从几年前办了停薪留职后，梁城一次也没回过这个让他受过耻辱遭过打击的地方。

调动手续需院长签字，梁城敲开院长室的门，看到南氏父子正在里面谈事情。“大画家，稀客呀！”院长打哈哈。

南梅堂则跟那桃说话：“城里跟乡下就是不一样啊，阿桃不但长得越来越漂亮，而且越来越洋气了！”

“哎呀表哥，你结了婚怎么还这么油腔滑调，烦！”

“什么，他是你表哥？”梁城吃了一惊。

“是呀，当初表妹还跟我说，打击你一下，让你发挥特长，别满足现状。你的卡通画得那么好，抓药可惜了。”

那桃狡黠一笑。

第二辑 一块猪肉

一块猪肉

营渠战役初战告捷，红军打开地主粮仓，把粮食分给贫苦百姓。地主家养有几头大肥猪，红军宰杀后，除了犒劳将士们，也分一些给穷人。牛娃领到一块油汪汪的肥肉，忍不住伸舌舔了一下。自长这么大，他还没吃过猪肉！

牛娃今年12岁，靠给财主放牛为生。红军到来后，田地分给大家，牛也分给大伙儿，每五户一头，大家轮流放牧，牛娃就被解放了出来，跟爹一起侍弄才分到的田地。此时是秋天，稻子开始收割。

爹接过那块一斤多重的猪肉，切一半，用蒜苗给儿子炒了盘回锅肉，香得牛娃直咽口水。牛家平时都是吃稀饭，粥中掺野菜，所以稀饭总有一股苦涩味儿，现在分到了粮食，况且割稻是力气活儿，就特地煮了一砂锅干饭。牛娃舀了一碗香喷喷的白米饭，先就刨了几大口，他从来没有这样“哈吃”（四川话：大吃大喝）过。他迫不及待地回到桌边，夹起一片被酱油炒黄的猪肉，塞到嘴里一嚼，油滋了满嘴，齿颊互芳。真香啊！牛娃陶醉得闭上了眼睛。他细细把口中的肉片嚼烂，才慢慢吞下去。

睁开眼，却见父亲正瞧着他，眼里噙着泪。“爹，你咋不吃呢？”牛娃惊问。爹揩去泪水，问：“猪肉香吗？”“香得很！我从来没吃过这么香的东西！”“那就多吃点儿。唉，爹没本事，你这是头一次吃猪肉，还是托红军的福，天可怜见……”

牛娃夹起一块猪肉塞到爹嘴里：“红军真好，我也想参加红军。”爹笑道：“你还没枪杆高，咋个参加红军？”牛娃说：

"红军里不是有做饭的吗，我可以帮烧火呀！"爹说："快吃饭吧，猪肉冷下来就没有那么香了。"

牛娃又搛起一块肉片吃，问道："野猪肉也有这么香吗？"

"比这还香……"爹说着，突然顿住了，脸色也变得悲戚起来。

这时门外有人喊："牛大伯在家吗？"随后门口光线一暗，一个红军走了进来。牛大伯一看，是梁连长，手里提着一块二刀肉（靠近猪后腿的肉），足有两斤多重。

"哟，都吃上啦？"梁连长笑着打招呼。

牛大伯连忙说："来来来，一块儿吃！因为有好菜，所以今天午饭吃得早，吃饱了好干活……梁连长，你咋个又提猪肉来，我家不是分到一块了吗？"

牛大伯拿来碗筷，要给梁连长舀饭，后者制止："我吃过了，尝一下你的手艺就行。"说着拿起筷子夹了一片猪肉吃，赞不绝口。其实，他分了一上午猪肉，现在才忙完，肚子早饿了。

梁连长说："猪肉分到最后，还剩一块，我就给你们提来了。因为我看到牛娃领猪肉时，忍不住舔了一下。后来听村民们说，他从来没吃过猪肉。你看地主阶级把人给压迫的！"

牛娃说："我一拿到猪肉，就想生啃一口……"

"这回呀，让你把猪肉吃个够！"梁连长说着指指挂到墙上的二刀肉。

牛大伯道："这咋好意思……"

梁连长说："我们也是有事相求。牛娃，你爬过鹅颈项（山名）没有？"

"经常爬。放牛时，常爬上去找野果吃。一次还在山上逮到一只野猪崽儿"

"那好，你今晚就带我们爬上鹅颈项，敲掉那里的守敌。川军妄想在通天、大庙一带构筑工事阻挡红军解放营山县城，那是做梦！”

牛大伯对儿子说：“你不是想参加红军吗？今晚给红军带路，就是参加了红军。你一定要把路带好，不能迷路！”

“放心吧，迷不了！”牛娃拍着胸口说。

深夜，墨蓝的天空挂着半边月亮。在淡淡月色中，红军悄悄摸到鹅颈项背后，在牛娃的带领下，攀藤蹬石而上。到了山顶，出其不意向守敌发起攻击，打了敌人个措手不及，活捉敌团长，击毙作恶多端的民团敢死队长陈大牙。

牛娃上前连踢几脚陈大牙的尸体，骂道：“还我野猪！还我娘！”

原来，牛娃两年前捉到一只小野猪，抱回家饲养。养大后，陈大牙听说了，就叫团丁过来抢。牛家父子想夺回来，陈大牙拔枪恶狠狠道：“老子是敢死队长，只要你敢死，就尽管来夺！”牛娃的妈妈扯猪草回来，知道此事后，就到民团去说理。不但没把野猪要回来，还被陈大牙羞辱了。她十分悲愤，就吊死在民团门口。

牛大伯听说红军杀死陈大牙后，多时的冤仇得到伸报，觉得更不能要梁连长送来的二刀肉，应该给红军伤病员吃。可他回家拿肉时，却没看到猪肉，也没看到儿子。

他拿上柴刀篾条上山，打算砍些枯枝给红军食堂送去，却发现儿子跪在其母坟前，前面摊着一张宽大的芋叶，上面放着那块二刀肉。

“妈妈，红军一来，我就吃上猪肉了，可香啦！昨晚我带路，红军把陈大牙杀死了，为你报了仇！红军还要解放县城，建立苏维埃，那是咱们穷人的政府。地主老财的田地粮食什么的，红军都分给了乡亲们。这是红军分给我们家的猪肉，爹说叫二刀肉，是猪身上最好的，你闻一下吧……”

牛大伯静静地听着儿子絮叨，老泪纵横。

祭奠完毕，牛娃提起那块猪肉，朝红军临时医院走去。

牛大伯见状，感到十分欣慰。

可吃晚饭时，牛娃却变戏法似的从卧室里拿出一块二刀肉，放到饭桌上。“爹，咱们看肉吃饭！”

牛大伯一愣：“你没送到医院去？我以为你拿给伤病员们吃了哩。”

“爹，你仔细瞧后再说话。”牛娃笑道。

牛大伯拿过猪肉，感觉特别沉。睁大昏花老眼一瞅，原来是块石头，上面的色泽纹路跟猪肉一模一样，甚至还有肉皮和瘦肉肥肉哩！

“这是在陈大牙指挥所缴到的奇石，红军送给我作纪念。”牛娃得意地说。

大豆玉米

这天，镇上召开包村工作会，镇团委书记豆科负责红石村。他接到任务后，既高兴，又惶恐。高兴的是，那是他的家乡；惶恐的是，村里的工作很难展开。

红石村地处丘陵，没有水田，所以千百年来只种两种旱地作物——大豆、玉米。在新农村建设中，镇上走“一村一品”的路子，想把该村建为玉米基地，遭到反对；建为大豆基地，阻力更大。

原来，村里只有豆、玉两姓，聚居地从中间岭分开，岭东住豆氏，岭西住玉氏，各有一条村道通往镇上。豆氏种大豆，玉氏种玉米。平时，两姓很少来往，因为相互看不起，都认为他们种的东西理应成为村里的唯一。

镇上很为难，打造大豆玉米基地吧，亩数又不够。现在叫豆科包这个村，就是想说服豆姓村民种玉米，或玉姓村民种大豆。

豆科骑摩托车回来。在村口，看到高中同学玉茭正在岭西的玉米地里忙碌。她手拿一个塑料容器，逐一把顶花的花粉摇到容器内。有的玉米植株高，她只好踮起脚。那件碎花小衫往上缩，露出了一寸小蛮腰，令豆科怦然心动。

他鸣了一下笛，玉茭扭头看到他，眼里跳出一朵兴奋的火焰。豆科走过去：“我回来包村。你帮我说服你爹，叫你们玉姓改种大豆，镇上想把咱们村打造成大豆基地。”

玉茭笑了笑：“你想得倒美，你为啥不叫你们豆姓改种玉米？玉米前景比大豆广阔，中国可是玉米大国！”说着把花粉倒进一个竹筒里，竹筒底端系着一块纱布。她在每一株玉米的花丝上摇一下，漏下花粉，完成授粉。

“种玉米多麻烦啊，还要人工授粉。”豆科说，“种大豆则不必，它是闭花授粉作物，自己就能完成。”

“可玉米效益好，一亩糯玉米能收六千块，大豆能吗？再说，‘玉茭一号’好不容易培育成功，怎能轻易放弃！豆科，叫你们的人种玉米吧，我负责技术指导。”

玉茭深受鼓舞。高中毕业后，便在父亲的支持下，积极培育糯玉米、甜玉米、笋玉米、爆裂玉米、高油玉米、青贮玉米、高淀粉玉米、优质蛋白玉米等类型的特种玉米，并获得成功，之后在岭西推广。

豆科见没有把玉茭说服，反而被她游说，一时无言。可要说服豆姓改种玉米，并不比说服玉姓改种大豆容易，因为这两种作物几乎成了两姓的图腾。虽说现在玉米暂时占上风，但以村主任为首的豆姓农技人员正在加紧研究优质丰产大豆，打算在两年内压倒对方。因此，村主任一见豆科回来，就高兴地说：“太好了，咱们的队伍更强大了！”

平时，豆玉各自管好各自的人马，不干涉对方“内政”。目前的一把手是玉茭的父亲，二把手就是豆村主任，所以豆姓感到略居下风，现在豆科回来，豆姓一下子跃居到了玉姓的前面，不管怎么说，豆科也是镇级领导。

这位镇级领导亲自参与培育优质丰产大豆。是呀，要说服玉姓改种大豆，必须让他们看到种大豆不但比种玉米轻松，而且收益也高。经过两年的努力，豆姓终于培育出一个高产、高油、高蛋白的优良品种。

豆科兴冲冲到岭西去宣传，却看到电视台正在采访玉茭。原来，在中国种子协会举办的全国玉米高产竞赛活动中，玉茭选送的玉茭一号以亩产 814 公斤夺得第一名！

玉茭看了豆科一眼，对记者说："玉茭一号抗病抗倒，丰产稳产，具有广泛的适应性，籽粒商品性好，蛋白质含量高，在我国玉米主产区有广阔的推广前景。遗憾的是，目前还没有在全村推广开。"记者问为什么，玉茭朝豆科一指，"你问他吧，他是镇上的驻村干部，这方面最知情。"

摄像机马上扫到豆科这边，豆科毫无准备，但他很快理清脉络，回答记者提问。他说："豆姓之所以不愿种玉米，一是大豆是他们的传统产业，不忍放弃，二是技术问题。"

记者问："玉米的效益明明比大豆高，你们为什么不改种玉米，把村里打造成优质玉米基地？"豆科说："玉米的前期效益虽比大豆高，但大豆后劲足，晒干后，一年四季都能卖，还可以制成各种豆制品出售。而岭西种植的玉米主要是鲜食玉米，不耐运输，本地市场一旦饱和，根本没有拓展空间。从长远看，把红石村打造成大豆基地更为有利。况且，目前我们已培育出一种适合本地种植的优质丰产大豆！"

节目播出后，豆姓扬眉吐气。玉姓不甘示弱，在高音喇叭里反复播送玉茭一号的性能及获奖情况。双方人口、土地、实力相当，看来谁也别想吃掉谁。

第二年春，大豆种下不久，村主任发现豆科在大豆地里间种玉米，就满脸不高兴："你怎么种这个？"豆科说："他们不是老吹玉茭一号如何高产吗，我种玉米是想回击他们一下！"村主任说："你从未种过玉米，咋比得赢他们？"豆科信心十足地说："我种的品种比玉茭一号优质高产！"

果然，豆科间种的玉米亩产达 1146 公斤！玉姓的高音喇叭一下子哑了。豆姓很高兴，对玉姓说风凉话："你们亩产 814 公斤算啥呀，豆科随便种一下，亩产都比你们高。快过来取经吧！"

豆姓以为玉姓不会来，谁知他们却不约而同来到了豆科家的承包地。豆科正跟家人收大豆。收完一过秤，豆荚产量比其他村民高得多！豆姓惊讶了，一样的品种，一样的管理，豆科因忙于公事，平时施肥还没他们多，为何他的产量高出这么多？

“因为我在地里间种了玉米。”豆科说。

村主任大惑不解：“你把大豆玉米种在一起，它们相互争夺养料，怎么反而高产？”

“经过试验，我们发现大豆玉米很合得来。”豆科说，“玉米个子高，喜欢阳光，根系扎在土里比较浅，主要吸收利用上层土壤里的养料，生长期中需要氮肥比较多。大豆呢，低矮耐荫，但根系扎得比玉米深，能吸收利用下层土壤里的养料，需要氮肥不多，主要需要磷肥和钾肥。大豆根上有根瘤菌，能吸收空气中的氮气，制造成氮肥，供玉米所需。另外，这两种作物长在一起，枝繁叶茂，覆盖地面，抑制杂草生长，减少土壤水分蒸发，提高抗旱能力。因此，把大豆玉米种在一起，不仅节约土地，而且比单独种一种作物产量要高得多！”

原来如此！村民们豁然开朗。“你间种的玉米是什么品种？”有人问。“玉茭一号！”豆科答。豆姓村民一愣，玉姓村民也低头沉思。

豆科站到一块大石上，对乡亲们高声说：“作物尚且如此，更何况我们？所以，我们豆玉两姓，合则兴，分则难以致富奔小康！我建议，从现在起，在岭东的大豆地里间种玉米，在岭西的玉米地里间种大豆，把咱们村打造成大豆玉米联合基地！”

众人鼓掌。掌声停歇后，村主任问：“你刚才说的‘我们’是指谁？”

“当然是我和豆科！”玉茭从人群里挤出，泼辣地说，“大豆玉米很合得来，是我们偶尔发现的！”

原来，玉茭是村团支部书记，经常跟豆科探讨共青团工作，当然也谈基地建设。因两姓的观念根深蒂固，建立单一的基地似乎不可能。两人经常为这事烦恼，寻求出路。

随着相处日深，这对年轻人产生了爱慕之情。确立关系那天，他们到山顶约会。那儿有一块空地，豆科拿出九颗大豆，玉茭拿出九粒玉米，之后一起挖九个小埯，把大豆玉米相挨着种下去。希望他们的爱情跟源远流长的大豆玉米一样，天长地久。

此后，两人约会就多了一个理由：到山顶去看大豆玉米。他们发现，尽管没施肥，他们种下的大豆玉米却比山下单独种植的大豆玉米长得茂盛。这是怎么回事？山顶的土质可比山下的贫瘠啊。后来他们深入分析研究，又到农业局植保站请教，终于发现大豆玉米相生的奥秘！

多时的难题迎刃而解。大豆玉米联合基地成立那天，两人相携走进了婚姻的殿堂。令来宾耳目一新的是，红地毯两边摆的不是鲜花，而是一盆盆种在一起的大豆玉米！

白领黑领

梁石是个典型的白领，相貌英俊，收入不错，喜欢他的女孩子不少，但他谈的女朋友从来都是谈一个吹一个，人们感到很奇怪。

梁石在六良商场人力部当主任，主要负责商场纪律和员工招聘等，虽然年纪不大，但工作能力很强，深受老板赏识。

梁石很注意自己的仪表，一年四季喜欢穿白衬衣，他的衣领始终纤尘不染，洁白如新，因为他天天洗澡，天天换衣服。由于这个缘故，才进财务部不久的白领都乐跟他认识后就很快喜欢上了他。

都乐是城里女孩，特别喜欢整洁。在都乐认识的小伙子当中，梁石是最爱整洁的一个，所以都乐对梁石很有好感，不久这种好感就转变成了恋情。“都乐跟梁石的恋情会长久吗？”同事们在背后悄悄议论。

六一国际儿童节那天，老板带上都乐、梁石、几个小伙子和报社记者开着一辆双排座车子到山区去扶贫助学，车斗上堆满了各种慰问贫困学生的东西。经过七秋岭时，老板看到一队幼儿园的孩子正相互牵着后衣摆横过马路到广场去，大概是表演节目庆祝节日什么的。老板只好把车停在斜坡上，等孩子们过了马路再说。因车子的空调坏了，车内一停下来就闷热异常。众人见孩子的队伍还很长，就都下车来，站到路旁的树荫下吹风。梁石见走时匆忙，忘了带矿泉水，就对老板说：“我去买几瓶水。”

梁石走后不久，都乐看到那辆停在斜坡上的双排座突然滑动起来，而且越来越快，在斜坡底下横过马路的孩子和老师却毫无知觉！都乐惊得大叫一声："哎呀，车！"

众人一看，马上冲过去从后面拉车斗，可是没拉住！车子拖着他们向斜坡底下滑去！都乐大喊："孩子们，快闪开！快闪开！"

这一喊不打紧，孩子们一下子乱了营，四下乱跑，仿佛一队整齐的蚂蚁受了袭击，有的孩子还昏头昏脑地朝车子跑来！在这千钧一发的时候，梁石买矿泉水回来了，他把东西往地上一扔就冲过去拉车，车子竟被他拉住了！老板腾出手后来到旁边找来几块大石头，垫到车子的两个前轮前。确信车子不再滑动后，梁石才松开手，这时他的衬衣已被汗水湿透了。

梁石解开衣扣扇风乘凉，老板看了看他发达的胸大肌，说："难怪你力气这么大，原来你是个健美先生。你喜欢健美？"梁石不置可否地说："也算喜欢吧。"老板开玩笑说："你胸大肌这么发达，是不是经常到江边练俯卧撑？"这时报社记者说："梁石先生您轮下救人的事迹，等慰问完后我想对您进行专访。"

第二天，通讯《健美先生轮下救人目击记》刊发在报纸上，梁石及其所在的六良商场一时名气大增。城里一家健美房看了梁石的事迹后，就请他做该健美房的形象代言人。梁石各种健美姿势很快出现在广告上。健美房给他付了一笔广告费，还给他发了一个免费健美卡，欢迎他经常光临。可梁石却把那个健美卡给了都乐，因为都乐一直喜欢健美。

"你留着用吧，"都乐说，"你不是也喜欢健美吗？"梁石说："我不喜欢在健美房里练，其实我每天骑车上下班就是健美了。"

梁石的住处离六良商场不远，可因为他喜欢骑行，每天都骑那辆锃亮的山地车上下班。

那天，都乐走出健美房，看到对面的电影院正在放一部大片，就想跟梁石一块儿看，她给梁石打手机，可梁石关机。都乐就到梁石的住处敲门，敲了半天也没反应，她就在小区门口等，一直等到天擦黑才看到梁石骑着那辆山地车筋疲力尽地回来。

都乐惊讶地说："你怎么现在才回来，不是早下班了吗？"梁石说："我在城区骑了一阵车子，我喜欢骑行。找我有事吗？"都乐说："现在各电影院正在放一部据说不错的大片。"梁石说："今天我骑车骑累了，明天你休假，我也正好休假，明天下午我请你看。"

看了电影，都乐照例去健美房健美。健美完毕后，都乐问健美教练："骑行能不能达到锻炼手劲和胸大肌的目的？"教练说："骑行主要锻炼脚力，对手劲和胸大肌帮助不大。做俯卧撑可以锻炼手劲和胸大肌。"

都乐又想起那天老板开的玩笑和梁石以前谈女朋友谈一个吹一个的传闻。梁石相貌英俊，身材健美，为什么以前一直找不到女朋友？难道他金玉其外败絮其中？既然骑行对锻炼手劲和胸大肌帮助不大，那他为什么还要天天骑自行车四处转悠？难道那只是个幌子，他真的经常到"江边"去？无风不起浪，老板那天说的话也许并不仅仅是开玩笑？都乐决定跟踪梁石一下。

第二天下班时，都乐故意滞后，待梁石骑车出去了，她才骑上她那辆电动自行车悄悄跟上。出了城区，都乐发现梁石目标明确地朝"江边"骑去！她的脑袋嗡地响了一下。

江边原是荒僻河滩，自从梅江疏浚通航后就一下子热闹了起来，因为那几家支撑当地工业的水泥企业都建在梅江上游，梅江疏浚后，水泥厂往县城运水泥都走水路，这样不仅快捷，而且节约运费。这就在县城的江边出现了一种职业：把袋装的水泥从船上或竹排上搬运到岸上来。搬运是力气活儿，搬运工大多来自农村，自然舍不得花钱住旅馆，他们先是用几块石棉瓦搭个简易的窝棚，后是在闲暇时到建筑垃圾场去捡砖头，之后用在装卸时散落的水泥建起了平房，安顿下来。几年后，江边就乱七八糟地建满了平房，形成了一个迷宫般的“村落”。该“村落”没有村主任，没有社区主任，一切放任自流。因无人管理，各种社会治安问题也就随之出现，公安部门虽多次巡查，无奈“迷宫”出口太多，狡兔三窟，收效甚微。

都乐看到梁石熟门熟路地拐进了江边一家红砖院落，院子的门楣上悬着一盏红灯笼。都乐似曾相识，她低头一想，原来前几年在电视上看到过该院落，知道这是一个不良窝点。

没想到梁石居然来这种地方！都乐感到自己受了莫大的欺骗，难怪他以前谈的女朋友一个个都离开了他！都乐本想冲进去找梁石算账，可又怕被误会都乐只好在院子对面的一丛灌木后坐下来静等。

等到天擦黑，都乐才看到梁石一身疲惫地出来。都乐怒火万丈，冲上前去就扇了梁石两记耳光。梁石见是都乐，吃了一惊：“你，你怎么在这儿？”都乐冷笑：“没想到吧？哼，我更没想到你竟是这种人！”梁石抚着痛脸说：“我怎么啦，我不过是来锻炼……”都乐说：“住嘴，有你这么锻炼的吗？你别亵渎了‘锻炼’这个词！”

两人正在争吵，这时院子里走出一个神情猥琐的男子，那男子对梁石说：“老鸨正找你呢。”梁石瞪了都乐一眼，转身进去。都乐拿出手机跟上，一有风吹草动，她就马上拨打 110 报警！

来到正屋，里面亮着一盏暧昧的粉红色的日光灯，墙上挂着一幅摄影挂历。一个秃子正坐在桌后，几个男人站在秃子身边，桌上放着一个什么表格。看到都乐进来，那几个男人的眼睛一下子亮了许多。梁石问秃子：“老鸨，什么事？”秃子说：“老嫖这个月的钱，你看……”

“好呀，警方好不容易捣毁了这个窝点，你们又让它死灰复燃！看我不叫警察来收拾你们！”都乐扬着手机气愤地说。

“什么呀，”秃子说，“我们这是合法经营……”

“啊呸！在这里你们还敢说什么合法经营，你们这是无法无天！”都乐说着就要打手机报警。梁石一把夺过她的手机说：“胡闹！以前这里是窝点不假，但现在是江边装卸队的办公室，这是我们葆队长。”

“算了，还是叫我老葆，亲切。”秃子说，“如果我没猜错的话，你一定是梁石的女朋友小都。梁石这小伙子不错，这么多年来一直照顾着老嫖……”

“老……嫖？他是谁？”都乐一激灵，问道。

“一个装卸工。”老葆说。

十几年前，老朴（piáo）的妻子到县城一家餐馆打工，后来跟一个厨师好上了，就回红石村跟老朴离了婚。儿子判给老朴，女儿判给妻子。老朴父子在乡下待了一段时间，感到日子十分恓惶，就到县城来打工。在打工过程中，老朴收留了一个跟儿子朴盆差不多大的流浪儿。后来因为工作不好找，他们就固定在江边当装卸工，并搭了个简易窝棚住了下来。

在搬运水泥之余，父子三人经常到城里揽些零活补贴家用。有一次，三人为县城一家玻艺店卸玻璃板，朴盆和流浪儿站在车斗旁边负责把沉重的大玻板抬到老朴的背上，老朴再躬身小心翼翼地把玻板背进店里。后来大概因为重心不正等缘故，车斗上那些呈 A 形竖放的玻板突然狂泄下来！在这危急关头，老朴猛地从店里冲出来一把拉开流浪儿，可在他再去拉儿子时，已经晚了，随着一阵轰然碎响，那车玻板全部碎成了一堆巨大的玻璃碴，朴盆被埋到了玻璃碴里！血水从玻璃碴底下流了出来。待消防队员把朴盆扒出来时，朴盆早已惨死多时，他的身上扎满了长长短短的玻璃碎片，刺猬一般，在阳光下闪闪发亮。老朴大叫一声，昏死过去。等他醒过来时，神智就变得有些不清了……

“那个流浪儿就是我，”梁石说，“是养父救了我一命。”

后来梁石通过自学自考，提高了知识水平，并经过自身的不懈努力，终于成了一名令人羡慕的白领。他几次想接养父到城里去住，可每次老朴都说：“我走后，阿盆怎么办？谁来照顾他？”原来在老朴混乱的神智里，朴盆并没有死，只是外出装卸还没有回来。有一天，老朴对梁石说：“阿盆这是怎么搞的，光装卸不拿钱回家？年轻人哪，花钱还是这么大手大脚，以后成了家怎么办？”梁石想了想，就去跟葆队长商量，他每天下班后到装卸队来当临时工，工资花名册上写朴盆的名字，每个月底通知老朴到装卸队来把“朴盆”的工资领走。

从此，梁石一下班就骑车到江边装卸队，换上装卸工的衣服搬运水泥，搬完后，再换上原来的衣服，之后去看望养父，末了才回自己的住处洗澡吃晚饭。刚开始时，许多工友不解，他们对梁石说：“你现在已是白领了，怎么还来跟我们这些‘黑领’干体力活儿？”梁石说：“工作没有高低贵贱之分，劳动最光荣。再说，脑力劳动跟体力劳动交替着干，也是一种休息。”

这样，几年下来，梁石就在搬运过程中练就了一副健美身材和一身力气。“当然，最重要的是我抚慰了养父孤寂的心。”梁石说：“我以前谈的女朋友知道我的身世后，认为我出身过于卑微，就都离开了我……”

原来是这样！都乐说：“你能不能带我去看看你的养父？”

“可以，跟我来吧。”梁石带着都乐往小巷里走。“顺便跟你说一下，别老用旧眼光看‘江边’，‘江边’的治安早就今非昔比了，住户们都办了暂住证，还成立了联防队，下个月还要成立江滨社区呢，到那时各项工作会变得更加有序。”

两人走进一间整洁的平房时，一位额头正中隆起的老人正在看电视。

“爸，我和小都来看您了。”梁石说。

都乐上前把老人端详了一阵，突然搂着老人痛哭：“爸，我是都乐呀，你让我找得好苦哇！”

原来，都乐随母姓。前几年继父去世后，都乐曾回红石村寻找过生父老朴。在父母离婚那年，她 10 岁，对生父有一定的记忆，她记得最深的是生父的额头正中有一个凸起，人称“头灯”。村里人告诉她，十几年前“头灯”带上儿子外出打工后就再也没有回过村里，怕是早就客死他乡了。闻此言，都乐就断了寻找生父的念头。

没想到，父女俩却在这里重聚！

哭声

广西红石村四周属喀斯特地貌，山上多溶洞。其中最大最长最神秘的要数“有去无回洞”。它到底有多大多长，没人具体测量过，因为没有几个人敢进洞走一趟。事实上，绝大部分进洞的人再也没有出来过，所以有去无回洞又叫“鬼洞”。

但住在“鬼洞”附近的水晶却把进洞当作寻常事。小时候，她跟小朋友玩捉迷藏，老被逮到，就豁出去了，躲进“鬼洞”，结果，小朋友明知她在洞里，可就是不敢进去捉。大人们知道水晶进了“鬼洞”，大惊失色，心想她这回完了，有去无回！告诉她爹妈，可她爹妈一点儿不急：“管她，她本来就是男孩子性格，胆子特大！”结果，一下午不见水晶出来，眼看天就要黑了，村民们正准备报案，可这时水晶却脸色苍白浑身哆嗦出来了，村民一时视为奇迹。

第二次玩捉迷藏时，水晶又故技重演，结果一个叫梁布兵的小男孩把她逮了出来。其他孩子见水晶、梁布兵进洞没事，也大着胆子进去，可才进洞口，就吓得大呼小叫，狂奔不已，还有几个昏倒在地，水晶、梁布兵只好把倒地者背出。昏迷的小朋友三天没有苏醒，人们就说是被吓着了，家长只好请水晶的爷爷和梁布兵的奶奶来照看。

原来，“鬼洞”两边的石壁上，密密麻麻悬满了棺材，层层叠叠，不知纪年。数量之多，令人头皮发麻。

当地在清朝以前有崖葬的风俗，即利用天然溶洞存放棺木。为什么选择在“鬼洞”崖葬？就因为此洞最大最长，气温最低，常年只有十多度。几乎整个古代的红石村民都挤到该洞去，哪有不多之理！民国后，村里推行殡葬改革，不再崖葬，而是土葬。

倏忽十几年过去。水晶、梁布兵大学毕业，一个回来当村干部，一个在县文管所工作。

梁布兵隔三岔五往村里跑，因为他跟水晶恋爱了。每次回来，两人都要相约进“鬼洞”。村民看了直撇嘴：“就算你们胆大，可幽会也不看地方！”村主任在一旁嘲讽：“这叫人鬼情未了！”

村主任说话酸，是因为水晶回来当村干部后，他一心想把这位漂亮的手下介绍给侄儿，可水晶不干。

这天是周末，一大早，水晶和梁布兵又进“鬼洞”，傍晚才出来，一脸的兴奋。

难道他们在洞里那个……村主任满腹狐疑。为了套话，他请两人进小酒馆吃饭。梁布兵和水晶啃了一天干粮，正饥肠辘辘，也不客气。

几杯木薯酒下肚，梁布兵就有些醉意了，他把数码相机拿过来，将在洞内拍的照片翻给村主任看。村主任以为是什么新发现，一瞅，全是棺木，忍不住一阵恶心。“快关上，我都要吐了！”

梁布兵哈哈大笑：“村主任，这可是考古史上的最新发现！它足以让红石村扬名全国！”

“哦？”村主任啃鸡腿的嘴巴停了下来。

“你看这个是什么？”梁布兵从背包里拿出一块黑乎乎的东西。水晶要制止，梁布兵说，“您是村领导，正好指导指导。”

如此一来，村主任高度重视，放下鸡腿，拿过那块东西仔细端详，可左看右看，就是一块有些像尖刀的石头。

“没错，它就是一把石刀。”梁布兵小心拿过文物，“这可是新石器时代的东西，原始人打磨的，距今一万多年。这是在

‘鬼洞’一个偏僻侧洞里发现的，旁边还有彩陶罐的碎片。很显然，石刀和彩陶罐都是崖葬的随葬品，只是年代久远，棺木和尸骨都已朽烂，这些随葬品就掉了下来。”

村主任听后很不屑：“这能说明什么问题？这石刀能换一把菜刀吗？”

梁布兵笑笑：“可能换不到。但说明一个问题，崖葬在原始社会走向解体的过程中就已出现了。”

村主任还是不解：“就凭这儿，能让咱们村扬名全国？”

梁布兵只好揭秘：“我的村主任大人，这可是迄今为止全国发现的最早的崖葬，比广西武鸣发现的春秋时期的岜马悬崖葬还早！”

村主任听后大喜，村里正愁没有宣传点子呢。不宣传，这招商引资就难搞；招商引资上不去，就没政绩。但他故作平静地问：“你怎么知道？”

梁布兵说：“我在大学里学的就是考古专业。”

“那古人为什么喜欢崖葬？”

“这是人们对祖先崇拜的一种行为。”

饭毕，村主任把梁布兵的数码相机借去，说要传输到电脑上好好欣赏一下他拍的照片。

然而，村主任欣赏过后，连夜写了一则消息《红石村惊现全国最早崖葬》，之后发到县论坛上。

第二天，水晶打开电脑，发现这篇文章，吃惊不小，文章上附有村主任的名字。水晶拿上报纸去找村主任：“你怎么把这事捅出去了？”

村主任说：“又不是什么阴暗面，为什么不能报道？”

水晶说：“可一报道，各路人马就会蜂拥而至！而且也缺乏常识，把‘鬼洞’的地址写得这么详细！”

果然，几个钟头后，就有人按图索骥找到“鬼洞”，钻进去

“探险”。水晶闻讯赶来，“探险者”已走，一些悬棺被钩下，撬得四分五裂，里面的随葬品被盗一空！

“村主任，看到了吧，这就是你干的好事！盗崖葬墓比盗土葬墓更简单，用不着挖土！县文管所正准备把‘鬼洞’崖葬申报为省级文物保护单位。崖葬都被破坏完了，还怎么申报！”

村主任这才感到事态严重，只好安排村干部轮流守洞。

这天轮到村主任值守，他突然听到洞内传来隐隐约约的哭声，不禁毛骨悚然。但出于好奇，他还是壮起胆子，揿亮手电进去看个究竟。

快要走近时，哭声却没了。正在惊疑，轰隆一声，头顶上一具被盗墓贼钩松了承重木梃的悬棺竖着掉了下来。

很快，这消息传遍了全村。

有人不信，亲自过来，的确听后洞内传来瘆人的哭声，可进洞后，哭声就诡谲地消失。难道是因为风从石缝吹过发声？可洞内没有风啊，再说以前也没有哭声。难道有人躲在洞内作怪？几个精壮小伙轮流守住洞口，想把装怪者逼出，可连守三个月，没人出来，哭声依旧！

这到底是咋回事？

“也好，这下歹人不敢来了！也没必要再安排人守洞了。”村主任说。

果然，这哭声把好几拨贼人吓跑。可一年后，在利益的驱动下，他们又在半夜卷土重来。听到哭声依旧，他们就戴上耳机。可走着走着，头目突然觉得头顶上有些异样，把强光手电筒往上一射，妈呀，一个个狰狞的画面从黑暗中愤怒飞来！

贼被吓得嗷的一声往外跑，边跑边尿裤子。这下更不得了，跑在后面的秃子当即昏倒。

第二天清晨，水晶到“鬼洞”巡视，发现有人倒在洞里，连忙报警。警方把秃子送到医院救治，醒来后，根据秃子提供的线索，很快把盗窃团伙一网打尽。

秃子被吓破了胆，有了心理障碍，为配合治疗，水晶把道具拿来，原来是塑料做的电影道具，平时系在洞顶，若有盗窃者触碰机关，它给人的感觉是迎面飞来。

秃子舒了口气：“那，哭声又是怎么回事？”

“我爷爷不是说了吗，那是因为你们把悬棺撬烂，所以有哭声！”水晶没好气地说。

秃子连连说：“再也不敢了。”

水晶说：“省级文物保护单位的批文今天下来了，我们在“鬼洞”设了专人看守，闲杂人员休想进去！”

从医院出来，水晶到渔政部门拿了《水生野生动物驯养证》，之后返回村里。

原来，在盗窃发生后的第二天，水晶进城向县文管所反映。夜里轮到她守洞，她发现有大鲵在洞的暗河里。

大鲵是三亿年前与恐龙同一时代生存并延续下来的珍稀物种，也是现存最大的两栖类动物，被称为“水中大熊猫”和“会游动的活化石”，它喜静怕吵，喜清水怕浑水，喜阴暗怕强光，在溶洞里养殖正合适。

因大鲵的叫声很像幼儿哭，所以人们又把它叫娃娃鱼。

“鬼洞”里的神秘哭声，其实就是娃娃鱼的叫声。

几年后，在水晶的带动下，红石村成了远近闻名的村落。

爱情只有悬念

这天，龙岩陪女朋友梁园到北川羌寨采风。他是一名登山爱好者，有他陪伴，梁园格外放心。

下午，他们行进在一条无名河谷时，看到风景特异，就把背包放下来歇息，龙岩拍照，梁园掏出速写本速写。突然，天空中传来訇訇的声音，大地剧烈抖动起来，把两人晃到地上！

地震了！龙岩爬起。四周地质疏松的高山开始坍塌。这里地势极其险恶，唯一开阔的地方是河谷中心，那里有一座小石山。“快跑！”龙岩拉起女友，跌跌撞撞蹚过浅滩，朝小石山奔去。

“包！”梁园提醒。龙岩回头，两只胀鼓鼓的背包已被震得滚到几米远的斜坡底下，山顶开始轰隆隆往下滚石头！来不及了！两人边跑边被最先滚下来的碎石追上，打得脚后跟生疼。

蹚过浅滩，来到石山前，那是一整块石头，两三米处有个小平台，样子比较坚固，但石山很陡，无路可上。龙岩蹲下，叫梁园踩住他的肩膀，他慢慢站起，把梁园顶了上去，然后他再攀着石缝，在梁园的帮助下，蜥蜴一般往上爬。

来到这相对安全的地方后，两人才喘了口气。回望刚才歇息的地方，天哪，塌方的山体已在那儿堆了一座小山！箩筐大的石头不断滚落下来，飞过浅滩，咣，在石山脚下一撞，又反弹回去。

四处尘土弥漫，暗无天日，能见度很低，两人被呛得直咳。强震过后，是接连不断的余震。每次震颤，石山就晃动不已。梁园惊恐万状地蹲在小平台上，哭着抓住龙岩的双手。龙岩安慰她，这是一整块石头，不会垮塌的。

也不知过了多久，山风把空气中的灰尘吹去了一些。龙岩环顾四周，惊得合不拢嘴，刚才还是青翠欲滴的高山，现在全塌得光秃秃的，不少山体矮了一半！龙岩摸出手机，毫无信号。

出山的道路没了，如果硬从塌方的浮土上闯出去，那很危险，因为余震不断，山体时不时坍塌，滚石接二连三地落着。龙岩暗自庆幸找到这么一块相对安全的地方，只好先待下来再说。

天很快黑了。龙岩从口袋里摸出一块巧克力，递给梁园："幸亏我在裤兜里揣了几块巧克力，如果全放背包里就全军覆没了。"梁园接过，问龙岩有没有，龙岩说有，还把嘴巴嚼得很响。吃完巧克力，龙岩从牛仔裤的屁股袋里抽出半瓶矿泉水，递给梁园喝。

虽是5月中旬，但山里的夜很冷，两人就坐着相拥而眠，因担惊受怕，几乎没合眼。天亮后，龙岩一看，他们离水面只有几尺，浅滩变成了汪洋！

这是怎么回事？龙岩攀住灌木往石山后面的盘江看了看，盘江没了昨天的汹涌澎湃，也成了一片混浊的汪洋！石山变成了孤岛！

一定是山口"瓶颈"两边的山体塌方，把盘江堵住，形成了堰塞湖！龙岩了解盘江，水流量和落差都很大，难怪一夜之间，就在浅滩上积了两米多深的水！

他和梁园都不会游泳，怎么办？就是会游泳，游过去也找不到一块安全的地方，待在塌方的山体边无异于坐以待毙。现在唯一的生路是攀爬石山，躲避不断上升的水位，等待救援。

平台以上的部分，跟墙壁一样陡峭而且光滑，连条石缝都没有，龙岩试了几次，都没有成功，还差点儿掉到水里。

龙岩想了想，就脱去牛仔裤，用钥匙串上的小剪刀铰出一个个缺口，撕成布条，拧成绳子，系在腰间，一头绑在平台旁边那棵小灌木上。有了安全带，他攀爬起来放心多了。

爬着爬着，龙岩手一滑，一下子梭了下来，梁园一声惊叫，连忙拉住布绳。龙岩只双腿落到水里，他奋力爬起，看到左边有丛黄荆，就从那儿攀上去。站稳后，他看到旁边有几个很浅的凹窝，就踏着它们慢慢迂回上山，终于爬到了平台的上方。

那儿有一条大石缝，石缝里有土，长着一蓬茂密的茅草。龙岩大喜，编蓑衣有原料了。

龙岩解下腰间的布绳，绑到一棵小灌木上，他叫梁园解开布绳的另一头，系在腰间，然后顺着布绳爬上来。龙岩因为饥饿，已软得使不出多余的力气。梁园试了几次，都没有攀爬上来，眼看水位就要升到平台了，怎么办？

龙岩灵机一动，使出看家本领，给梁园讲故事。他说有个年轻人，得了不治之症，万念俱灰，就想到了死。他来到深山，眼睛一闭，就从一百多米的悬崖上跳下来……

“他摔死了，如愿了，故事也就完了。”梁园不屑地说。

“俗套！初审都过不了！”龙岩说，“他并没摔死，连根毫毛都没伤着……”

“咋啦？”梁园颇感意外，“被下面的树木挡了一下？”

龙岩摇头：“你这情节太陈旧。欲知后事如何，且等你爬上来再讲。”

梁园为了揭开悬念，就奋力往上爬，竟爬上来了！“瞧，这就是故事的力量！”龙岩高兴地说。梁园喘着粗气说：“快讲悬念！”

“原来，悬崖底下有一大堆稻草！”

“瞎掰！深山老林里怎么会有稻草？”

“这是第二个悬念。想想，深山老林里怎么会有神秘的稻草？”

梁园说了几个答案，龙岩都摇头说没对：“好啦，先吃午饭吧。”他从衣袋里摸出一块巧克力递给梁园，梁园咬了一口：“你咋不吃？”龙岩拿出小刀割茅草，他说：“先把茅草割完再吃，茅草晾软后好编蓑衣，常识告诉我们，地震后常伴有下雨，一旦下雨，没有蓑衣，我们只好当落汤鸡，这里连个避雨的地方都没有。”

“你会编蓑衣？”梁园好奇地问。龙岩说小时候编过，那时家里穷，蓑衣是主要雨具。龙岩每割断一根茅草，就啃一下茅草白色的芯儿。茅芯有股甜味，可以吃。

割完茅草，龙岩就以短茅为经，长茅为纬，编起蓑衣来。梁园摸了摸龙岩的衣袋，哪里还有巧克力？龙岩笑笑：“只揣了两块。早知要地震，我多揣几块。”

“你昨晚没吃东西？”梁园感动地问。龙岩说：“我嚼了不少火筒叶，那可是美味野菜；刚才又啃了不少茅芯，现在肚子不饿了。梁园，我们现在没有任何食物了，只好找野菜树叶充饥。不过，我们喝水不用发愁，只要有水，我们就会获救！”

那半瓶矿泉水早就喝完了，龙岩把瓶子系在布绳的一头，再在旁边绑块石头，之后沉进湖里，待瓶子灌满后就提上来。水很浊，但为了活命，只好喝，拉肚子在所难免，加上天天吃野菜，两人很快面黄肌瘦，浑身无力。

水给他们提供了便利，但也在时时威胁着他们。堰塞湖的水位不断上升，只两天工夫，就又淹到他们所在的那个地方了。龙岩只得又向上发展。由于下雨，石壁滑溜，攀爬越来越困难。龙岩耗了半天工夫，才攀到上面一个相对平整的地方。他用布绳拉梁园，但使不出更多的力气。必须两人一齐用力，才有可能攀爬成功。可梁园在下面哭丧着脸说她一点儿力气都没有了。

“我们继续那个故事吧。”龙岩轻飘飘地说，“那个年轻人从稻草堆上梭下来后，奇怪地想，这深山老林的，哪来的稻草呀？突然，他感到一股凉意扑面而来，难道深山里还有人安空调，可哪来的电呐？他转过稻草堆一看，原来是一个溶洞，凉爽就从那里飘出。年轻人进洞一看，吃了一惊——”

“咋啦？”梁园问。龙岩卖关子说：“想知道吗？那就快上来吧。”

梁园是个急性子，心里搁不住悬念，就使出吃奶的力气，顺着布绳往上攀，龙岩在上头用力拉，梁园终于上来了。

“原来呀，洞里摆满稻草架，架上长满白灵蘑。这是一种低温型食用菌，没法在普通菇棚里种，所以就有人想到在温度较低的溶洞里种。”

说到白灵蘑，梁园忍不住流口水。这种蘑菇四十块钱一斤，她吃过，十分鲜美。

正想着，空中传来电风扇般的声音。梁园抬头一看，一架蜻蜓似的军用直升机正从山口那边飞来！她兴奋地站起，一边挥手一边喊。龙岩也站起来，脱下衬衣挥舞，他叫梁园不要喊，因为距离太远，飞机又是密封的，加上噪声大，驾驶员不可能听到她的喊声，徒耗体力。

飞机绕湖转了一圈，飞走了。“你说它发现咱们没有？”梁园问。龙岩说肯定发现了，它正回去报告呢，抢险人员很快就会开进来的，这么大个堰塞湖，至少有几亿方水吧，一旦溃堤，下游的城市村庄就会遭受灭顶之灾，政府不可能不管。

可一天天过去，四周却没有一个人影。原来，这里地势险恶，没有居民点，所以忙于救人的抢险人员都没有开到这儿来。

能吃的野菜树叶越来越少。每天，龙岩都在四周寻找食物。一天，他在山后一条石缝里发现几株鱼腥草，心里甭提有多高兴！他把这种有一股清香的植物让给梁园吃，自己吃一种不知名的树叶，他想如果自己吃后没中毒，说明它能吃，再向梁园推广。

水位继续上升，两人只得又“搬家”。跟此前一样，龙岩先探路，先上去，之后再用布绳拉梁园，只是两人的力气越来越小，单靠一人的力量根本没法把梁园弄上来。龙岩只得继续他的故事——

“那个年轻人正在惊疑，这时一个平头从旁边的稻草棚里出来了。平头是这儿的种植户。年轻人一看，一下子愣住了——”

“又咋啦？”梁园问。龙岩说：“你上来我再讲。”梁园就奋力往上爬，爬了几次才爬上去。

“原来，年轻人见过平头。平头却不认识年轻人，问他干吗，年轻人说：‘我听村民讲你在这儿种白灵蘑，所以特地上门来收购。’平头听后很高兴，两人就签订购销合同。年轻人要付钱，一摸口袋，没了……”

“跳崖时掉了？”梁园问。龙岩说：“他压根儿就没带钱。你想，一个自杀的人会带钱吗？”“那怎么办？只好回去拿钱？”“恰恰相反，他一回去，别人就给他送了十万块钱。”“那是怎么回事？”

龙岩卖关子说：“这是大结局，到时候再讲。”

又过了几天，不断上升的水位把他们逼到了山顶。

这天，龙岩试吃一种陌生的树叶时，中了毒，他抠喉咙吐了一些，可还是昏昏欲睡。龙岩知道中毒太深，恐怕不行了，就对梁园说：“那种树叶可以吃，这种……不能吃，记住！你一定要挺到救援人员到来……”

“龙岩，你不能丢下我不管，那个故事你还没有讲完呐……”梁园哭了起来。

龙岩拉开防盗短裤的拉链，拿出一张纸和一个银行卡，哆哆嗦嗦交给梁园：“故事的结局……都在这儿……”

梁园打开那张纸一看，是一张化验单：原来龙岩得了绝症！

“我曾经自杀过，但没有成功，这事我本想等陪你采风回来再告诉你，谁知地震了……”龙岩艰难地说，“这张卡里是十万块钱，用你的名字存的，密码是我的生日。”

梁园不解：“这钱是……”龙岩说：“公安局奖的，那个平头是……公安部门悬赏多时的……杀人犯……”

龙岩停止呼吸后不久，直升机空运来了许多挖土机和排险人员，他们准备给堰塞湖挖沟泄洪。梁园用树枝顶起一件茅草蓑衣挥舞，被山口那边的人们发现，一会儿，一艘冲锋舟飞快地开了过来……

双赢两江汇

每个城市有每个城市的骄傲：北京的天安门，上海的外滩，武汉的黄鹤楼，咱们山城重庆呢？两江汇！

这是江平给重庆总结出来的特点，也没经过全体重庆市民“公投”，他就天天向游客们宣讲。他的话里不无自豪的意味：“全国有两条河流的城市不少，可都没有咱们重庆这两条江有名——长江和嘉陵江！”

江平是干啥子的？导游吗？呵呵，猜对了四分之一。江平集导游、老板、船长于一身。说白了，他是重庆城区两江游码头“两江汇”号游轮的负责人。可见，江平的宣讲带有广告的嫌疑，不过也有几分道理：外地人来渝哪个不想坐船游游两江，看看这座年轻直辖市的美丽风光，尤其是七彩夜景？

嘉陵江发源于甘肃，流经陕西、四川，到达重庆朝天门码头跟长江交汇时，已成为一条滔滔大河。每到夏天，长江浑浊，嘉陵清澈，两江在会合处泾渭分明地相搏击相交融，成了当地一大景观，当然，更吸引人的是两江沿岸鳞次栉比的高楼大厦。那些各具特色的建筑都建在山上，层层叠叠，错落有致。坐在游轮上，城随水转，楼景次第展开，人就仿佛在美不胜收的建筑博览中遨游。

江平从海军退役后，在重庆开了几年火锅店，虽说生意不错，可总觉得在四平八稳的陆地上生活没有在摇摇晃晃的水上生活安逸，后来就说服妻子梁渝，用开火锅赚来的钱承包一条叫“两江汇”的游轮，自己一肩挑，梁渝则当导游，给游客讲解沿途风光。江平每天往驾驶室里一坐，嘿，当海军的感觉又回来了，甭提有多舒服。

承包游轮的竞争一点儿不亚于开火锅店。不过，因梁渝长得漂亮，声音甜美，加上开了几年火锅店早把招徕顾客的技巧锻炼得炉火纯青，所以凡到朝天门广场来观光的游客几乎都上了她的船。虽说如此，承包游轮还是没有开火锅店赚钱，而且很辛苦，遇到暴雨季节，往往没有生意。

这也罢了，只要江平喜欢，累点儿、少赚点儿都没关系，可最近梁渝发现江平在背着她干一件令她十分生气的事情。吵了一架后，梁渝就负气回了娘家。可游轮不能停开呀，江平只好把所有的事情一股脑儿地承担下来。

江平嘴拙，吆喝不来，咋个办？想了想，他就在岸边竖块牌子，上写："欢迎乘坐'两江汇'号游轮，票价：25 元 / 人"。可无声的文字哪能跟人家美女声情并茂的招徕相比？游客们纷纷登上其他游轮。有时，"两江汇"号好不容易上了一些游客，按照惯例，江平一般要等到位子坐满了才开船。游客们等得不耐烦了，就走下他的船，改上别的船。后来江平吸取教训，只要位子坐满一半，他也开船，这就在无形中增加了成本。

游览的线路是先游嘉陵江，后游长江。江平一边开船一边讲解沿途风光。在两江上开了几年游轮，他早对两江及其沿岸景点了如指掌。因为"大包大揽"，每天下来他都累得够呛。江平给梁渝打了几次手机，叫她回来帮忙，梁渝说："回来可以，但你停止做那件事情。"江平说："不行。"梁渝就摁断了电话。

这天，游完两江，江平把游轮靠岸停稳，游客们纷纷下船。江平照例提醒："驳桥有的地方没有围栏了，大家过桥时小心些。"可还是有人充耳不闻，一名游客在过桥时因只顾欣赏四周景色，一脚踏空，扑通一声掉到江里。

"哎呀，有人落水了！"游客们扭头惊呼。

江平闻言，一下子从驾驶室里冲出来，顺手拿过一个救生圈。可那人正咕咕咕地往下沉，扔救生圈来不及了，江平一纵身跳了下去，将落水者捞起。是一名小伙子。

江平拿出一套干爽衣服叫小伙子换上，自己也换一套。江平问小伙子叫啥子名字，小伙子说：“我姓江，叫我小江好了。”江平笑笑：“原来是家门！”说着把两人的湿衣拿到底舱去晾。

现在是热天，重庆号称“火炉”，湿衣晾上一两个钟头就会干。在等衣服时，为感谢老板的救命之恩，小江拿起电喇叭上岸为他拉客：“游客朋友们，欢迎到西部唯一的直辖市重庆来旅游！有道是：不游两江汇，不算到重庆；不坐‘两江汇’号游轮，不算真的游了两江汇！‘两江汇’号游轮停靠的地方是当年拍摄电影《烈火中永生》时江姐告别甫志高后登船离开重庆的地方。

游客闻言，无不粲然一笑，笑过之后就走上“两江汇”号游轮，反正票价是一样的。很快，船上的位子就坐满了，江平很高兴，开船。

游完两江，江平把游轮一靠岸，小江又上岸为他招徕客人。一会儿客满，江平又开船……一下午开的班次竟比昨天全天还多！小江真是个拉客的天才，江平暗暗称奇。

傍晚收工时，江平非要拉小江去吃顿饭，小江推辞不过，只好接受。两人白天因忙船上的活儿，说话不多。现在边吃边谈，江平对小江有了更进一步的了解。

小江是四川江州人，在重庆一茶庄打工。因对两江汇慕名已久，所以特地在今天休假时前来一游。小江说：“重庆的茶叶市场竞争相当激烈，茶叶很不好卖。我们老板把销售业绩跟工资相挂钩，我因人生地不熟，业绩很不理想，所以想跳槽干点儿别的。”

江平说：“那你到我船上来干吧，我看你拉客很有一套。我正缺个人手。”“真的？”小江喜出望外，“那我明天就过来！”

第二天一早，小江提着一只胀鼓鼓的编织袋过来了。袋子体积不小，但看样子很轻。江平以为里面装的是铺盖衣服之类，可小江上船后拉开拉链给他一看，却是一大袋飘仙牌茶叶，产地江州。

小江苦笑一下：“老板没钱付工资，就拿茶叶抵。反正值不了几个钱，就泡给游客们喝。”江平拿过茶叶看了看，虽说包装不错，贴有QS质量安全标签，也通过了ISO9001国际质量管理体系认证，但重庆的老牌名茶不少，这种外地的新牌子要挤进来分一杯羹，的确很难。

小江把一张小桌子搬到岸边的驳桥头那儿，之后返回船上拿上几包飘仙牌茶叶、一摞纸杯、一瓶开水，重新回到小桌边，用纸杯泡了两杯茶。茶一泡，马上就有一股浓郁的清香弥漫开来，沁人心脾，让人神情一爽，疲劳顿消。

“唔，好香！这是什么茶？”逐级而下的游客被茶香吸引，纷纷走了过来。

“这是‘两江汇’号游轮免费为大家提供的江州名茶——飘仙茶。这种茶叶产自四川江州海拔很高的云雾山顶，人迹罕至，绿色无污染。喝了飘仙茶，保您飘飘欲仙，疲劳烦恼都没有。绿茶、花茶、红茶、保健茶……应有尽有，您要喝什么茶？绿茶？好。”小江为游客新沏一杯茶，递上。游客接过茶杯闻了闻，瞑目享受一下那股幽幽清香，之后就愉快地走上“两江汇”号游轮。

袅袅茶香把游客源源不断地吸引过来。是呀，这么热的天，游客们游了渣滓洞、白公馆、红岩村、解放碑、巴国城、三峡博物馆等城区景点，早已唇焦舌燥，喉咙冒烟，虽有矿泉水喝，可矿泉水哪有茶水解渴？况且这免费的茶水还这么香！所以都过来泡一杯，之后就端着茶水走上“两江汇”号游轮，反正票价是一样的。

客满，开船。小江在船上一边给游客的茶杯续水一边讲解沿途风光。在“风光片”当中，时不时“插播”飘仙茶的广告。亲口喝了这种茶，又听了这种茶的神奇传说，游客们对这种名不见经传的茶叶越来越感兴趣，不少人走过来细看，有人想买，问价格，小江说：“这是我们为厂家代销的，您既然坐了我们的船，那就按最优惠的出厂价卖给您，请多多为我们做宣传。”

游客听了这话很熨帖，就掏钱买，当作旅游纪念品。一人掏钱，其他人纷纷效仿。到傍晚收工时，那一编织袋的茶叶竟然卖完了。

因晚上还要开船夜游两江，所以江平打手机叫外卖把饭送到船上来跟小江一块儿吃。江平由衷地说：“小江你这一招很不错，既招徕了游客，又卖了茶叶，一举两得。现在茶叶卖完了，你干脆再去进些飘仙茶来卖。”小江高兴地说：“谢谢江老板！我现在就给飘仙茶庄打电话，叫他们送十箱茶叶过来。”说完就借江平的手机打了电话。

此后，小江每天晚上住船上，白天就在船上拉客、当导游、卖茶叶，都不误。

随着相处日深，小江跟江平的感情越来越深，亲如兄弟。

“怎么从没见过嫂子？”小江问。江平撒个谎说：“她出国去了。”现在有了小江帮忙，梁渝回不回来都无所谓。可到了8月底，小江突然说：“江哥，我虽然很想在你的船上干活儿，但再过两天学校就要开学了，我要回去念书。”

原来，小江在成都一所大学念书，利用暑假到重庆打工是勤工俭学。“我学的是市场营销，所以想方设法把所学的知识运用到实践中去，感谢你为我提供了这么好的实习条件。”小江由衷地说。

江平心里虽有些不舍，但也不能影响小江的学业呀。因此他动手给小江结算工钱，可小江说什么也不要：“江哥，这两个月我吃住在船上，没花一分钱；我在船上卖茶叶，你也没收一点儿管理费，我怎么还能要你的工钱？我卖茶叶所赚的钱已经够我这个学期的学杂费了。”

这时，船上走来一个女人，江平一看，却是妻子梁渝。小江也愣住了：“梁老板？”江平看了小江一眼：“你认识？”小江说：“咋不认识？我们茶庄老板！”江平说：“她就是你嫂子。”

原来，梁渝和江平承包游轮后，赚到的钱远不如以前开火锅，儿子住校的各种费用经常捉襟见肘。令梁渝生气的是，就是在这种情况下，江平还偷偷攒钱资助贫困学生！为了给江平点儿颜色看看，梁渝就离开游轮，心想你江平玩不转了自然要来求我，到那时我再要求你停止给别人寄钱，否则不回来。可江平求了她几次后就不再求了，先是自己“大包大揽”，后是请了个服务员，一样把游轮的生意做下去。

梁渝见江平这样，心想也好，我正好去做点儿别的生意，反正儿子又在外婆家过暑假，不用自己操心。可做什么生意好呢？这时，嫁到江州茶厂的女同学韦美到重庆来推销该厂新出品的茶叶——飘仙茶。梁渝尝了尝后，觉得很好喝，打入重庆茶叶市场应该不成问题。就跟韦美合伙开了个飘仙茶庄。可生意却不行，连店员的工资都付不起，店员只好走马灯般地换。

究其原因，一是门面偏僻，二是这种新牌子茶叶还不为人们所知晓，可要到电视台去打广告，哪来那么多钱？所以只好硬着头皮做下去。后来生意终于渐渐有了起色，特别是江边一家客户，经常十箱十箱地从茶庄批发，起先梁渝不以为意，可后来一看座机上的来电显示，竟是江平的手机号码！这到底是怎么回事？所以梁渝特地回来看一看。

江平说：“你回来得正好，明天小江就要走了。”梁渝说：“可我的茶庄咋个办？”

江平说："你的茶庄不是请有店员吗？你还可以像小江那样把茶叶弄到船上来卖，两不误。说实在话，飘仙茶叶之所以能打开局面，跟小江在船上卖茶宣传有极大的关系。你想嘛，游客都来自四面八方，他们的嘴巴一宣传，效果比你到电视上打广告还管用，金杯银杯不如游客的口碑！就凭这一点，不但我要给小江付工钱，你也要给他付工钱。"

小江感动地说："谢谢两位老板，但工钱你们早就付过了。"

见江平和梁渝不解，小江又说："我是江亚山啊，你们每月都给我寄钱。"

"什么，你就是江亚山，我的资助对象？！"江平吃了一惊。

"对，"小江点点头，"从你资助我的那天起，我就一直想利用暑假到重庆来为你做点儿事情。我找得到你，因为每次汇款，上面都写着'重庆两江汇江平'。正好，我姑妈韦美要到重庆推销茶叶，我就跟她一块儿来。可茶庄地处偏僻，生意不好，我就跟姑妈一合计，到人来人往的游轮上卖茶叶，先把局面打开再说。为了'骗取'你的信任，我还故意落水。"

江平恍然大悟："哎呀小江，你咋个不早说？"小江说："我怕说了你不接受我的回报。"

江平笑了起来："梁渝你看，我们帮助了他，他又反过来帮助了我们，这到底是哪个帮助了哪个呀！"

"这还用问？"梁渝娇嗔，"这叫双赢！"

复现爱情

宣家是宣纸制造世家，竹家是竹帘编织世家。何谓竹帘？就是制造宣纸时捞纸的工具。自唐代以来，宣家的竹帘一直由竹家提供。由于这个缘故，两家关系世代很好。宣志跟竹莲青梅竹马，也就在情理之中。

然而太熟了也容易闹矛盾。这不，两人因一件小事发生口角后，就相互不理睬了。冷战一个月后，宣志主动打电话道歉，可竹莲一听是他的声音，就啪地关了机。宣志一愣，难道还要我给你下跪不成？

正在郁闷，同学梁文走了进来，问香纸开发得如何了，一谈到工作，宣志的不快一扫而光，说已有些眉目了。

宣志是宣氏纸业有限公司经理，别看他年轻，却十分热爱宣纸事业。宣志的父亲是宣纸制造大师，宣志从小得父亲指点，制纸技术已炉火纯青。父亲就放手让他干，自己退居二线当顾问。

宣志认为，千年宣纸要发展下去，必须不断添加新元素，这样道路才会越走越宽阔。试制香纸就是宣志在梁文的建议下开发的第一个项目。

香纸顾名思义就是会飘香的宣纸。宣氏纸业跟一所大学合作，用纳米技术把梅兰竹菊的香味加入宣纸中。通过这个技术，香精分子不再抱成团而变成个体，体积变小，更容易进入纸质纤维的缝隙中，使宣纸弥久留香。

宣志带梁文到车间去看，香纸制造已进入关键工序。梁文高兴地说：“香纸制造出来后，一定会大受书画家和收藏家的欢迎。特别是画花草，赏心悦目的书画艺术伴随着暗香浮动，还有比这更惬意的吗？”宣志并不接话，只是默默地带梁文参观。这下梁文奇怪了，以前谈起香纸，宣志可是眉飞色舞的呀。

“你咋啦？”梁文问。宣志淡淡地说没什么。梁文笑道：“一定是因为竹莲没在身边。我现在就打电话叫她过来。”宣志闷声道：“别理她！”独自回办公室去了。

梁文一个人被晾在那儿，搔了搔后脑勺，原来宣志跟竹莲闹翻了，怪不得。看来，天生的一对，地设的一双也有红脸的时候。

梁文跟宣志和竹莲是同学，高中毕业后，梁文当起了宣纸代销商，有了一定的本钱，便办了个金点子公司，专门为宣纸发展出谋划策。梁文知道两人的脾气都很倔，爱认死理，好时好得上了天，一闹起矛盾就相互不理睬，劝起来很困难。可任由这样冷战下去，“绝配”就真的“绝”了。

梁文来到竹家，看到竹莲正在织机上织竹帘。梁文拐弯抹角问起竹莲跟宣志闹矛盾一事，起先竹莲不愿说，可经不起梁文嘻嘻哈哈，后来还是说了。原来，宣志酒后口无遮拦，说了竹帘世家的“坏话”，竹莲不肯原谅他。

宣志说：“在宣纸发展中，织帘永远是配角。”竹莲反驳：“恰恰相反，没有我们织帘的，你捞纸用什么，用手掌？而且，竹帘的好坏，对宣纸的质量影响很大。宣纸的发展，有我们织帘的一半功劳！”宣志不屑地笑笑：“我爸被定为宣纸制造技艺传承人，你爸被定为织帘技艺传承人了吗？”竹莲说不能以这个论英雄，宣志越说越来劲：“织帘永远是为人作嫁，你以后不就要嫁给我吗？”竹莲勃然大怒：“你怎么知道我就一定嫁给你！”拂袖而去。

原来是为这么件小事闹翻，梁文慨叹，宣志也是，没事你拿织帘的开涮干什么，谁没个自尊心，再说，没人为你织帘，你的纸业公司能办下去？织帘跟制纸是相互依赖，共生共存。

梁文把这观点一说，竹莲的脸色缓和了些，但还是不肯原谅宣志："这么狂妄的人，就该让他孤家寡人！"梁文笑笑，顾左右而言他。梁文说起香纸制造的进程，竹莲也不关心，只一心一意织她的竹帘。

一个月后，香纸试制成功！宣志召开新闻发布会，一时记者云集。梁文给竹莲打电话，发现她已关机。发布会后是庆功会，奖励有功人员，梁文发现，因跟竹莲闹了矛盾，宣志也很郁闷，脸上的笑容都很勉强。

得尽快促成两人和好。庆功会后，梁文又来到竹家，刚要劝说，竹莲就冷冷地说："如果你是来为宣志当说客，那就免开尊口，而且以后也不要再登门了。"梁文只好改口："哪里，我是来看望老同学。"

聊了一阵，梁文告辞。竹莲心里到底怎么想，难道真的把宣志忘了？这事又不好问，就是问了竹莲也不会说。怎么办？梁文也跟着郁闷起来。

香纸开发出来后，宣氏纸业名气大增。梁文建议宣志乘胜追击，复现失传六百多年的"西厢云纹宣"。这种宣纸盛行于元代，内容是杂剧《西厢记》里的《长亭送别》。到了明代，受程朱学理的影响，朝廷不准再生产这种宣纸，遂失传。

西厢云纹宣在《宣纸谱》残本里有记载：长九尺，宽二尺，是一种特种规格的高档宣纸。主要原料采用青檀树枝的韧皮以及沙田稻草制作而成的燎草。这些原料宣氏纸业都有，可万事俱备，只欠竹帘，到哪儿去弄有《西厢记》故事的竹帘？

"你不是说织帘只是配角吗？没人为你织这种帘，你就制不成这种纸！"梁文说。宣志叹了口气："都怪我当时灌了几口猫尿，舌头不听使唤。喝酒误事啊，所以我坚决把酒戒了。"梁文说："你还是去跟竹莲道声歉吧，跟她和好算了。"宣志说：

“道过歉，可人家不理。算了，不谈这个。你只要把西厢竹帘弄来，我就能复现西厢云纹宣。”

梁文果然神通广大，三个月后，竟把西厢竹帘弄来了。宣志展开细看，马上对照残谱进行生产，单青檀皮就用了八百五十公斤，整个工艺全部使用纯手工精制。经过一番忙碌，终于成功复现一万张西厢云纹宣，轰动了整个宣纸行业。

这种宣纸暗显张生跟崔莺莺在长亭送别的故事，风景优美，人物形象栩栩如生，呼之欲出，犹如一幅精美绝伦的巨型工笔画。因集实用性、观赏性、艺术性、特色性、收藏性于一体，一上市即刮起抢购风。宣志大喜，马上批量生产。

好事纷至沓来，公司生产的宣纸入选“中华老字号”，宣志在宣纸行业注册了商标，邮政局决定出版发行一套宣纸邮票，邮票所用的宣纸就由宣氏纸业生产。

这对宣志来说，既是机遇也是挑战，因为宣纸在书画过程中讲究润墨，而这对印刷却是大忌；宣纸柔软，百折不损，但邮票纸却要有一定的挺度；宣纸作为一种传统手工纸，对厚度不是很讲究，但印刷邮票的机器却是电脑控制，有一毫的误差，电脑就不能将它识别送入机器……总之，要在宣纸上印邮票，难题不是一两个。但一旦宣纸邮票印制发行成功，对宣纸无疑是一个有力的宣传。

“三个臭皮匠，胜过一个诸葛亮。光凭咱们两个臭皮匠解决不了问题，再喊一个臭皮匠来。”梁文掏出手机，摁了一串号码：“你过来一下吧，我们在宣志办公室。”

一会儿，竹莲从外面进来：“宣志，你真沉得住气啊。”

宣志笑笑：“在没拿到西厢竹帘前，我沉不住气，可拿到竹帘后，我就放心了。”

梁文在一旁惊奇道：“你怎么知道竹帘是她织的，我并没告诉你呀。”宣志说：“她的风格我还不清楚？”

“那你为什么看了竹帘后就放心了？”梁文问。

“因为竹帘上的崔莺莺绣得像她，而张生，像我。”宣志笑说。

梁文哦了声，这个他倒没细看。

其实，竹莲故意翻脸，是想宣志把酒彻底戒掉。宣志嗜酒，竹莲劝了多次，他就是不戒。另外宣志有些儿女情长，把不少时间花在恋爱上，竹莲故意冷落他，是想他把更多的精力放在宣纸上。果然，宣志成了同行中的佼佼者。

正想着，一个肩扛摄像机的记者走了进来：“宣总，你在宣纸行业率先注册商标，请问商标叫什么名字？”

“志莲牌，”宣志回答，“由我和竹莲的名字合成。”

竹莲一听，脸儿绯红，犹如一朵娇艳的莲花。

三个粽子和一个女人

梁南发是四川简阳的光棍，人不懒，可就只知道土里刨食，所以一直穷得叮当响。赶场时去算一卦，先生说："梁南发，顾名思义：南下吧，保你发财发达。"可梁南发口袋里的钱没超过十元，连车费都不够，咋办？开了年后，梁南发锲而不舍地混了几次，终于混上了从成都开往南宁的列车。

车上很挤。一上车，梁南发就往硬座底下一躺。车到南宁后，他才爬出"卧铺"下车。

几经奔波，梁南发来到邕江边一家建筑工地打工。老板承诺：包吃包住，每月一千块，不过工钱要等到大楼建好后再统一结算。梁南发因没有什么技能，只好当小工，搅浆、搬砖、运钢筋……

冬天，大楼落成了，可老板一下子没了踪影。讨薪无门，这十个多月算白干了。梁南发很苦闷，就到郊区的田野上独步，决定还是回四川老家去种地，穷是穷点儿，可不会白干。但身无分文，怎么回去？南宁可不比简阳那样的县级小站，混票肯定没戏。只好先把回乡的车费挣到手再说。

郊区种了很多甘蔗，一望无际，渺渺茫茫。这些甘蔗都有三四米高，仿佛一片茂密的森林。甘蔗已进入收获季节，空气里弥漫着甘甜的气息。这种景致在简阳可看不到……梁南发正想着，冷不防田埂拐角处窜出一条凶猛威武的黄狗，龇牙咧嘴地对他狂吠起来，吓得他连忙后退两步。

"阿黄，你喉咙发痒吗？不准乱叫！"一个女人的声音呵斥。黄狗一听，马上委屈地呜咽一声，停止吠叫。不一会儿，一个穿着碎花上衣的女人挑着一对空菜篮走了出来。她看了梁南发一眼，抱歉地笑笑："不好意思，吓着你了吧。"梁南发说："没、没有。"那女人从他旁边走过去后，梁南发还忍不住扭过头去看，直到她消失在前面的蔗海里。

"哈，靓妹的回头率就是高！"有人大声笑说。

梁南发吃了一惊，循声看去，只见一个秃顶男子从甘蔗地里走出来。那男子上下打量几下梁南发："喂，想不想砍蔗？"梁南发问："好多钱一亩？"秃顶男子说："不论亩，论斤。"接着告诉了梁南发价格。梁南发说："行，但我要每天结算一次。"秃顶男子说："冇问题，只要你把甘蔗砍倒，捆好，一过秤，我就付你钱。"

梁南发就留下来砍甘蔗挣钱，他在地头用蔗叶搭了个窝棚安顿自己。后来他知道，那个秃顶男子姓阮，是承包田地种甘蔗的老板。从甘蔗种植到收获，阮老板全部请人，他自己只负责联系销售业务。

砍蔗是个苦差事。蔗叶两边有小锯齿，往往把人的皮肤划破，汗水一渍，钻心的疼；叶柄上有许多蔗毛，落到身上，格外的痒。梁南发在四川老家没干过这个，以为很简单，可干上后才知远非如此。只几天，他身上裸露的皮肤就被蔗叶划满了纵横交错的浅口子，全身痒得斑驳陆离。

虽然苦，可阮老板每天都计件付现钱，所以，梁南发的干劲很足，每天天一亮，他就拿上锋利的平刀来到蔗田里，嚓、嚓、嚓……一根根粗大饱满的甘蔗就齐根应声而倒。然后，他再把砍倒的甘蔗拿起来，削蔗叶，切蔗梢，扎成一捆捆。

后来，梁南发发现有个动作重复了，就加以改进：先把蔗田里的蔗叶全部削去，使甘蔗变成一根根"光杆司令"，然后再逐一砍伐。这样一来，果然提速不少。

可几天后，阮老板指着旁边那几块田里的甘蔗说："那儿的甘蔗你可不能先削叶子啊，叶子削了就卖不起价钱了。"梁南发笑问："难道还能连叶子一块儿卖？"阮老板点点头说："不但连叶子一块儿卖，而且连根须一块儿卖！"

梁南发听后很惊讶："你没开玩笑吧？"

阮老板不答，笑嘻嘻上前，站在路口那儿等待。梁南发扭头一看，原来那个被阮老板叫作靓妹的女人正挑着一担沉重的蔬菜过来。靓妹走拢后，阮老板正要动手动脚，靓妹大喊一声："阿黄！"汪！汪！一条凶猛的黄狗突然从路旁一丛灌木后面跳出，扑了上来，吓得阮老板连忙后退几步，拖起一根砍好的甘蔗当打狗棍挥舞。

春节前半个月，梁南发把阮老板指定的甘蔗全部砍完了，瘪了几十年的钱包终于鼓了起来。有了钱，他又不想回老家了。是呀，反正光棍一条，一人饱全家不饿，与其回老家那个"狗窝"过年不如就在南宁过？还没在城里过过年哩。

阮老板说："老梁，快过年了，你去把最后那几块田里的甘蔗收了吧。记住，不能砍，只能拔，叶子也不能削。""啥子，拔？"梁南发以为自己听错了。阮老板点点头："对，拔，为的是保留蔗根。之后，你用这些红绳子把甘蔗两根两根地捆起来。"梁南发想了想，问："是不是祭祀用？"阮老板说："哪个祭祀会用甘蔗？是拿到集市上去卖！"这倒稀奇了，连根带叶的甘蔗谁买呀，卖得脱吗？

可既然老板这样要求，他就只好照干不误。梁南发把甘蔗拔好捆好后，阮老板直接把皮卡车开到地头。装好车后，阮老板说："老梁，上车吧，跟我一块儿进城，——等会儿还要把甘蔗卸下来。"梁南发就上了车。

到了菜市场，车还没停稳，就有几个贩子围过来抢着要买阮老板那车"不修边幅"的甘蔗。为了谁也不得罪，和气生财，阮老板最后把那车甘蔗分成几等份，批发给那些贩子。梁南发负责把甘蔗卸到贩子们的三轮车上。不少买菜的市民纷纷过来说：“这些挨门蔗好长好粗啊，几多钱一束？”边问边掏钱。

在回来的路上，梁南发问：“阮老板，咋个那些甘蔗成了挨门蔗？”阮老板边开车边说：“这是南宁过年特有的风俗。挨门蔗，顾名思义就是把甘蔗挨在门后，人不吃，一直放到正月十五，祈求来年‘甘甘美美’‘步步高升’‘节节甜’。之所以连根带叶，图的是——‘有头有尾’！”

原来是这样！看来风俗的东西也可以赚钱！怪不得电视上经常说“非物质文化遗产”。梁南发又问：“既然挨门蔗那么好卖，你为啥子不自己卖而批发给贩子？”阮老板叹了口气说：“我哪有时间啊，只能批发给他们。”梁南发说：“要不这样阮老板，你把田里的挨门蔗全部批发给我，我拔起来后直接弄到市场上去卖。这样，你不会少一分钱，还省了运费和人工费。”

“行啊老梁，好主意好主意！”阮老板高兴地说，突然把脸扭向窗外，兴奋地喊了声：“嗨，靓妹，这么快就把菜卖完了？大吉利市啊！快上车吧，我搭你一程！”说着放慢了车速。梁南发引颈一看，只见靓妹一脸冷漠，理都没理阮老板。后来她见阮老板纠缠不休，就拐进一条小巷，不见了。

梁南发到旧货市场买了一辆二手自行车。他把甘蔗拔好扎好后，就捆到自行车的后架上，驮到菜市场去卖。他的挨门蔗才在墙边竖好，市民们就纷纷过来买。原来，他的挨门蔗不但比别人的粗长，而且每根都用湿帕子擦得十分光洁，人见人爱。

在卖蔗过程中，梁南发碰到过几次靓妹。通过闲聊，渐渐知道她的一些情况。她叫韦婉，三年前丈夫患绝症去世了。为给丈夫治病，家里拖了一屁股债。目前，家里只靠她一人种菜卖菜维持生活。曾谈过几次对象，可男方一看到她有一个 5 岁的儿子、长年瘫痪在床的父母、一个瞎眼的公公、一个弱智的婆婆，就都打了退堂鼓。想占她便宜的人倒不少，阮老板就是其中一个，不过她养的黄狗很厉害，总会在关键时刻咬破他们的“美梦”……

梁南发发现，韦婉每次卖菜都是把菜装到两个大菜篮里，然后挑到菜市场去卖。从郊区到菜市场可不近啊。“你应该去买一辆三轮车，把菜摆在车上卖，既方便，又直观。”梁南发建议说，“蹬三轮也比肩挑省力得多。”韦婉苦笑一下：“我买过三辆三轮车，可都没了。”“被盗？”“被城管没收了。”

梁南发想了想，又建议：“要不用自行车驮也比用肩挑强啊，你会骑自行车吧？”韦婉说：“会倒会，只是不敢驮东西，一驮东西我就摇摇晃晃，就倒。”梁南发说：“要不这样吧，你每天收了菜后，把菜装到两个箩筐里，中间穿根扁担。我把你的菜担绑到我的车后架上，再在上面放挨门蔗。我帮你把菜运到菜市场去，你只消骑车跟在后面就是了。”

韦婉听后很感动，她说：“这样太麻烦你了吧，再说，你的车子承受得了吗？”梁南发拍拍他那辆铃铛不响周身都响的自行车说：“放心，我的车子是加重型的，再多几个菜担，哪怕再加上你，都压不垮……”他突然看到韦婉脸一红，知道口无遮拦说错了话，连忙刹住。

此后，梁南发每天早上骑车到菜市场去都是这种情景：车子后架两边各放一箩筐蔬菜，上面再搁一大捆挨门蔗，从后面看去就仿佛一座朝前移动的小山，好在交警对这种耍杂技一般的“超载”不予理会。

在卖菜卖蔗时，两人相互照顾，一方要去办什么事情，另一方就帮忙看一下摊子。没生意时，两人就聊天，有说有笑，以致不少人都以为他们是两口子。

随着春节的临近，人们购买的年货越来越饱和，蔬菜和挨门蔗不再那么好销了，有时卖了一上午，还没卖出一半。

这天上午，两人又在菜市场里忙碌。韦婉卖的是红萝卜。她的红萝卜每个都有两指粗，通红透亮，鲜嫩诱人，可前来购买的市民不多。

这时，一个妇娘快步走过来，神色慌张地说："哎呀阿婉，你还在这儿卖菜，你家细佬哥（小孩）出事了！"韦婉一看，是她的邻居八婶，忙惊问："出了什么事？"八婶说："你走后不久，铧仔跟村里的细佬哥玩，冇小心从田坎上摔了下来，我摘菜时看到，就把他抱回你家，可他一直在哭，说痛得很，我想系冇系骨折了？你最好带他到医院去看一下，耽误了可就落下残疾了……"韦婉一听，慌得不行，她对梁南发说："阿发，帮我看一下摊子。"说完骑上车心急火燎地走了。

韦婉还没走拢屋，就听到儿子的哭声。她把车子往墙边一靠，扑上前问："铧仔，你怎么啦？"儿子哭着说："阿妈，痛……""哪儿痛？""这只手手。"韦婉去摸那只手，铧仔的哭声一下子提高了几个分贝，显然把他弄痛了。瘫痪在床的父亲吃力地抬起头说："系冇系骨折了？你最好带他到医院去看一下。"

韦婉抱上儿子，央村里一个年轻人用摩托车把他们送到医院去。一拍X光，铧仔的左前臂果然发生了骨折，需上石膏夹板治疗。医生说："小孩放在这儿，你快去交费吧，交了费，我们就给他缠石膏绷带。"韦婉拿上单子跑到交费处，拉开钱包一看，里面只剩下几块钱，根本不够，——来时走得匆忙，忘了多带点儿钱。

这可怎么办哪！韦婉急得像热锅上的蚂蚁。

"铧仔，你个臭小子，半天不见就弄成伤病员了？"一个男子走了进来。韦婉一看，惊喜异常："阿发，你来了！带钱没？"梁南发从裤兜里掏出两张皱巴巴的百元大钞，递给韦婉："够不够？"韦婉把那两张百元大钞捏了捏，结果是四张！就笑笑说："足够了！"

缠了石膏绷带，上了夹板，铧仔好受多了，不再哭闹，他要梁叔叔抱。——这些天梁南发帮韦婉运菜，早跟他混熟了。

梁南发抱着铧仔往外走时，韦婉问："阿发，那些菜和蔗呢？"

"卖完了。""这么快就卖完了？我不信。""骗你是你家那个阿黄。喏，这是卖红萝卜所得的钱。"梁南发说着从裤兜里掏出一把钱。韦婉不接。梁南发只得重新放回去，掏出一把钥匙说："那你帮我推车吧，我要抱铧仔，我们走路回去。"

韦婉到自行车寄存处去推车时，看到车子后架上捆着她那对空箩筐。难道阿发真把挨门蔗和红萝卜都卖完了？可从离开他到他到医院里来也就四五十分钟啊，哪会卖得那么快？

梁南发说："阿婉，我发现，挨门蔗和红萝卜分开卖都不好卖，可一结合起来，嘿嘿，十分畅销。"见韦婉半信半疑，他又说，"不信，你明天跟我一块儿去卖！"

第二天，韦婉把铧仔安顿好后，就跟梁南发来到菜市场。她正要把那两筐红萝卜拿去摆摊，梁南发说："摆摊可惜了。""那干吗？"韦婉问。"帮我把红萝卜系到挨门蔗的蔗梢上，每根甘蔗系两个红萝卜。"梁南发边说边系。韦婉也学着他的样子系。系好后，梁南发就扯开喉咙吆喝："来，瞧一瞧，看一看！'红运当头''甜甜蜜蜜''节节高升''有头有尾'！快来买啊，买了'红运当头'挨门蔗，保你全家一年到头交红运！"

很快有人过来买，可发现比普通的挨门蔗贵五块钱。梁南发说："这可是'红运当头'！五块钱买一年的红运，便宜到哪儿去了！"顾客笑笑，不再犹豫，很愉快地把"红运当头"买了下来。

不到一上午，"红运当头"挨门蔗就被抢购一空。

原来是这样！韦婉算开了眼界。回来时，她问："你怎么想到这鬼点子？"梁南发说："还不是昨天心里着急，想早点儿去看你和铧仔，就灵机一动，把红萝卜系到挨门蔗上卖，结果歪打正着，迎合了人们喜欢吉利的心理，非常好卖！同是红萝卜，摆摊卖，五毛钱一斤都没人要；弄成‘红运当头’，一根就卖一块多钱！可见哪，改变经营方式很重要！”没想阿发还有这种认识，难得。

分手时，韦婉说：“明天是除夕，你一个人懒得煮饭，到我家来吃吧。尝尝我包的粽子。”梁南发高兴地说：“好！”之后又问，“咋个除夕吃粽子，粽子不是端午吃的吗？”韦婉说：“一处有一处的风俗，你们那儿兴端午吃，可我们这儿兴过年吃。你既然在这儿过年，就应该入乡随俗。你一般能吃几个？”

梁南发说：“吃七八个不成问题。”韦婉说：“又吹牛。这样吧，吃三个。如能吃完，就免费吃；如吃不完，就算你输，就把你砍蔗挣来的钱全部交给我。”梁南发一愣：这是啥子意思，难道像川剧里唱的“鸿门宴”？

除夕上午，梁南发来到韦婉家，看到饭桌上放着三个枕头状的东西，以为是铧仔用的小枕头，可按了一下，有些硬；拿起来掂了掂，每个都有三斤左右。“这是啥子东西？”梁南发问在一旁玩耍的铧仔。铧仔稚声稚气地说：“粽子！”

天哪，竟有这么大的粽子！别说三个，一个也吃不完！

这时韦婉进来了，她微笑着剥去粽子外面的叶子，用牙齿咬住细绳的一端，另一端握在右手里。细绳在光身粽子上一绕再一勒，一片片粽子就落到了海碗里，轮子一般。粽子里有绿豆、饭豆、肉馅，香味四溢。梁南发拿起一片吃，很好吃，可……

“这三个粽子吃得完吗？”韦婉问。“吃不完。”梁南发苦笑，“我还是头一次看到这么大的粽子！你应该去申报吉尼斯。”“输了就认输，不要说风凉话，快把钱交出来吧。”韦婉把手往前一伸。梁南发只得依言把钱包掏出来交给她。

“你输了，可也赢了……”韦婉说。“赢了？”梁南发不解地问。“是的，如果你同意赡养四位老人的话，你就可以天天在这儿吃住！”

“我愿意！”梁南发欣喜若狂，“打了这么多年光棍，我最喜欢跟老人住在一起了！‘家有四老，胜过百宝’……”

“梁叔叔，你不喜欢跟我住在一起吗？”铧仔仰起小脸严肃地问。

梁南发一把将孩子抱起，亲了又亲：“叔叔当然也喜欢跟铧仔住在一起，还有你妈妈……”

兰花运

瘦哥是村里的光棍，瘦得肩不能扛，手不能提，进城打工找不到工作，只好饿着肚子回来。邻居兰花见状，就叫他过来吃饭。

兰花长得跟铃兰一样美，只是命不好，春耕时丈夫驱牛耙田，突然雷鸣电闪，一个霹雷下来，丈夫就定格在那儿了。

丈夫一走，家里没了主心骨。兰花下有两岁的女儿，上有多病的二老，没法进城打工，只好留守在家，土里刨食。

村里的二流子经常上门来骚扰她。兰花养了一条狗，可不久那狗就葬身二流子之腹了。

瘦哥回来那天晚上，喝得醉醺醺的二流子眯三又来拍门。瘦哥出来干涉，眯三说："又不是拍你的门，关你什么事！"瘦哥说："你拍门影响我睡觉！"眯三说："你睡不着是想兰花吧，跟我一样！"

瘦哥见劝不住，打架又不是对手，就转身走了。眯三拍了一阵，失去耐心，就使劲踹门，终于把院门踹倒。他踩着门板正要进去，突然哎哟乱叫，手舞足蹈，之后抱头鼠窜。

第二天，瘦哥上山收苞谷，碰到眯三，看到他的脸肿得变了形，仿佛一只大土豆。

临近中午，瘦哥掰了满满一背篼玉米棒，可太重，他试了几次都没能背起。分两次背吧，路又远，他有些不情愿。

这时，上坡挖红苕的兰花路过，她的背篼只装了一点儿红薯，就过来说："我帮你背点儿吧。"她把瘦哥的玉米棒分一些到自己的背篼里。瘦哥很感激，但他死要面子："主要是没吃早饭，腹中空虚，使不出力气。”

回到家，兰花说：“你一个人懒得做饭，到我家吃吧。我婆婆已经把饭做好了。”

瘦哥求之不得。吃了午饭后，他帮兰花把院门修好。瘦哥说：“以后不会再有人来骚扰你了。”兰花哪里相信。

当天晚上，又有一个二流子来拍兰花的门。才拍几下，他就哎哟乱叫，手舞足蹈，之后抱头鼠窜。第二天，村里又多了一个“大土豆”。

此后，村民发现，谁夜里去拍兰花的门，谁的脸就会离奇肿起。那肿十分顽固，管你吃什么药，搽什么膏，没有一个月的时间不会消去。村委会为加快新农村建设，决定捉一批二流子。可没人脸上写着“二流子”，怎么捉？瘦哥说：“哪个脸肿就捉哪个，绝对不会有冤假错案！”

村主任依其言，派联防队员把“大土豆”逐一盘查，果不其然，叫他们到他承包的采石场无偿干活两个月，进行劳动改造。

眯三在采石场干了两个月，脸上的肿消失了，人也瘦了一圈。想想事情的前后经过，他心有不甘，因此夜里戴个摩托车头盔，又去拍兰花的门。

“哎哟……”眯三突然乱叫，一边在身上猛拍，一边负痛逃回家。

拉亮电灯，他脱衣一看，身上肿了好几个大包，疼痛不绝如缕。一抖衬衣，掉下三只被他拍死的竹蜖蜂！

这是当地一种毒蜂，黑色，拇指一般大，喜欢在干竹竿上钻孔营巢，具有连蜇功能，一般不会主动攻击人，但要是谁把它惹毛了，它就会穷追猛打，不把你蜇倒在地不善罢甘休。

眯三倒吸一口冷气，从此死了骚扰兰花之心。

很快，兰花会驱蜂术的说法就在村里传开了，没人敢再去惹她。

其实，这是瘦哥的“战术”。原来，瘦哥看到竹蛐蜂在他家的晾衣竿上钻孔营巢，就做了三个“蜂弩”：一截拇指大的竹筒，无节，尺把长，竹筒外面固定一根从自行车废内胎上割下来的胶带，一截比竹筒略小的圆木做撞针。他把竹筒垂直放到蜂巢唯一出口处，一会儿，竹蛐蜂爬出来，爬进竹筒内，瘦哥把撞针塞上，不让它出来。因竹筒跟竹蛐蜂差不多大小，竹蛐蜂无法转身，也没有后退的习惯，只好待在竹筒里。二流子来拍兰花的门时，瘦哥就一手持竹筒，一手拉顶着撞针的胶带，瞄准，放！撞针把竹蛐蜂顶出去，落到二流子的身上。竹蛐蜂在竹筒里憋气多时，以为是二流子捣的鬼，就狠命猛蜇……

兰花知道瘦哥在暗中保护自己后，对他充满了感激。

这天，她赶墟回来，对瘦哥说镇上在收购鸡笼兰，一千块钱一株！

瘦哥闻言，专门跑到花市去看。花店前的桌子上，摆着一盆样品，供大家辨认。老板坐在旁边，一刻也不离，同时回答大伙儿的提问。

瘦哥仔细看了看，又拈起那枚落花闻了闻，觉得这种兰草好像在鸡笼山上看到过，就说了出来。老板说没错，这种名贵兰草就产在鸡笼山区，大家快去挖吧，我大量收购。

价钱给得不算低，可要挖到，谈何容易？因为鸡笼山上都是原始森林，遮天蔽日，野兽出没，蛇虫横行。鸡笼兰极其稀少，要在莽莽林海里找到它，无异于大海捞针。不少乡民进山寻找，可都无功而返。

老板开店两个月，没有收到一株鸡笼兰，正要关门，却见一个瘦弱的乡民背着一个背篼走进店来。背篼里装着腐熟土，上面种着十株亭亭玉立的兰草。老板仔细一看，正是梦寐以求的鸡笼兰！

老板痛快地给那个乡民一万块钱，旁人羡慕得眼光都直了。

那个乡民不是谁，正是瘦哥。旁人问他是怎么挖到的，瘦哥说："说了，你们也学不来。"

一个月后，瘦哥又背来十株鸡笼兰，老板又给他一万块。此后，瘦哥每月都有十株鸡笼兰出售。鸡笼山成了他的绿色银行！

眯三问瘦哥挖兰的秘密，瘦哥还是那句话。眯三见他不肯说实话，就决定偷艺。几天后，瘦哥背上背篼一进山，他就悄悄跟上。

下午，瘦哥来到一个叫朝阳洞的地方，洞口坐着几只猴子。眯三一看，那些猴子毛很长，而且不管大小，头上的毛都是白色的。这种猴子眯三没见过。

猴子看到瘦哥，欢快地叫了声，一齐跑过来，围着他上蹿下跳，显得很亲热。瘦哥放下背篼，从里面取出一大袋东西，朝猴子撒。猴子抢食。吃完后，猴子就兴高采烈地带瘦哥走上左边那条小路。

眯三经过抢食地点时，看到满地的花生壳，原来刚才瘦哥给猴子吃花生！

第三天中午，瘦哥在猴子的带领下，在一面青崖上挖到了一株鸡笼兰。他小心翼翼地把兰草栽到背篼的腐熟土里，浇上一点儿泉水。之后又给猴子撒花生，猴子吃后又带路。

至此，眯三恍然大悟，原来瘦哥利用猴子来找鸡笼兰！也是，哪个角落有鸡笼兰，一天到晚在山里窜来窜去的猴子再熟悉不过！

眯三大喜，立马回村做准备工作。瘦哥一挖兰回来，他就背上花生出发。

来到朝阳洞，果然又看到那几只白头猴子。只是猴子一看到眯三，马上惊叫一声，四处跑了。眯三也不恼，还没混熟嘛。他来到洞前的空地上，一边撒花生，一边像喂狗一样唤猴子过来吃。可猴子只待在远处观望，没过来。

等了许久，大概抵挡不住花生的诱惑，一只大胆的猴子试探着过来捡花生吃。眯三怕吓着它们，站在原地一动不动。其他猴子见无危险，也陆续过来捡花生吃，可吃后并不带路。

莫非还没吃够？眯三又撒，可猴子吃后还是按兵不动，眯三只得又撒……很快，他带来的花生就撒完了。猴子见没油水可捞，呼哨一声，蹿上旁边那棵大树嬉闹，一只公猴还朝眯三撒尿，把眯三给气的！

眯三哪里知道，猴子之所以跟瘦哥熟，是因为他救过一只猴子的命。

那是四年前，瘦哥上山收苞谷，看到地里有只死猴子。猴子很小，看样子是掰苞谷时被毒蛇咬了。瘦哥蹲下察看，发现猴子胸口尚有余温，就用背篼背回家，给它清洗伤口，敷上蛇药。猴子醒过来后，他就买来牛奶，装到奶瓶里喂它。猴子能够活动后，他就采来各种时令瓜果让它吃。小猴子越长越大，跟瘦哥的感情也越来越深。一个耍猴人曾出一千块钱想买走猴子，但瘦哥不卖。后来瘦哥要进城打工，就把猴子放回鸡笼山。

瘦哥从城里回来后，那只他救过的猴子好像嗅到了这一信息，经常到他家来玩。那天，瘦哥从镇上回来，走热了，把衬衣脱下，搭到椅背上。那只猴子抽了抽鼻子，蹿将过来，从衬衣口袋里掏出什么东西嗅来嗅去。瘦哥一看，原来是他随手揣回来的鸡笼兰落花。

更令瘦哥惊奇的是，第二天下午那只猴子给他采回了两支鸡笼兰，只是没有根。原来聪明的猴子把这种兰花认住了！瘦哥于是想到利用猴子寻找鸡笼兰这一招。

眯三见瘦哥源源不断地采回鸡笼兰，而且跟小寡妇的关系也越来越密切，十分眼红，就心生一计，既要断他财路，又要广开我的财源！于是约上村里的二流子，如此这般吩咐一番。

眯三又背上一袋花生来到朝阳洞，猴子看到他，果然不像第一次那么惊慌。眯三微笑着给猴子撒花生。猴子迟疑了一下，还是过来吃。眯三撒完花生，图穷匕见，猛地从编织袋里拖出一张网，朝猴子撒去！猴子一惊，四散逃跑。可突然从草丛里冒出一圈人墙，人手一网，一齐向猴子罩去，十只猴子全被生擒。

二流子们把猴子捉进铁笼，欢天喜地抬下山，准备高价卖给城里的宾馆。可他们的如意算盘打错了。他们才把猴子运到镇上，就被森林公安挡获。

半年后，瘦哥跟兰花到镇上去办理结婚登记时，从旁边的广播里听到眯三等人被判处有期徒刑的消息。原来，二流子们捕捉的不是一般的猴子，而是世界珍稀动物之一白头叶猴，目前仅在中国广西发现几百只。白头叶猴的生存空间比大熊猫还小。

“这下没有二流子骚扰你了。”瘦哥说。

“就是有，我还怕吗？”兰花娇嗔。

两人回到家，一开院门，哇，那十只被公安机关放归山林的白头叶猴全部下山来做客了。

那个年代的相亲

梁家虽是农民，但有家训："书，只准买，不准卖。任何时候都不要轻贱知识。"所以梁家每年春联不同，横批却一样：读书耕田。

梁安是梁家的独生子，村里唯一的高中毕业生，28岁了，还没找到对象，原因是家太穷，母亲长期卧病。可就是在这种情况下，梁安一有空就坐下来看书。

转眼到了1976年，梁安29岁了，再不找对象，一跨过30岁就更难找了。为此，梁父一咬牙，到信用社去贷了一笔钱，买来小青瓦，把茅草屋顶除去、翻新，再买来石灰将墙壁刷白。这样一来，梁家的房子就大为改观。不久，把媒婆吸引过来了。

媒婆进进出出察看几下后问："你们家房子修得不错，可咋个空荡荡的？"梁父如实相告。"那咋行！我有一计，只要你们依计而行，保管相亲成功！"

梁父问什么计，媒婆说："没有'三转一响'怕啥子？去借，只要相亲那天摆在你们家就行。"

梁父听后眼前一亮，可又觉得不妥，媒婆说怕啥，只要女方满意，结婚证一扯，就万事大吉。见梁父犹豫，媒婆又说："如果不这样，你空房子一座，哪个姑娘愿意嫁过来？是我，我都不愿意。"

为了儿子的前途，梁父最后答应照办。媒婆说："事不宜迟，你现在就去借东西摆好，我明天早上带个姑娘过来相亲。"

媒婆走后，梁父就到大队支书家里把情况说了，支书同意帮忙。很快，梁父就把三转一响——自行车、缝纫机、手表、收音机等物件借来摆在家里的醒目位置。手表不是摆的，就叫儿子戴上，并叮嘱他时刻把衣袖高高捋起，以把那块锃亮的东西露出来。梁安对父亲的造假表示反感，他说宁愿打光棍也不想这样骗人。父亲怒斥："你给我闭嘴！"

第二天上午，媒婆果然带来一位漂亮的姑娘。梁父喜滋滋地给姑娘和媒婆沏茶，那茶叶茶杯也是借的。媒婆介绍说，姑娘叫芦笛，家住相邻的大队。梁安看着芦笛娇羞的样子，也十分喜欢，可一想到自己在合伙欺骗人家，心里就很难受。几经考虑，他最后决定把真相告诉芦笛。

坐了一会儿，梁父叫儿子陪媒婆和芦笛聊天，他去杀鸡准备午饭，那鸡同样也是借来的。为了消除不利影响，梁父早依媒婆之言把卧病的老伴弄到邻居家去了，所以媒婆对芦笛谎称梁家只有父子两人。

"不，我有母亲……"梁安说。媒婆一愣，这不是要坏事吗？因此急忙打岔："是呀，谁没有母亲呢，又不是孙猴子，从石头里蹦出来的。好啦小梁，你去帮你爸吧。我跟小芦随便转转。"

媒婆迫不及待地带芦笛到梁家各个房子转悠："小芦，我没说错吧，他们家的确可以，房子新修，三转一响齐全。"

经过梁安的房子时，芦笛的眼睛一亮："哇，这么多书！"说着就进去翻。

趁芦笛在屋里翻书，媒婆溜到天井，对正在给鸡拔毛的梁父悄声说："梁安好像想把真相告诉芦笛，那这门亲事就黄定了。"

梁父走进厨房，压低声音对儿子说："你个兔崽子，如果把真相说出来，我就死给你看！"

梁安被吓坏了，答应不跟芦笛说什么。果然平安无事。吃了午饭后，芦笛就跟媒婆走了。走时，她借走了一本书。

芦笛回到家后，向父母汇报了这次相亲的经过，她觉得梁安这人还不错，同意继续谈下去。母亲说人品只是其一，他家的境况怎么样？芦笛说翻修了青砖瓦房，粉刷了一遍……媒婆接话：“三转一响齐全！你想，现在三转一响齐全的能有几家？这从一个侧面反映梁家不错。”

父母觉得媒婆说得有理，加上女儿中意，也就不反对。

媒婆看到谢媒钱胜利在望，心里很高兴。可出来时，芦笛却压低声音对她说：“你以后少提三转一响，那都是借来的！”

媒婆一惊：“你咋个晓得……你胡说啥子呀，那明明是他们家购置的……”芦笛淡淡一笑：“你就别扯谎了，梁安都告诉我了。”

媒婆不信：“我时刻跟在你身边，他没跟你说过这样的话呀。”芦笛说他给我写了张字条，夹在我借的那本书里。媒婆看了芦笛一眼：“你既然啥子都晓得了，为啥还要答应？”芦笛说：“我看中的是梁安的人品，而不是其他的东西。另外，梁安的知识很丰富，这本身就是一笔巨大的财富，三转一响根本没法比。”

原来，早在相亲之前，芦笛就喜欢上梁安了，只是在那个年代，那种环境，她不敢主动向高安表露心迹，所以只好通过传统的相亲方式进一步接触。

芦笛喜欢梁安可以说是一见钟情。半年前，芦笛赶集，路过铜鼓堡，看到那儿围着一大堆人，哭成一片。她挤过去一看，原来出了怪事：一个农民下地窖去取红薯，结果昏倒在地；第二个农民下去救人，又昏倒在地；第三个农民下去，还是昏倒在地！

芦笛吃了一惊，她所在的村子也曾发生过这事，一家七口前仆后继下去救人，结果全死在地窖里。芦笛虽觉得一些说法是无稽之谈，可也搞不懂这到底是什么原因。

在第四个农民想下去救人时，人群里挤出一个小伙子：“不要下去！快抬个大风柜来！”大风柜一抬来，小伙子就使劲摇动风扇，往地窖里灌风。扇了一阵儿，他从旁边扯来一把柴草，点燃，之后持着燃烧的柴草走下地窖。柴草没有熄灭。小伙子把柴草一扔，背起倒地的农民爬了上来。

下去救人的那两个农民很快苏醒过来，但第一个农民已停止呼吸。小伙子就对他进行口对口人工呼吸，终于，那个农民睁开了眼睛……

小伙子说：“这不是什么邪祟作怪，而是二氧化碳中毒！红薯在密闭的地窖里放了一个冬天，产生了大量的二氧化碳，使地窖内严重缺氧。所以你们以后下地窖前，一定要用绳子绑根蜡烛缒到地窖里测氧，如果蜡烛熄灭，说明氧气不足，就不要下去，可以放个空吊桶下去，来回拉动几下，使地窖内空气流通……”

原来是这么回事！芦笛对那个小伙子崇拜得五体投地。后经打听，小伙子叫梁安，家住山脚下那栋茅草屋。

相亲后，因双方都中意，梁安就常到芦家去帮忙干活，跟芦笛的交往进一步加深。每次分手，梁安都对芦笛说：“平时没事就看看书，相信吧，轻视知识的日子不会长久下去。”

果然，第二年底恢复高考，两人报名参加考试，因没停止学习，双双考上大学。

棋枰三角

一、对车

相刚和相里柔听似一对兄妹，至少也是家门，然而在发生“车祸”之前，两人互不认识。

那天放学，相刚骑车出了校门，忽地想起那本放在课桌里的《适情雅趣》忘了拿，便调转了车头。

《适情雅趣》是他昨天放学路过旧书摊时偶然发现的，里面的棋局图势虽简单，但却很精彩，买后废寝忘食地看了一晚上，意犹未尽，今天上学便把它带到学校来，在课间争分夺秒地看。同桌梁齐秀瞥了眼书名后，以为是美文，抢过来一翻，却是令她头疼的棋谱，就弃之如敝履地扔还了他，这时上课了，相刚就顺手把棋谱塞到了课桌里。

相刚冲进学校大门时，忽地斜刺里急驰来一辆山地车，车上是一个长发后飘的女孩，见状，双方本能地刹车，然而车速过快，刹不住——

“呀，对车（jū）！”女孩惊恐地叫了一声。话音未落，她的山地车从右侧撞到了相刚的山地车上。相刚倒地，女孩则安然无恙，她的一只脚支到了地上。她正要下车来扶相刚，相刚却龇牙咧嘴地爬了起来。他拍了拍裤子上的灰尘，走路一瘸一瘸的，他的膝盖被磕疼了。

相刚说：“你这‘对车’不要紧，却把我弄成了‘蹩腿马’！”

“对不起，”女孩说，“要不要我陪你到校医室去看看？”

相刚说：“算了，校医的医术还没有我高明，他的最大手艺是把活马当成死马医，再好的‘连环马’他也会给你弄成‘窝心马’。”

女孩见相刚的话里连连蹦出象棋术语，就忍不住问道：“你会下棋？”

“岂止会，”相刚说，“下棋是鄙人最大的爱好，毫不夸张地说，杀遍天下无敌手！”

女孩说：“我知道你是谁了，你一定是高一（4）班的相刚。”

相刚笑笑：“怎么样，我相刚的棋名天下知闻吧。”

女孩说：“是呀，天下都知道高一（4）班出了个不可一世的臭棋篓子。”

相刚对女孩的讽刺不以为然，他问：“刚才我听你说‘对车’，你也会下棋？”

“岂止会，”女孩说，“下棋是鄙人最大的爱好，毫不夸张地说，杀遍班上无敌手！”

相刚问：“请问尊姓大名？”

女孩说：“你别这样文绉绉的好不好，我叫相里柔。”

相刚惊喜地说：“你就是高一（1）班的相里柔？我听说过你，只是一直对不上号。家门，什么时候咱们杀上两盘，一决雌雄？”

相里柔说：“谁跟你家门啦，你姓相，我姓相里，两码事。再说，性别上的事还用得着决吗？”

相里柔浅浅一笑，把那只支在地上的脚一缩，就长发飘飘地骑车走了。

二、对弈

第二天放学，相刚摇着钥匙到车棚去，他看到相里柔正亭亭玉立地站在车棚前，一手扶着她那辆铿亮的山地车。

“还是‘蹩腿马’吗？”相里柔关切地问。

相刚笑笑，表示回答。他把车子推出来，骑上去，正要走，这时相里柔过来说：“相刚，咱们到红茶馆去吧。”相刚问干吗？相里柔说，“决一雌雄呀。”

相刚说：“你当真啊？好，那我请客。”

“不，”相里柔说，“谁输谁请客。”

来到红茶馆，两人要了两杯茶和一副象棋。摆棋，开战。开始时，相刚十分轻敌，心想一个丫头片子能有什么能耐，可几分钟后他就处处被动，时时丢子。相里柔开局用的是巡河炮攻法，局中不拘一格，善绕双马，不知不觉间，相刚的一半车马炮就没了，等他重视起来，为时已晚。相刚战败。

第二局，相刚明显有些急躁，相里柔一变刚才的棋风，下得慢条斯理，她先走仙人指路兵局，后走屏风马布阵。相刚很快又傻了眼，他的凌厉攻势，对相里柔刚才的棋路也许有效，但对她现在的走法简直处处捉襟见肘，举步维艰，几番搏杀，相刚又败局已定。

相里柔推棋喝茶：“好了，三下二胜，不下了。”

相刚火暴地说：“不，按照国家比赛标准，下五盘！”

相里柔说：“下五盘你也赢不了我，剩下的三盘你不可能每盘都让我输。”相刚很快摆好了棋。相里柔说：“相刚你要输得起。”

相刚说：“我连输两盘，当然输得起啦。”

相里柔说：“这局我开宗明义用中炮盘头马开局，你先想好对策哦。”

相刚二话没说，搏杀起来。这局他下得缜密、稳重、保守，他想即使自己2:3输给相里柔，也比0:3惨败好得多啊。然而，他的稳重保守经不起对方的快速勇猛，他的缜密很快被杀得一盘散沙，首尾难顾，几个回合，他的老帅就出其不意地被相里柔用马后炮将死了。

相刚苦笑着说：“相里柔你太厉害了，佩服佩服！”

相里柔说：“我厉害什么呀，我只是杀遍班上无敌手，你可是杀遍天下无敌手。”

相刚说：“你就别讽刺我了。你家里有不少棋谱吧，能不能借我看看？”

相里柔说：“可以，不过你要先按规定把茶钱付了。”

相刚很潇洒地朝服务员喊了一声埋单，服务员过来一算：九十八元。相刚一听，愣住了，他的口袋里只有五十元钱，他以为喝杯茶充其量二三十元，没想这么贵！

相里柔看着相刚的窘相，笑了，她对服务员说：“这是天下国手相刚，叫你们老板把他的茶钱免了吧。”

服务员对相里柔笑笑，走开了。两人走出红茶馆，相刚问：“你真的叫他们把茶钱免了？”

“当然啦，”相里柔说，“这茶馆是我姑妈开的。”

三、对角

如果相刚、相里柔、梁齐秀各是三角形的一条边，那么相刚、相里柔所形成的角就是梁齐秀的对角，这对角硌得梁齐秀有些隐隐作痛。

梁齐秀跟相刚同住一个宿舍大院，且为隔壁，两家大人是好邻居，两家小孩是好朋友，从幼儿园到小学到中学，相刚和梁齐秀一直同班，有时还同桌。梁齐秀擅长语言，相刚擅长数学，有时在家做作业遇到难题，两人就像在自家一样登堂入室，请教对方。梁齐秀还跟相刚约了一个暗号，每晚谁先休息，谁就敲打一下墙壁，问候一下墙壁另一边的人。

常常是梁齐秀先敲打墙壁，梁齐秀敲打墙壁时，相刚往往正在灯下埋头研究棋谱，那闷闷的一声咚，相刚常常觉得是他惯用的沉底炮，他喜欢那柔情的炮声。

然而这些天，炮声却没再响起，接连几天，都是相刚敲打墙壁，那时快到夜里零点了。白天，相刚看到梁齐秀的眼底有淡淡的黑影，上课时老打哈欠，就问："齐秀你这几天一直在熬夜？"

梁齐秀说："不是我熬夜，是夜熬我。"

相刚听得一头雾水，又没话找话地说："国庆快到了，校刊打算出个国庆专号，你写篇文章吧。"

梁齐秀说："那得看我心情好不好。"

相刚说："你心情不好？那就写诗，愤怒出诗人。"

梁齐秀没开腔。

放学后，相刚到高一（1）班去还从相里柔那儿借来的棋谱。相里柔的父亲是容州市象棋协会主席，家里收藏了不少古今棋谱。

这些天，相刚从相里柔那儿学会了口弈，因此每天放学，两人都要一起走，为的是在路上"舌战"一番。

两人进车棚推车时，梁齐秀正好走出教室，见状，她站住了。看到两人并驾齐驱地骑车出去后，她才走进车棚骑车悄悄跟上，她想听听他们在路上谈些什么。

两人斗得正酣，相里柔说："马六进八。"

相刚说："炮八平四。"

相里柔说："兵三平四。"

相刚说："等等，我不炮八平四，我车八平四。"

相里柔说："撒赖，不准悔棋。你车八平四，那我士五进六……”

梁齐秀在后面听得头疼，两人却一路嘻嘻哈哈地搏杀下去。最后只听相里柔说：“炮六退二，将！赢喽！”

相刚说：“相里柔你的盲棋下得不错。”

相里柔说：“我们刚才下的那一残局有一个好听的名字：孙庞斗智。”

相刚问：“那，谁是孙，谁是庞？”

相里柔调侃说：“当然是输者为孙啦。”

相刚说：“好啊相里柔，你也会变着法子骂人。”

梁齐秀听后，一发狠，猛地蹬车，想超过他们。可这一用力，只听咔嚓一声，脚下一松，她差点儿从车上栽了下去，她本能地惊叫一声。相刚和相里柔回头，见是梁齐秀，都刹住了车。梁齐秀所骑的车子的链条断了。此地是闹市区，附近没有修车摊子。

相刚说：“齐秀，我搭你吧。”

梁齐秀说：“拉倒吧，这儿到处都是交警。碰到交警，你就是当曾孙玄孙也免不了罚款，再说我的车子怎么办？”

相里柔说：“要不你骑我的车子？我快到家了，你的车子我先帮你推回家去……”

梁齐秀说：“谢谢，没必要弄得这么复杂。你们孙庞斗智，真是大智若愚。智者千虑必有一失，难道就不知道车到山前必有路，有路必有出租车？”

梁齐秀说着一扬手，招了辆出租车。

“我的车子坏了。”梁齐秀对出租车司机说。

司机走下车，揭开出租车后盖，把梁齐秀的车子放进去。梁齐秀钻进出租车，一溜烟走了。

四、对流

校刊国庆专号出来了，梁齐秀和相里柔的诗文都被刊了进去。梁齐秀的诗刊登在头版头条，自以为超过了相里柔。梁齐秀很高兴，多日的苦闷一扫而光。晚上做作业，有一道数学题明明会做，她也故意跑过来请教相刚。

相刚讲完题后说："齐秀，你那首诗我看了，写得不错。"

梁齐秀问："你怎么没写？"

相刚说："我写了一篇杂文《由象棋的走法所想到的》，但是没被采用，可能是因为跟国庆无关。"

梁齐秀问："你那么喜欢下棋，不会影响功课？"

相刚说："不会，下棋其实也是一种休息，而且可以锻炼逻辑思维。我擅长数学，可能就跟喜欢下棋有关。"

梁齐秀说："经你这么说，我也想学下棋了，我的数学一向不行。拜你为师如何？"

相刚说："不敢好为人师，不过你如果想学，我可以教你。象棋入门很简单，只要记住规则就行了，但要下好下出色就不容易了。"

相刚摆好棋，手把手地教梁齐秀。此后几天，梁齐秀都沉浸在初学象棋的兴致之中。没想到，她一直以为枯燥乏味的象棋竟也这么诡谲多姿，危机四伏，妙趣横生。

一放学，梁齐秀就跑到相刚的家里来下棋。相刚先是让她车马炮，后是只保留一马，跟梁齐秀对弈。因卒子没有兵力防守，往往被梁齐秀杀得一个不留。独马是不可能把对方将死的，因此每盘都是梁齐秀赢，梁齐秀的兴趣也越来越浓。梁齐秀虽兵力处于优势，可有时也很不讲理，蹩腿马，塞眼相，也照样走，有时下急了，她的相甚至还能飞过河去。相刚抗议无效后，也只得由她。同是下棋，相刚觉得跟棋逢对手的相里柔下，要有意思得多。

深秋，大容山漫山遍野的槭树红了，远远看去，仿佛燃起了熊熊的野火，格外富有诗意。为了增进新生之间的友谊，学校团委决定组织全体高一学生到大容山去登高秋游。

秋游那天，同学们先到学校集合，之后登上学校租来的十辆大客车，一路浩浩荡荡朝大容山进发。到了山脚，同学们就兴致勃勃地下车爬山。

梁齐秀当时穿着一件短夹克和一条紧身裤。爬到半山腰，有一个石级很高，她抬腿上去时，只听胯下嘶啦响了一声，低头一看，脸儿蓦地红了：裤裆那儿裂了一条很长的缝儿，里面的秋裤都露出来了！牛仔夹克只到脐部，根本就遮不住那不期而遇的破绽，怎么办？待会儿还要表演节目，这如何是好？梁齐秀急得要哭。

梁齐秀的窘相被走在后面的相里柔看到了眼里。相里柔因为感冒，穿了件中长大衣。相里柔走过来说："齐秀，你穿我的大衣吧。"说着把大衣脱了下来。

梁齐秀没想到相里柔会在此时向她伸出援助之手，因此感动得连说谢谢。她跟相里柔对换了上衣，相里柔的中长大衣把梁齐秀的整个屁股都遮住了，而梁齐秀的夹克对相里柔来说则显得有些窄小，相里柔长得比较丰腴，扣都没法扣，只好敞着。两人对换上衣后，就手拉手一起爬山，此前的芥蒂一扫而光。

山顶上有一块宽敞的平地。平地上长着茂密的槭树，树下铺着一层紫红的落叶，锦缎一般，十分漂亮。联谊会就在平地上举行，每班出五个节目。

梁齐秀的节目是独唱《待到满山红叶时》，虽是清唱，可音色很好，声震林梢，大家热烈鼓掌，相刚和相里柔鼓得尤为起劲。轮到相里柔，她表演的是诗朗诵《国庆抒怀》，那是梁齐秀发表在校刊国庆专号上的作品。梁齐秀惊讶而且感动，那长诗她写后就忘了，没想相里柔居然一字不漏地背了下来……

联谊会最后是特别节目：相刚和相里柔表演口弈。团委书记显然有备而来，他拿出一副从容州市象棋协会借来的带有磁性的象棋，将折叠棋盘挂在树上，摆好棋，相刚和相里柔就背对棋盘口弈起来。他们说一步，团委书记就帮他们走一步。半个小时后，两人下成了和棋。同学们大开了眼界，梁齐秀也为相里柔的棋艺深为佩服……

第二天，梁齐秀到高一（1）班去还相里柔的中长大衣时，看到相里柔的位子空着。回来时，相刚说："相里柔前几天就得了感冒，昨天本来不想去参加秋游的，但她是班上的文娱委员，不去不好，结果去后一吹风，感冒就加重了……"

梁齐秀听后半晌无言，最后她幽幽地说："放学后，咱们一块儿到医院去看看相里柔，好吗？"

相刚默默地点了点头。

瓜豆满楼

梁胜利长得肥胖，怕爬楼，所以购房时选了一楼，可一入住就后悔，因为楼上经常往下扔东西，把院子当成垃圾场。他扫了几次，忍无可忍，就贴出告示，请大家注意清洁卫生，但毫无效果。

是谁这么不讲社会公德？梁胜利暗中观察，发现经常往下扔垃圾的是二楼和三楼。

跟大多市民一样，梁胜利一回家就把防盗门关上，从不串门，邻居间见面也不打招呼，说什么呢，无话可说，所以住进小区几个月了，他对邻居的情况基本没什么了解，连他们姓甚名谁都不知道，跟老婆说起乱扔垃圾一事，也是用二楼、三楼来称呼。

不过，因他喜欢写作，注意观察，还是晓得二楼主家的是个嗓门很大的胖女人，经常把手按在胸胁处，东施效颦；三楼主家的是个喜欢胡搅蛮缠的瘦男人，经常打嗝。

老婆怀孕后，经常为乱扔垃圾一事闹心。梁胜利怕影响胎儿发育，决定全力制止楼上的不文明行为。

可他一敲开门，兜头就挨一顿臭骂，那骂密得不带标点，仿佛狗屎之雨，令他无法插嘴。等暴风骤雨停歇，他才张口，对方就嘭地关了防盗门。梁胜利是文人，不好意思叫骂，只好抹抹脸上的唾沫星子，败退回来，仿佛乱扔垃圾的是他。

对方说了那么多，中心思想只有一句话：你凭啥说那垃圾是我扔的？

梁胜利想想也是，没有证据，那袋垃圾有可能是二楼扔的，也有可能是三楼扔的，还有可能是其他人扔的，你只找二、三楼算账，他们当然暴跳如雷。

这天，梁胜利下班回家，看到三楼那个瘦男人提着一大捆莴笋回来，一看就是贪量大从优的便宜。因有上次的争吵，他对三楼多了一种嗤之以鼻。

梁胜利正在厨房里做饭，啪，一个白影从窗外神兵天降。他出来一看，房前的地上多了一塑料袋垃圾。袋子没系紧，里面的东西迸了出来，是新削的莴笋皮！

梁胜利怒冲冲地提上那袋垃圾敲开三楼的门："这下你还有什么说的！我亲眼看你买了莴笋！"三楼一愣："买莴笋的多去了呃，你凭啥说这些莴笋皮是我扔的呃，上面写有我的名字吗？你再三番五次败坏我的名声呃，小心我上法院告你呃！"

有证据等于没证据，梁胜利气得想打架。按三楼这么说，必须逮到现行他才会认账。可扔垃圾是瞬间行为，怎么逮？但不逮现行，就制止不了他们乱扔垃圾，自己就得天天生活在垃圾场旁！

梁胜利摸准乱扔垃圾的规律后，就到门卫室蹲点，门卫室正对他家。蹲得脚发麻，终于看到二楼那个胖女人打开防护栏上的小铁门，往院子里张望一下，确信无人后，就把一袋垃圾扔了下来！

梁胜利提上垃圾，扯上门卫，敲开二楼的门。"这袋垃圾是你刚才扔的！你讲不讲社会公德！"因逮了现行，梁胜利理直气壮，大声质问。

胖女人把双手往腰间一搭："哪个不讲社会公德？老娘五讲四美三热爱，两个文明一起抓，学习雷锋好榜样，垃圾从来提下楼去放到垃圾桶里！"

梁胜利据理力争："我刚才明明看到你扔垃圾，门卫可以作证！”门卫嗫嚅：“我……没注意……”胖女人怒对梁胜利：“你再在这儿喷粪，老娘就把这袋垃圾塞到你的臭嘴里！”说着就扑过来夺垃圾想付诸行动，梁胜利只好落荒而逃。

作为报复，楼上扔垃圾扔得更频了，“技术”也越来越高，扔时不再露面，而是蹲在窗后，把垃圾袋抛出窗外。

梁胜利不信邪，从朋友处借来微型摄像机，仍到门卫室蹲伏。他看到垃圾袋一抛出来，就连忙摁录像键，可是晚了，没有录到。一连几次都是这样。

为了录到证据，梁胜利选一个扔垃圾的高峰期，按下录像键守株待兔。在那盘六十分钟的 DV 带快要录完时，一袋垃圾从三楼窗口跃了出来！

梁胜利倒回来一看，效果非常好，就跑上三楼，敲开门：“你不是要证据吗？我刚才录到了你乱扔垃圾的证据！”说着就要放给对方看。那瘦男人说：“我不感兴趣呃，大片我还看不过来呢！”说完嘭地关了门。

看来和风细雨跟这些人交涉没用，只好来粗的！梁胜利怒冲冲回到家，提起毛笔，蘸墨在一楼的白色外墙上写：“乱扔垃圾，猪狗不如！”

可垃圾照扔不误！梁胜利只好写上更狠的：“乱扔垃圾，全家死完！”

这下，乱扔垃圾的人被这句咒语吓住了，行为有所收敛。但梁胜利跟邻居的关系也彻底弄僵。梁胜利无所谓，只要院子整洁，老婆心情舒畅，生个聪明乖巧的孩子，比什么都强！

到了清明，老婆的肚子越来越明显，梁胜利的母亲从乡下来照料她。

母亲看到墙上的黑字，皱了一下眉，第二天就找来石灰浆把字刷掉。梁胜利说：“你把字刷掉，楼上就会天天扔垃圾。”母亲说：“不要紧，他们扔，我就扫，反正没啥事干，还能活络活络筋骨。”

果不出梁胜利所料，字一刷掉，咒语解除，楼上又开始“天女散花”。他们一扔，母亲就扫。有一次母亲正在扫院子，一袋垃圾从天而降，砸到了她的头上，脏水流了一脸，太过分了！不会叫骂的梁胜利也跳到院子里叫骂起来。

“你给我住嘴！”母亲抹掉脸上的秽物，“骂人是不文明的行为！”

“跟这些猪狗不如的东西用不着讲文明！”

母亲气极，打了儿子一扫把。

吃晚饭时，母亲跟小两口商量，房前这些地，空着也是空着，她想种些瓜豆。梁胜利眼睛一亮：“行啊，既绿化庭院，又有无公害蔬菜吃，一举两得！”

第二天，母亲就买来瓜豆秧，在窗前的地上种了一排。儿媳在城里长大，认不出是什么瓜豆，母亲就告诉她，这是丝瓜，那是刀豆。

母亲天天给瓜豆秧浇淘米水，瓜蔓豆藤长得很快，一个月后，那些生机勃勃的藤蔓就顺着所牵的化纤绳爬上了梁家的防护栏，看得小两口满心欢喜。

可没过多久，梁胜利就忧心忡忡了，因为那些藤蔓继续往上爬。在乡下长大的他知道，这些瓜蔓豆藤能爬十几米高，二、三楼允许它们过境吗？

这天清早，梁胜利才起床，就听到楼上一个小女孩叫：“妈，快来看，丝瓜蔓爬到咱们防护栏了！”接下来是胖女人惊喜的声音：“哎呀太好了，等于免费绿化阳台！你们以后小心些，别把瓜蔓弄断了！”

一天下班，梁胜利看到那个胖女人正微笑着引导一株比较松的丝瓜蔓缠绕她家的防护栏，心里不由得一暖。

更令梁胜利惊喜的是，那些藤蔓很争气，密密地从防护栏的小铁门上爬过，相当于贴了绿色封条，这样，胖女人就没法打开小铁门扔垃圾了，因为一推开小铁门就会把藤蔓弄断。

藤蔓继续往上爬，不久爬到了三楼，同样给户主带来了惊喜。那个瘦男人更绝，为了不让藤蔓继续往上攀，他有意让它们在防护栏上转弯，四楼曾提抗议，他就说："强弩之末不能穿鲁缟呃！"很快，藤蔓就把他家的防护栏爬了个密不透风，也同样把那个小铁门封住了。

从此，再也没有垃圾扔下来。直到此时，梁胜利才知道母亲的高明。

丝瓜和刀豆开花了，结果了。母亲碰到二、三楼时说，结在谁家防护栏上的瓜豆归谁所有。二、三楼听后大喜，同时又有些不好意思。母亲说："没啥，结在我家防护栏上的瓜豆足够我们吃了，我们才三个人。"

"马上就四个人了。"二、三楼同时讨好地说。

二、三楼吃了不劳而获的瓜豆后，心情无比舒畅。他们都有意跟梁家搞好关系，见面主动打招呼，探讨瓜豆的种植方法。三楼还经常到院子里跟梁胜利下棋，胖女人则对梁妻面授生孩子的成功经验。

梁妻临产在一个雷雨交加的夜晚，雷电把变压器和通信设备击毁了，全城停电，电话也打不通，梁胜利只好去拍三楼的门，请他开上私家车把孕妇送到医院去。三楼二话没说，披上雨衣，跟梁胜利一起把孕妇扶上车，直奔医院。

孕妇一到医院，羊水就破了，医生立马施行手术，母子平安！

梁胜利长舒一口气，幸亏跟三楼搞好关系，不然，这三更半夜的找不到车，后果不堪设想！

梁妻出院后，邻居们常到院子里逗孩子玩。三楼说："绿色蔬菜就是不一样，吃了你们种的无公害瓜豆，我打了几十年的嗝居然不打了！”胖女人也大大咧咧地说：“我患了多年的乳痈也好了！”

他们哪里知道，梁胜利的父亲是乡村中医，所以他母亲对医理也略知一二。母亲来到小区后，通过望、闻、问，知道二楼患有乳痈，三楼患有呃逆，于是就种植丝瓜和刀豆让他们食用。丝瓜主治乳痈肿痛，刀豆主治虚寒呃逆。

“还是那句老话：远亲不如近邻。与人方便，自己方便。”母亲常常跟儿子儿媳说。

第三辑　春雷

春雷

十多年前的一个早春傍晚，我和石头出来时，火车的硬座、无座、硬卧都售完了，仅剩两张软卧票，价钱是硬卧的两倍。我便有些犹豫，因为我们身上的钱不多，买了软卧，就只能吃方便面了。

归心似箭的石头说："买，再啰唆，待会儿连这两张软卧也没有了，只好明天回去了。钱是王八蛋，花了再去挣。"

就这样，我们买了平生第一张软卧车票，都是上铺，价格比下铺略低，但也让我们心痛一阵。半个钟头后，我们饥肠辘辘地上了车。

软卧跟硬卧最大的区别是有门，每格四个铺位，只有上下铺。我们进来时，下铺已经坐有人：一个年龄跟我们相仿的小伙子和一个中年人。中年人穿得花里胡哨，留着八字胡，戴着蛤蟆镜，目光高深莫测。

我把简单行李塞到铺下，习惯打招呼："两位到哪儿？"

那个小伙子正要回答，中年人抢先说："终点站。"

"我们也是终点站，"石头看了中年人一眼，"老板在哪儿发财？"

中年人冷哼："发啥财，刚从川北监狱出来，因为动刀斗狠，蹲了几年班房。"

石头和我对视了一下。我从背包里摸出两桶廉价方便面，递给石头一桶，之后就出去接开水泡面。回来时，软卧的门虚掩着，只听那小伙子说："叔，我看那两个人挺实在的，像是农民工，可能也像咱们一样车票买晚了，只好买软卧。大家相识是种缘分，你干吗骗他们说你坐过牢？”

中年人老练道：“这样说，他们就不敢打咱们的主意了，——劳改犯，谁敢惹？出门在外，小心为是。你那一万块钱学费要放好呀，那是你爹挖了一年煤才挣来的，如今供个大学生真不容易。我打工之余，就到学校看你。”

小伙子说：“放心吧，我把钱分作两部分，折叠后放到袜底脚掌心的地方。我穿着袜子睡觉，谁一脱袜子我就会知道，保险得很。”

“睡觉时放警醒点儿，莫睡得太沉。”

“可我总觉得世界没那么复杂。”

“小心无大错……”

我回头看了石头一眼。石头两眼放光，像有很多爪子在往外伸。

里面安静一会儿后，我们才进去。

吃完方便面，又累又困，我和石头爬到铺上，躺下睡觉，一会儿就进入了梦乡。

半夜，我被窸窣之声惊醒。此时早已熄灯，列车在无边的黑暗中轰鸣着前进。借着车厢里微弱的灯光，我看到石头正伸头俯瞰睡在他对面下铺的小伙子，就像猎人在观察猎物。之后他悄然坐起，摸出在车站小卖部买来的刮胡刀片，刀片闪着蓝光。石头像幽灵一般走下扶梯时，我伸出强有力的手，逮住了他的手腕，将刀片缴了过来。

我伸头看了一眼下铺，小伙子睡得正熟，两只穿黑袜子的脚伸到了白色被子外面，格外醒目。中年人的鼾声像拉风箱一样抑扬顿挫，即使放鞭炮也不会把他震醒。

石头爬上去，重新躺下，似乎心有不甘。我从衣兜里把那张硬卡片掏出来递给他。他捏了捏，还给我，一会儿就打起了呼噜。

我却睡意全无，往事一幕幕涌上心头。

我怕石头装睡，就当起了小伙子的义务警卫，虽然他并不知道。

黎明时分，列车抵达一座大城市。小伙子和中年人下车。我们却是要到终点站的。那里，母亲倚门等我们归来，三年了……

石头醒来，看了眼空空的下铺，神情有些沮丧：“昨晚你不拦我，只要我这么一下，”他做了个用刀片划拉的动作，“一万块钱就到手了，哪里还用得着吃方便面。”

我小声道：“读了三年‘大专’，你难道没半点儿长进？三年时间用汗水挣钱，何止一万块？”

石头讪笑一下：“道理我懂，可一看到肥肉，就忍不住嘴馋。昨晚你递给我‘毕业证’，我就知道不能犯浑，很快又睡着了。”

那是川北监狱发给我和石头的刑满释放证，它宣告我们过去生活的终结。

我起床，坐到下铺上，扭头看窗外。因是大站，停靠时间长。

外面下雨了，还传来了隆隆的声音。那是春雷，好多年没听到过了。我忍不住热泪盈眶，因为春雷一响，万物就会复苏，开始新生。

列车开动了，天色越来越亮。

给母亲最棒的礼物

母亲将迎来七十大寿。早在半年前，大儿子就商议给母亲祝寿。母亲早年丧父，中年丧夫，含辛茹苦把三个儿子拉扯大。三个儿子也争气：老大经商，是当地知名企业家；老二在文化局工作，常有豆腐块发表；老三开影楼，也小有名气。

人生七十古来稀。老大建议好好操办一下，老二老三都没有异议。老大经商多年，财大气粗，主动揽下寿宴一切费用。老二说："那可不行，我们也要表一下心意。"老大说："表心意，我们兄弟三人都要表。这样吧，我们到时给妈送一件生日礼物，不在贵重与否，只要她老人家喜欢，到时由宾客评出最佳生日礼物。"

这点子有些新，老二双手赞成，老三则显得心不在焉，因为母亲平时跟他吃住，天天相处，能有什么礼物让她特别喜欢？

老大资金雄厚，稳操胜券；老二脑瓜灵活，志在必得；只有老三与世无争，该干啥还干啥。

为了摸清母亲最近的喜好，老二当即把母亲接到他家，理由是母亲在老三家待腻了，换一下环境，对她的身心健康有好处。这一待就待到生日那天。其间，其他两家也跟母亲团聚过，发现母亲的确比以前快乐了许多。

老大老三心里纳闷：老二到底使了什么法子？问母亲，母亲笑道："老二暂时不让说。"

寿宴如期举行，宾朋满座，好不热闹。吹过生日蜡烛后，主持人说："下面进入高潮：老妈妈的三个儿子要为她老人家送上各自精心准备的生日礼物！兄弟三人将为母亲送上什么样的礼物呢？请各位宾客细看，并评出最佳礼物！”

在欢快的乐曲声中，老大端着一个蒙着红布的托盘上来了，红布下面鼓鼓囊囊的。他把托盘放在桌上，揭去红布，是几摞百元大钞。母亲愣了一下。老大动情地说：“妈妈为了养育我们，历尽沧桑，省吃俭用，早该享一下清福了。可她一直为我们着想，怕花钱，别说出国，连省都没出过！因此，我送她七十万元，用于旅游，想到哪儿玩都可以！”

宾客们热烈鼓掌。母亲眼里噙着泪花。

老二也端着一个蒙着红布的托盘上来了，只是托盘的分量很轻，红布下面很平，好像什么东西也没有。老二把托盘放到桌上后，并不忙着解谜，而是说：“我们很小的时候，父亲就去世了，家庭的重担全部落到妈妈的身上。妈妈长得瘦弱，肩不能扛，手不能提，怎么养活嗷嗷待哺的三个儿子？但是，天无绝人之路，妈妈把我们兄弟仨拉扯成人了，靠什么？靠的就是她的一双巧手！”

老二说着揭开红布，托盘上放着一块折得四四方方的布幅。老二展开布幅，是一块美丽的蜀锦。“这是妈妈最近的作品，宝刀不老啊！”

敢情妈妈这半年待在老二家，就是织这个？老大走过去细瞧，只见蜀锦质地坚韧丰满，纹样风格秀丽，配色典雅不俗，尤其是蝶恋花、龙凤呈祥、鸳鸯戏水等图案，色彩明快，层次分明，针脚细密，粗细匀称，龙飞凤舞，波起花绽，栩栩如生，既富丽堂皇又极有韵律。

老大知道母亲会绣东西，但没想到她的蜀锦织得这么好！赞叹之余，忍不住对老二说：“你是不是搞错了，怎么把母亲织的蜀锦当作送给她的生日礼物？”

“其实这不是蜀锦，而是消失多时的氐绣！”老二对众人说。

母亲听后吃了一惊。她的织绣手艺是祖传，作为独生女，小时候父母对她悉心传授。她心灵手巧，织得一手好绣活儿，她绣出来的东西常常被村里的女人视为样品，珍藏起来。

老二说：“我当初也以为是蜀锦，后经省上专家鉴定，才知是氐绣！音响师，请放碟子。”随即，旁边的电视里出现母亲织绣的画面。老二继续说，“为了这独门绝技不致失传，我让妈妈一边操作，一边用DV拍下织艺的整个过程，同时由妈妈口授，我笔录，对氐绣的各个关键环节、要点，以文字的形式记录下来，整理成五万字的《氐绣工艺概要》，申报省级非物质文化遗产，目前已批复下来，妈妈被定为氐绣工艺传承人！”

母亲听后眼睛一亮。宾客们热烈鼓掌。

“妈妈，这是省上发给您的传承人证书，也是我送给您的生日礼物！”老二说着从托盘里拿出一个小本递给母亲。

宾客们又热烈鼓掌。母亲接过证书，惊喜得瞪大了眼睛。当初老二要她织绣，她以为老二不过是怕她孤寂，想唤起她对年轻岁月的回忆，没想老二的目的却是把她的祖传技艺记录下来，传诸后世！

“大哥二哥的礼物都很不错，最后看我的啦！”老三抱着一个蒙着红布的托盘走上来，看样子很沉，他把下巴抵在红布顶端，走得跌跌撞撞的。把东西放到桌上后，他喘了两口气才说：“妈妈，请您揭幕！”

母亲疑惑地上前拿掉红布，一下子愣住了：托盘上放着一尊半身铜像。宾客们睁大眼睛一看，铜像眉开眼笑，面容慈祥，竟是今天的寿星！为健在的母亲塑像，这可不多见！

“我为什么要给妈妈塑像，因为母爱最无私、最伟大，我想用这种方式表达对妈妈的敬爱！”

母亲不解：“可你并不会雕塑啊。”老三淡淡一笑：“我是不会，但小梁会。有请青年雕塑家小梁！”一个年轻人走上来：“谢谢老三为我提供这么一个绝好的创作机会！”

母亲看看小梁，觉得很面熟，后来终于想起来了，半年前小梁到家里跟她拉过家常。没想只见一面，他就把塑像塑得这么逼真，太有才了！

“不是我有才，是老三为您拍了大量的照片。我问他为什么要拍这么多照片，他说您现在最慈祥，他想把您的慈祥永远定格下来。我把那些照片看完，脑海里就有了作品的轮廓。后来到您家跟您拉家常，是体验生活，了解您的内心世界，追求完美的艺术效果！”小梁侃侃而谈。

“小梁之所以把塑像塑得这么完美，还因为在创作过程中得到了父亲的指点，只要有极小的偏差，父亲马上就给予指正。大家想不想看看小梁的父亲？”老三煽动说。

“想！”众人齐声道。

“好，有请梁常健先生！”

梁常健含笑走上来。母亲一看，吃了一惊，梁常健是她们老年腰鼓队的队长。梁常健老伴辞世多年，母亲跟他都有结合之心，可又怕双方儿女反对，所以一直没有开口。

“梁老先生，你对这尊铜像满意吗？”老三问。梁常健笑说：“满意，把琴华最美的样子塑造出来了。”

“你跟我妈相恋了这么久，到底要拖到什么时候？”老三单刀直入。

宾客们一愣，随即起哄：“快回答！”

“这……”梁常健脸一红，“并不是我想拖，主要看琴华……”

母亲低着头说：“其实我也不想拖……”

“那还等啥？今天咱们就来个双喜临门！”老三兴奋道，“有请证婚人！”

证婚人笑眯眯走上来，为两人做见证。他是老三的朋友，老三早把“程序”跟他说了，他有备而来。老两口激动不已，将尽快正式登记。

忽然，老两口想，不对呀，我们还没照相呢。两人打开贺礼卡片一看，上面却贴着他们的双人照。这是怎么回事？

老三看出他们的疑虑，笑说：“年初你们腰鼓队合影，我不是把你们两个安排站到一起吗，那可是长远打算，另有所图！”

老大走过来说：“这七十万元正好用于老两口旅行结婚！”

母亲说：“我们哪用得完。这样吧，我们要十万元，剩下六十万元捐给各敬老院，让天下老人都安度晚年！”

宾客们热烈鼓掌。主持人宣布：“经公投，兄弟三人的礼物并列第一，都被评为最佳礼物！”

老同

梁新桥和大里家住海口郊区一个小村子，是邻居，又同年同月同日出生。当地有风俗，如果男孩子同年出生，又志趣相投，往往就要认作老同，即比一般朋友还要亲的同年朋友。梁新桥和大里更是老同中的老同，为此，两家置办酒席，为他们举行了个认老同的仪式。

上学后，老师知道两人同年同月同日出生，也一直有意让他们同班同桌。这样，初中毕业后，两人更是成了形影不离的好朋友。

梁新桥聪明，大里一般。当初老师让他们同桌，也是为了梁新桥能时常辅导一下大里，别拖班里的后腿。在老同的帮助下，大里勉强拿到初中毕业证，但没考上高中。梁新桥呢，却以优异成绩考上海口一所重点中学，无奈家贫，供不起，梁新桥只好跟大里一起殊途同归地回到了村里。

村子面临大海，椰林茂密，风景如画，常有游客前来一览热带风光。两人回村后为人摘了一段时间椰子。可这终究不是长久之计，16 岁的少年，总得学一门手艺谋生。梁父和大父看到俩孩子喜欢在椰子上刻刻画画，就把他们送到马坡那儿去学艺。

马坡 60 多岁，无儿无女，却会椰雕，他在椰子壳上雕出来的十二生肖无不惟妙惟肖，深受游客的欢迎。马坡靠这一手艺养活了自己，日子过得相当滋润。

梁新桥和大里拜马坡为师，学习椰雕。马坡见椰雕技艺后继有人，十分高兴，悉心传授。因两人同年同月同日出生，难分大小，既然大里姓大，就被称为大徒弟，梁新桥则是二徒弟。二徒弟脑袋灵光，师傅一点就通，雕得又快又好；大徒弟呢，却要师傅讲得口干舌燥，头昏眼花，又手把手地教上半天，才有所领悟，雕起来又极其笨拙。

椰雕跟白描不同，白描画错了可以擦掉重画，椰雕一刀下去，刻坏了也就刻坏了，无法修改。大里不知刻坏了多少椰壳，看得师傅直摇头，但既然行过了拜师礼，他又是大徒弟，且为人憨厚，马坡不好辞退，只好把更多的心血花在大里的身上。

笨人自有笨办法。大里想了几天，终于有了个好主意：每次下刀前，先用铅笔在椰壳上把所要刻的内容涂涂改改地描画好，满意了再慢慢地刻。此后废品减少了，可雕出来的东西却显得很呆板，缺乏空灵之气。不过，游客的欣赏水平也不是人人都高，大里雕出来的东西搁上一段时间后一般也能卖掉。

两年后，二徒弟梁新桥不再满足于在椰壳做的碗碟、茶杯、酒具上刻十二生肖，他开始创新，雕出了不少新奇的旅游工艺品。最令师傅惊讶的是，这小子居然用带有椰棕细丝的椰壳雕刻出农家妹子的头像，并命名为椰妹。椰妹皮肤光洁，乖巧可爱，栩栩如生，那些蓬松的椰棕细丝恰到好处地成了她的秀发！

大里说："椰妹好看是好看，可没有椰碗椰碟实用，恐怕没有销路。"

出乎师兄和师傅意料的是，椰妹很受游客的欢迎，梁新桥雕出来的椰妹供不应求。梁新桥劝师傅购回一些雕刻机，批量生产，同时可以减轻劳动量，因为手工雕刻很累人，一天下来，往往连筷子都拿不稳。师傅说："怕吃苦，当初就勿入这个门！买机器批量生产，椰雕到底是艺术还是商品？"梁新桥说："椰雕是旅游工艺品，既是艺术，也是商品。"

见师傅不买，梁新桥就把两年省吃俭用攒下来的钱买了一台雕刻机，日夜生产椰妹，作坊的收入大增。每雕椰妹，梁新桥都先用机器雕，成型后，再用手工雕那些细枝末节，所以雕出来的椰妹丝毫不比纯手工雕的逊色，除非内行，否则根本无法看出是用机器雕的。马坡见如此，也不再说什么，因为作坊收入增加总不是坏事，只是他和大里“固守阵地”，拒绝使用机器雕，理由是“用不来”。

三年后，梁新桥雕的椰妹越来越有名，就想到市里寻求更大的发展。大里说：“得了吧老同，这山望着那山高，城里的铺面贵死人。”

可就在这时，几名民政干部来到村里给马坡落实政策，说经过不懈努力，供销社终于同意退还马坡在海口老城区的那间铺面。原来，马坡原为海口市民，四十年前，他临街的家被供销社征用。

马坡大喜，落叶归根，当即搬回城里，临街的铺面卖椰雕，后面的房子当作坊，店子的名字就叫“老同椰雕铺”。师傅站柜台卖椰雕，两个徒弟则负责生产，生意很不错。

梁新桥又一次建议购进雕刻设备，招聘工人，扩大规模，待时机成熟就挺进闹市区和各旅游景点开设连锁店，争取在全岛开花，因为只待在老街，发展空间不大；工人们不会雕刻不要紧，经过必要的技能培训后，粗加工的活儿由他们做，他和师兄只负责收尾的雕刻工作。但同样遭到师傅的否决，马坡说：“招聘工人都来了，人心不足蛇吞象，靠椰雕能有碗饭吃就算不错了。”

商海风云，瞬息万变。很快，这条沧桑老街就先后冒出三家椰雕铺跟他们抢生意。为了促销，梁新桥在后面的作坊里用机器雕得差不多后，就交给大里叫他在店堂里用手工完成，这样给进店顾客的感觉是这里的椰雕都是手工所雕，且现雕现卖。马坡和大里起先拒绝这样做，认为这是挂羊头卖狗肉，奸商行为，可城里不比村里，城里不管你卖不卖得出去，各种费用都得照缴不误，如果入不敷出，那你只好关门大吉。

权衡利弊后，大里就坐在店堂里雕新桥交给他的半成品。雕了一段时间，大里发现，每个椰妹都很漂亮，不过都像是从一个模子里倒出来似的。“师傅你瞧，这就是用机器生产的弊端，千人一面！”大里说。马坡细细看了看摆在货架上的椰妹，确实如此。但他什么也不说，只是轻轻地摇了摇头。

此时，马坡的心思不在椰雕艺术上，而在两人的婚姻大事上。这对老同今年 20 多岁了，也该谈对象了。马坡不担心梁新桥，这小子不会找不到女朋友，他担心的是大里。大里长相一般，为人笨拙，又不爱说话，哪个姑娘会看上他？只好请人做媒。

不久，媒人带来一位名叫平乐的姑娘跟大里相亲。姑娘长得很漂亮，大里很满意，可仔细一看，不禁大吃一惊。你猜咋啦？平姑娘长得跟店里的椰妹一模一样，神了！

“这呀，说明我跟这些椰妹有缘。”平乐笑说，“师傅年纪大了，也该享享清福了，我来帮忙守店吧。”马坡想，也好，这样可以增加她跟大里接触的机会，有利于两人感情的培养，于是就很爽快地退居二线当艺术顾问，顾得过来就问一下，顾不过来就懒得问。

从此，平乐在店里卖椰雕，大里在店里刻椰雕，仿佛一家夫妻店，马坡在一旁乐呵呵地做甩手掌柜，感受一种久违的家的温暖。说句心里话，他虽佩服二徒弟的灵光与手艺，但更喜欢大徒弟的憨厚与为人，大徒弟让他觉得放心。

可半年后，马坡却吃惊地发现平乐跟梁新桥打得火热！怪不得这些天大里都蔫蔫的。马坡去找梁新桥交涉，谁知梁新桥却先开口了：“师傅，我正要找你呢。”“什么事？”“下个月我跟平乐结婚。”

“什么？！”马坡惊得目瞪口呆，“你、你太不像话！平乐是你嫂子！大里是你老同，还是你师兄！”梁新桥平静地说：

“没错，平乐跟师兄相过亲，但并没有结婚……”马坡怒吼：“没结婚，未来的嫂子也是嫂子，你不能乱来！我不准你跟她好！”梁新桥说：“不可能，她已经怀了我的孩子。”

“啊！”马坡又一次目瞪口呆，好一会儿才回过神来，他狠狠地扇了二徒弟一记耳光：“你给我滚！滚得越远越好！我没有你这个徒弟！”

梁新桥和平乐走后，马坡跟大徒弟相对无言，老半天才叹口气说：“还是老话说得好啊，‘老同老同，放屎相贡（熏）’，老同也靠不住哇，人太老实就要吃亏。不过不要紧，三条腿的蛤蟆不好找，两条腿的女人还会找不到？我无儿无女，你就做我的干儿子吧，以后这店铺和所有遗产就让你来继承。”

大里说：“这不妥吧师傅，椰雕铺的发展也有新桥的功劳，虽说他离开了，但最好分给他一半……”马坡恨铁不成钢地说：“他抢了你的老婆，你还替他说话！我看你是无可救药！我的主意已定，新桥太令我失望，我一分钱也不会给他！”说完立了遗嘱。

这消息传到村里，村姑沙湖马上请媒人做媒，不久闪电般地嫁给了大里，住到椰雕铺，成了城里人。大里把父母和岳父母都接到城里来生活。村里人都说：“憨人自有憨福啊，新桥太过聪明，聪明反被聪明误，为一个女人把自己一生的幸福葬送，不值。”

梁新桥离开椰雕铺后，大概觉得愧对师兄和师傅，就没有再跟他们联系过。后来大里依稀听说他和平乐在城隍椰雕工艺厂打工。

沙湖接手椰雕铺后，本想把店名改掉，可到工商局一问，改店名要交钱，也就懒得改，仍叫“老同椰雕铺”。铺里库存的椰雕卖完后，生意就难以为继了，因为大里雕得很慢，水平又不高，雕出来的东西很难在激烈的市场竞争中取胜；马坡因上了年纪，两眼昏花，双手颤抖，无法再从事雕刻工作。

货架上无东西可卖，这生意还怎么做下去啊。后来沙湖想，自己雕不来，不会进些椰雕来卖吗？反正有的是本钱。于是她就到一些椰雕工艺厂进货来卖。

大里帮老婆打理店子，不再雕劳什子椰雕，自己不是那块料，进椰雕卖所赚的钱一点儿不比亲自雕刻少，何苦呢？

孩子出生时，大里听说新桥被城隍椰雕工艺厂提为技术部经理，可两年后，梁新桥却因经济问题被厂方开除，幸亏他退赃积极，才免于诉讼。由于这个缘故，梁新桥此后找工作就四处碰壁，谁愿意接受一个贪官啊。师傅知道这事后，叹了口气："都怪我呀，当初只知道给他传授椰雕技术，没有给他传授做人的道理，唉！"

椰雕铺的生意越来越兴隆，沙湖负责进货，大里负责站柜台。沙湖在进货过程中发现，新成立的琼岛椰雕工艺厂不仅椰雕品种丰富，质量保证，而且出厂价格比别的厂低。她就跟该厂销售部签订了长期供销合同。

几年后，在大里那套雕刻刀生锈的同时，他好不容易学来的椰雕技艺也全部还给了师傅。不过，夫妻俩对师傅很孝敬，因为没有师傅就没有他们在城里的幸福生活。因此，在师傅75岁生日时，他们决定好好祝贺一下。

马坡抱着小孙子说："就在家里过吧，省钱，卫生，又有人情味。"

生日那天，夫妻俩特地关店忙了一上午，做了很多好吃的菜肴。中午一大家人围桌吃午饭为马坡祝寿时，门铃响，同时传来电子音乐《祝你生日快乐》。大里开门一看，却是一个很大的老寿星！老寿星用许多椰壳拼接雕刻而成，栩栩如生，叹为观止，那音乐就从老寿星乐呵呵的嘴巴里飘出！老寿星向旁边挪了挪，露出梁新桥的脸，梁新桥后面是平乐和一个小男孩。

“新桥一家子来了？哎呀快进来吃饭！”马坡喜出望外。

梁新桥一家三口面带笑容进来。梁新桥把抱在怀里的老寿星椰雕呈给马坡：“祝师傅生日快乐！”他的儿子也跑过来说：“祝阿公生日快乐！”

饭后，马坡细细欣赏那个老寿星椰雕，发现工艺十分繁复，雕刻十分老到，不禁啧啧称赞。梁新桥说：“这是我专门为你雕刻的，从五千多个椰壳上割下一万多块一寸见方的椰壳小片，之后采用椰雕工艺拼接雕刻而成，整整花了一年的时间才完工。”

马坡听后，既感动又难过：“新桥呀，当初都怪我没有尽到做师傅的职责。你的事我都知道了。跌倒了不要紧，爬起来，把错误改掉就好。听说你出事后找工作连连碰壁，如果不嫌弃，就回店里来干吧。我当初说的都是气话，不要当真。”梁新桥说：“我早就回来了，我都回来三年了，沙湖没跟你说？”

马坡一愣，问沙湖是怎么回事，沙湖摸不着头脑：“这是什么意思啊师弟，我以前只听说过你，还从没见过你。”新桥说：“这三年你不是一直在琼岛椰雕工艺厂进货吗？那是我办的厂子。”

“什么，你办厂啦？”众人听后都吃了一惊。梁新桥点了点头。

原来，梁新桥当初看到师傅因循守旧，难以施展才干，便想跳槽，可要离开师傅和师兄，他又有点儿舍不得，下不了决心。后来就抓住平乐爱上自己这一点，激怒师傅，让师傅赶走自己。

平乐是一个建筑商的女儿，一个偶然的机会认识了梁新桥，并喜欢上了他，梁新桥对她也有好感，所以他在雕椰妹时都下意识地以她为模特儿，以致雕出来的椰妹都很像她。可梁新桥觉得平乐跟大里更合适，就忍痛割爱，叫媒人把她介绍给大里。平乐到椰雕铺来站柜台后，随着相处日深，更是一发不可收拾地爱上了梁新桥。梁新桥最终抵挡不住她的强烈攻势，也爱上了她。

梁新桥被师傅赶走后，到城隍椰雕工艺厂打工，目的是学习该厂先进的工艺流程和管理经验，学成后，他想辞职另干，可厂方不放人，梁新桥就不辞而别，有人怕他把技术带到别的椰雕工艺厂去，就放出话来说他是因为经济问题被厂里开除的。对这些谣言，梁新桥一笑置之。后在岳父的资助下，梁新桥很快开了家实力雄厚的琼岛椰雕工艺厂。在得知沙湖常到厂里进货后，梁新桥就交代销售部，给她最优惠的价格。

经过几年的发展，梁新桥不断开发新产品，提高工艺水平，产品很快增加到五大类一千多种，远销国内外。尤其新开发的椰棕工艺系列、椰古饰品系列、椰雕木画系列大受市场欢迎。最近开发出来的椰雕画，融国画、油画、浮雕等技艺于一体，富有鲜明的立体感和浓厚的民间色彩，更是为传统的椰雕艺术增添了不少活力。“今天上午我就忙着跟几个上海人签订一批椰雕画购销合同，所以来晚了一步。”梁新桥说。

马坡听后，暗自赞叹，十分欣慰。这时，两个虎头虎脑的小男孩一左一右地飞跑到他的身边，他一手揽住一个，笑问梁新桥的儿子叫什么名字？小家伙歪着小脑袋说：“梁同。”“几岁啦？”“六岁。”

马坡笑对两个徒弟说：“看来你们这对老同会取名字咧，大里的儿子叫大同，梁新桥的儿子叫梁同，都六岁，同年出生，我看哪，这两个小家伙也认作老同，如何？”

“好！”众人一齐鼓掌。

“那好，反正饭菜是现成的，我们现在就为他们举办个认老同的仪式！”马坡兴致勃勃地说，“乖孙子们咧，你们从现在起就是老同啦！”

“老同是什么东西？”两个小家伙一脸疑惑。

绵竹年画

一、跳江

王十和田耒生活在四川绵竹一个小山村，从小喜欢美术，中学时爱上油画，经常把家里卖菜籽油得来的钱买油画颜料涂鸦，为此没少挨父母的骂。两人说这是教育投资，想考上美术学院，不牺牲几百斤菜油哪成？

转眼到了高考，田耒顺利考上华西美术学院，王十却落榜。王十万念俱灰，就跳了沱江。

江边有个老头儿放牛，见状却无动于衷，仍在悠闲地抽着竹竿烟袋。王十被水呛了几下后，十分难受。既然寻死这么痛苦，不如活下去！可王十不会游泳，求生的本能使他扑打起来，“救命……”他一张嘴，又喝了一口水。

突然，王十看到一块木板顺水漂流而下，就一把抱住，游到浅水处，湿淋淋上了岸。

“你咋个见死不救，你还是人吗？”王十把木板往沙滩上一掷，怒冲冲地质问放牛老头儿。

“咦，是你自己去寻短见，关我啥子事？”

王十哑口无言，在一块石头上坐下歇息。老头儿走过来问：“啥子事想不开？”

王十叹了口气说没考上大学。老头儿说：“就为这个跳江？傻到家了！”王十说：“关键是比我成绩差的田耒都考上了！”老头儿说：“可能是人家临场发挥得好。”

王十不服气地说："可他平时画的画也不如我！"老头儿恍然大悟："原来你是想考美院哪。一个人要画画，难道非得去念大学吗？齐白石木匠出身，还不是成了一代宗师？"王十反问："不念大学，哪个教我？只能在家修地球，搞'大地艺术'！"

"我教你！"老头儿说。

"你？教我放牛还差不多，但放牛我会，不用你教！"

"来！"老头儿扯上王十，来到那块木板前。老头儿蹲下去摁了摁木板，之后拿起，湿沙滩上立马出现一个古代持剑将军的画像！

老头儿一摁，又是一个，一摁，又是一个……一会儿，沙滩上就印满了一模一样的画像。

王十拿过木板，翻过来一看，原来是一幅栩栩如生的木刻版画，看样子是才刻好的。"没错，你跳江时我正好刻完最后一刀。"老头儿含笑说。"原来是您扔木板救了我！"王十十分感动。"不，是这位按剑门神赶走水鬼救了你。"老头儿指着木板上的画像戏谑说。

"这是门神哪，怪不得这么熟悉！"王十惊奇地抚着梨花木板上的雕刻线条说，"这就是制作年画的线版？"

老头儿点头："搞艺术的人就是不一样，一眼就看出来了。"

"这线版刻得苍劲有力，十分老到。"王十由衷赞叹，"大爷贵姓？"

"免贵姓西，大伙儿都叫我西年画！"

原来这貌不惊人的老头儿竟是闻名全省的、曾有年画作品入选文化部"中国民间艺术一绝大展"，并被政府授予"年画艺术大师"的西年画！

"西大爷，您怎么放牛？"王十不解地问。

"放牛怎么啦，我是放牛，刻版两不误。"西大爷告诉王十，现在是年画淡季，先把版刻好再说。女儿家新近开了个纸坊，忙不过来，所以他就回来帮放放牛。末了，西大爷说："你既然喜欢画画，就跟我学年画吧，免费传授。"

王十有些犹豫："可我总觉得年画是土老帽，不登大雅之堂。"

"这你就错了。有时候越土的东西越受欢迎，比如土鸡就比洋鸡卖的价钱高，对不对？"

西大爷说，绵竹年画跟天津杨柳青年画、山东潍坊年画、江苏桃花坞年画齐名，被誉为中国四大年画。作为西部唯一的年画，绵竹年画区别于其他三大年画的最大特点是，从不套色印制，线版只起轮廓作用，成画全靠人工绘制，所以色彩亮丽，风格各异，绝无重复。

"你想学的话，下午就跟我进城，我在绵竹开了个年画坊。"西大爷说。

王十实在不想回家，又不愿意去干跟画画毫不沾边的力气活儿，就勉强答应："好吧。"

这一去，许多让他吃惊的事情就铺开了。

二、学艺

行过拜师礼后，王十便成了西年画的关门弟子。

西年画把王十带到藏画室，将他多年创作的年画拿给徒弟看。年画题材丰富，品种繁多，线条流畅，色彩亮丽，令人爱不释手。

师傅说，绵竹年画历史悠久，乾隆、嘉庆年间到达繁盛，全县大小作坊三百多家，画师一千多人，年产年画两万多幅。近年来，随着印刷业的发展，传统年画渐渐式微。这是历时千年的艺术瑰宝，一定要代代传承下去！

王十点头称是，他第一次欣赏这么多年画。绵竹年画如此博大精深，美轮美奂，真是艺海中的一朵奇葩。他为以前瞧不起它而感到脸红。

来到创作室，师傅开始授艺，他告诉徒弟一个口诀，“一黑二白三金黄，五颜六色穿衣裳”，说的就是绵竹年画的创作过程。一黑指黑线版，二白指人物手脸底色及靴底作白，三金黄指衣冠及道具的橙黄色，五颜六色则指人物的衣服颜色。

王十拿起一支一面蘸色一面蘸水的扁平鸳鸯笔，依照这个口诀，在师傅用线版拓了轮廓的粉笺纸上着色。因有画油画的底子，王十进步很快。

熟能生巧后，王十对传统画法进行改革：调一点儿桃红，没有作白和上橙黄色，直接用桃红兑水润笔，之后就画门神的脸手部位。这样一来，画面显得更加明快好看，深受群众欢迎。

除画年画外，王十还经常应邀到群众新建的房子去画壁画，这是当地的风俗。因天天作画，时时练笔，王十的画技越来越高超，生意也越来越兴隆。

当然，王十也有烦心事，那就是得不到美术家协会的认可。

师傅就劝王十：“何必去争那名分？把自己的画画好是正经！我没加入美协，可我创作的大型年画《西蜀迎春》，一千个人物，几乎囊括四川所有的迎春民俗，被专家誉为四川的清明上河图，现属国家一级文物。艺术得靠作品说话，而不是其他！记住：只要有人认可，再通俗的东西也有生命力；相反，没人认可，再高雅的玩意儿也注定死路一条！”

王十听后，不再浮躁，潜心作画，注意借鉴我国传统建筑装饰彩绘和工笔重彩画的某些手法，使所绘的年画色彩鲜艳，对比强烈而又和谐。

学会雕刻线版后，王十通过大胆创新，使古老的年画焕发出新的生机，内容也更为广泛，有避邪迎祥、风俗习惯、生活生产、戏曲故事、历史人物、神话传说、花鸟虫鱼等。不少外地客商纷纷前来订购。

十年下来，在师傅的悉心传授下，王十成了绵竹年画的领军人物。经济实力雄厚后，王十就在绵竹城里的热闹地段开了家年画社。

开张那天，店堂来了一个人。王十一看，吃了一惊。

三、窃画

来人是高中时的同学田耒！

“行啊老同学，开店当老板了！”田耒打哈哈。

寒暄过后，王十见时近中午，就拉田耒到酒楼吃饭。几杯剑南春下肚，田耒的话匣就打开了。

田耒大学毕业后，被分到省内一家工厂宣传科工作。没几年，工厂倒闭，只好回绵竹打工，目前在一家广告公司干活。

“到你店里来混饭吃怎么样？”田耒笑嘻嘻问。

“美院的高才生到我小店来打工，岂不是屈才了？再说你学的是油画，跟年画差别很大，我招的店员必须懂年画，爱年画，知道相关行情，不能对顾客开黄腔。”

田耒不屑地撇撇嘴：“屁年画有啥高深的，我闭着眼都能画出来！”

王十生气了：“我不准你诋毁年画，否则这顿饭你来埋单！”

田耒一愣，继而笑道：“喝高了喝高了，酒后胡言乱语，老同学不要介意。”王十这才消了怒。

田耒说绵竹城里年画店不少，但油画店还没有，所以他想发挥特长，开个油画店。王十分析说，油画曲高和寡，恐难立足。田耒说不然，他除了画油画、卖油画外，还可以招生，现在小学不是提倡艺体教育吗，不少家长都想孩子有门艺术特长。

王十只好说：“那你就看着办吧。”

田耒说："只是开店还差点儿钱，老同学能不能借我十万块？"

王十愣了一下，他才开了年画社，资金本来就有些紧张，不过，他还是看在老同学的面上，给田耒借了十万元。

很快，田耒的油画店也开张了。

为了吸引眼球，田耒画了不少裸女油画挂在四壁。这些油画主要卖给酒吧、舞厅、夜总会等娱乐场所，但销路毕竟很窄。风景油画除了一些单位买一两幅挂在会议室外，基本没有销路。卖画所得勉强够维持店子转动，要赚钱，田耒只好在招生授课上下功夫。

但家长不会把孩子送到一个无名画家处学艺。田耒就花钱参加"全球油画大奖赛"之类的山寨活动，拿回"世界著名油画大师"之类的奖杯奖牌，把店门口的玻璃橱窗装点得琳琅满目，哄学生家长没有问题。在所展现的各种证书中，只有美院发的毕业证货真价实，证明他是科班出身。

如此折腾下来，田耒的钱包瘪了，连买画布、画框、颜料的钱都没了。怎么办？田耒苦思几天，心生一计，就请王十喝酒，把他灌醉，之后掏出他的钥匙串，到门口的修锁摊上逐把配制，完事后再把钥匙串放回老同学的裤兜里，将他扶回年画社。

几天后，王十打开藏画室的铁皮柜一看，师傅耗时十年创作的那幅大型年画《西蜀迎春》不见了！一时大惊失色。

原来，王十独当一面后，师傅就把藏画室的钥匙交给他。王十深知责任重大，每天早上六点起床后和晚上十点睡觉前都要仔细检查一下藏画室里的年画。《西蜀迎春》昨晚还在，怎么现在不翼而飞了？可见在昨晚十点以后到今晨六时以前这段时间失窃！藏画室的门窗和铁皮柜都十分完好，这说明窃贼手中有钥匙。不是只有自己一人有钥匙吗？王十油然想起前天那次喝酒，于是直奔田耒的油画店。

王十敲门。田耒在里面问是谁，王十捏着嗓子说："来报名的学生家长。"之后闪到一旁。田耒一开卷帘门，他就径直往店堂后面的卧室闯，田耒措手不及，挡都没法挡，脸色一下子白了。王十在田耒的床边看到了那卷还没来得及藏匿的《西蜀迎春》！

"你知道偷盗该判什么刑吗？"王十拿回年画，愤怒地问。

田耒扑通一声跪下，说："都怪我财迷心窍，以后不敢了！请老同学看在昔日同窗的份上，不要报警。"

王十叹了口气，说："没想到出来社会这么些年，你变成了这个样子！好自为之！"

王十回去后，把藏画室的锁全部换掉，并断绝跟田耒来往。

然而，他不找田耒，田耒却找他。

四、大白

第二年年初，田耒来到年画社。王十以为他还钱，谁知他却说："老同学，加入我们美协吧。"

王十冷笑："我不入。"

前来报名找田耒学画画的学生一下子多了起来。此时各校已放寒假，学生有的是时间。

可学生再多，毕竟场地有限。田耒虽把店堂、卧室全部改作课堂，还是容纳不了多少学生。一些家长见他的教学环境太差，就退了费，带孩子到别的艺术培训学校去了。

跟田耒油画店的逼仄相比，王十的年画社开阔大气，门庭若市，生意兴隆，因为临近春节，年画一天比一天火爆，年画社开足马力生产，还是供不应求。王十赚得盆满钵满。

开年后不久，王十设计的两张年画被邮政局看中，制作成邮票公开发行。这在当地是开天辟地第一遭的事，王十一时名气大增！

时令进入夏季后，王十着手整理师傅创作的年画，准备出版一本画册，庆祝师傅八十大寿。借给田耒的钱，那钱借了两年，也该还了。

田耒在电话中说："五万块钱，我先还一半吧。"王十答应，就不顾天气炎热，驱车到田耒的油画店来。田耒为人没有诚信，经常出尔反尔，还是趁他没改变主意前把钱收回来，收得一半是一半。

自从窃画事件发生后，王十这是第二次到油画店来。田耒不在，只有一个姑娘在看店子。王十给田耒打手机，田耒说正在外面办点儿事，请老同学等一会儿。王十就在店里等。

枯坐无聊，王十就到店门口的玻璃橱窗那儿看里面的各种证书。看着看着，他突然脸色大变，就拿出手机照了一张，之后匆匆离去。

几天后，王十再次来到油画店。他跟田耒说了一件事，田耒大惊失色，扑通一声跪下，求老同学再次放过他。

"好吧，你把十万块钱还了，咱们就不会再有任何瓜葛！"

田耒只好乖乖把钱全部还了。

在师傅生日那天，宾客们听到一个消息：开油画店的田耒被公安机关抓了起来。原来，田耒每次选美一般招了年轻漂亮的女店员后，都以画人体油画为由，诱使对方脱掉衣服。这次，那个勇敢的女店员告发了他。

师傅听后直摇头："学美术，首先心术要正，心灵要美。这人怎么坏成这样？"

"我才是科班出身！"王十向众人出示一张照片。

照片是一个打开的毕业证，盖有华西美术学院的大红公章，持证人是用碳素墨水写的黑色"王十"，十分醒目，可细细一看，"王十"又额外加了些淡淡的笔画，变成了"田耒"！

原来，当年毕业后，田耒通过添加笔画的手段，把毕业证和档案上的“王十”改成“田耒”。没想到，他的毕业证因经常曝晒，添加上去的笔画是用伪劣墨水写的，竟然褪色，现出了“王十”的名字！田耒因熟视无睹，也没发觉。王十那天上门收款看到后，就拍了一张照片，之后到美院了解，被告知在十几年前，确有一个叫“王十”的学生在油画系就读。

过去的就让它过去吧！

“祝师傅福如东海，寿比南山！”王十递上画册后，又呈上一幅亲自绘制的大型年画《群仙献寿》。众人一看，年画中的老寿星，活脱脱就是眼前的老寿星！

家书上的爱

1982年秋，杨福考上县重点高中，走出大山，到城里求学。因离家远，加上经济困难，每周星期天他都待在学校里。

当时通信落后，整个学校只有校长室有一部手摇式电话，摇到手酸还不一定摇得通，白摇了，所以写信还是当时主要的通信形式。每天下午第七节一下课，同学们就跑到收发室去看有没有自己的信。

杨福从未收到过一封信，可每天下午他都第一个跑到收发室去把同学们的信件和班上订阅的报纸拿回来，风雨无阻，乐此不疲，令人费解。

杨福是学习委员，成绩那叫一个好，但他也不是死读书，爱好那叫一个广，其中最大的爱好就是书法，他可以用不同的字体书写东西。为此，他后来成立了一个书法爱好小组。小组一成立，那隆、沙坪就成了他的铁杆支持者。

杨福、那隆、沙坪被同学们戏称为“言而无信三人行”，因为他们从未收到过一封信。或许就因为惺惺相惜的缘故，三人成了好朋友。不过，杨福跟班上的“收信大王”梁日亮也相处得不错，因为他们是同村老乡。

梁日亮是班长，几乎每天一封信，令班上的同学眼热不已。梁日亮的母亲是村小学语文教师，姓葛，有的是闲心与文笔，所以儿子到县里念高中后她就天天写信，梁日亮每信必复，汇报自己的学习与生活。

杨福曾问过梁日亮：“天天写，哪有那么多东西写？”梁日亮反问：“你天天说话，哪有那么多东西说？”杨福想想也是，我手写我口，东西咋能写得完呢。末了梁日亮诡秘一笑：“告诉你，我的笔杆就是这样练出来的。”

原来，葛老师跟梁日亮天天书信来往，除挂念儿子外，还为了帮助儿子提高写作能力，难怪梁日亮的作文写得这么好，每篇都被老师当作范文念，好聪明的母亲哪！杨福除了佩服外，还有无尽的羡慕。

杨福出身贫穷农家，父母是文盲，母亲还是截瘫残疾人，双腿无法走路，天天坐在轮椅上，靠编织斗笠为生。因杨家靠近村委会，有了一定的本钱后，杨父就在靠公路的墙壁上开一个窗口，再从镇上进些日用品回来，这样，老伴就能一边织斗笠，一边卖东西，增加收入。

镇上的邮递员每天下午骑车到村里来送信时，村干部都下地去了，村委会铁将军把门。为此，邮递员就把邮件放到小卖部，让杨母转交。久而久之，小卖部就成了“村邮电分所”，邮递员往那儿搁信，人们也到那儿取信、交信。这样一来，倒给小卖部提升了人气，还增加了一点儿财源，代售邮票、信笺、信封等。

葛老师经常到小卖部买东西，她天天给儿子写信，还有一层意思，就是照顾一下杨母的生意。杨家虽穷，但很有自尊，平白无故给钱，他们是不会要的。对葛老师这种照顾，杨家自是感激。

杨福国庆放假回来时听母亲这样一说，也对梁家充满好感，他跟梁日亮的情谊又增进一层。回到学校后，梁日亮每次把信写好后，杨福都主动帮他拿到收发室去交。

这样，在为别人交信、取信的不断重复中，一个学期快过去了。虽是第一次远离父母，从未收到过一封信，但杨福好像一点儿都不想家，脸上时常挂满笑容，相反，“言而无信三人行”另外两位那隆和沙坪的情绪却越来越低落。

也许是受两位朋友情绪的影响，这些天杨福的神色也越来越低沉，每天取信回来，他的脸上都没了往日的笑容。到了星期六，他向梁日亮借钱，要回家一趟。“我妈病了，想回去看看。”他着急地说。

梁日亮吃了一惊：“你家给你写信了？”杨福说：“没有，我爸妈都认不来字。”“打电话了吗？”“也没有，村里哪有电话呀。”

梁日亮笑了：“那你怎么知道你妈病了！别疑神疑鬼，好好复习，马上就要期末考试了。”

“不，我一定要回去看一下，不然我连书都看不好。”杨福固执地说。

梁日亮见他这样，就不再说什么，把钱借给他。临走时，杨福对梁日亮说，如果星期天晚上他没有返校的话，就请梁日亮跟班主任说一声，他回来时再补假条。

一周后，杨福才回来，果然是母亲病了，而且病得不轻，还到镇卫生院住了院。不过现在已经出院，回家调养。

梁日亮很惊奇：“既没写信，又没打电话，你怎么知道你妈病了？”杨福说：“这是我们母子之间的感应。”梁日亮说：“我才不相信这些唯心主义，你一定要跟我说实话。”

杨福见班长追根问底，就说：“那好，请把你收到的信件都拿出来。”梁日亮不解，但还是打开箱子把信拿出。

杨福说：“秘密就在这些信上。”

梁日亮抽出几封信，左看右看，没有呀。

杨福说：“细看信封。”

梁日亮认真察看信封，还是没有发现什么异样。

杨福只好进一步点明：“信封背面右上角。”

梁日亮这才发现那里有用圆珠笔画的小图案，很不起眼：几个小圆点，或三撇斜线，或一小段波浪线，或一个小三角，或一个小圆圈……

杨福说："这就是我妈借你的信封传递给我的信息。"

杨福说他妈妈从葛老师手里接过信后，在交给邮递员之前，就把要对他说的话画到信封背面右上角：小圆点表示饭粒，意思是要他吃饱饭；三撇斜线表示起风了，天气转冷，要他添加衣服；波浪线表示水，意思是天气干燥，要他多喝水；小三角表示山峰，意思是要他勤奋学习，勇攀高峰；小圆圈表示圆满，意思是家里一切都好，请他不要挂念，安心学习……

"这是国庆放假时，我妈跟我约定的符号，因为她认不得字，只好用这种方式表示对我的关爱。如果请人代写书信，不仅麻烦，还要贴八分钱邮票，八分钱够我家吃半个月的盐哪。"杨福说，"为了一睹为快，所以我天天跑到收发室去取信。上上一周，我看到你的来信上都没画有符号，这说明我妈没在小卖部。她有腿疾，一连几天没在小卖部，唯一合理的解释是她病了，而且病得不轻，人没在家，住到了镇卫生院，所以我急着要赶回去，果不出所料。"

原来是这样！梁日亮听后十分感动，没想到自己在收信的同时，还为朋友传递着浓浓的母爱！

"另外，"杨福说，"我帮你交信时，也用同样的方法给我妈回信：画小圆圈表示一切如常，我在学校里很好；画小五角星，表示最近考试平均分数在九十分以上；画小正方形则表示在九十分以下……"

梁日亮动情地说："杨福，从现在起，你不要再用这种'楔形文字'，你也天天写信吧，写两页，之后装到我的信封里一块儿寄回去。你父母认不来字不要紧，我叫我妈念给他们听！"

杨福说："算了，这要多贴一张邮票。"

梁日亮说："不用，我做过试验，五张信纸之内不会超重。"

正说着，那隆和沙坪进来了，两人手里都拿着一封信。梁日亮高兴地说：“你们也收到家书啦，恭喜！”

那隆和沙坪说他们收到的家书一模一样，班长不妨看一下。梁日亮接过来一看，发现两封家书除了称谓和字迹不同外，内容一模一样，署名都是“父字”！这是怎么回事？

“杨福，谢谢你的一片好心！”那隆和沙坪说。

“咋啦？这不关我的事。”杨福一脸无辜的样子。

两位朋友说你就别装啦，这两封信都是你写的，虽说是假信，但还是要谢谢你，你的心意我们领了。

原来，杨福见那隆和沙坪从未收到过家书，情绪低落，就在镇卫生院护理母亲时，抽空以家长的口气给两人各写一封信，之后到邮电所邮寄，给他们一个惊喜。

“但我一收到信就知道是假的，因为我爸是不会给我写信的。”那隆说。

“为什么？”杨福问。

“因为他是个盲人。”

“我爸更不会给我写信，永远不会。”沙坪说。

“咋啦？”三人异口同声地问。

“他在四年前就去世了。”

原来是这么回事！梁日亮心里一凛，这是自己以前没有想到的。他们没收到信，还以为他们没有感情，是“冷血动物”，还嘲讽他们“言而无信”，可有谁知道“无信”背后的辛酸？

梁日亮动情地对那隆和沙坪说：“从现在起你们也给家里写信，邮资我出！”

那隆和沙坪说咱妈是文盲，写信回去也没用。梁日亮说：“不要紧，我马上以班委会的名义给你们村团委写封信，叫村团委每次收到你们的信后，都派团员送到你们妈妈手里，当面念给她听！”

那隆和沙坪很高兴，当即写信。半个多月后，出乎所有人意料的是，他们都收到了复信：所说的内容是各自的家事，叙述的语气是各自妈妈的口气，而书写的笔迹是村里的团员代劳，邮资则是村团委所付！

钻洞

梁华章大学毕业后，进县文管所工作，所长叫“土行孙”带他。土行孙真名土奇，穿得土里土气，一副灰头土脸的样子，仿佛才从古墓里钻出，给梁华章的第一印象很不好，拜这样的人为师，他觉得掉价。“你别看老土土得掉渣，他可是咱们文管所文博副研究馆员，博览群书，经验丰富，你好生跟他学。”所长笑着说，不知是褒是贬。

土奇是典型的书呆子，上班除了钻研业务，很少开腔，不过还是很快被伶牙俐齿的梁华章问了个透明：科班出身，年过半百，因一心扑在文物事业上，40 岁时才跟一个年过半百的老女人结婚，婚前曾有人劝过他，可他说“越古旧越值钱”。婚后不到一年，老女人受不了他的呆气，卷上资财跑了，从此老土单身一人，衣服没人洗，越发像出土文物，成了文管所一大活宝。

梁华章发现，即使像老土这样毫无生活情趣的人，居然也有癖好。老土的癖好是钻洞，几乎把所有收入、所有节假日都花到这上头来了，难怪落下土行孙的外号。

“这山洞有啥钻的？”梁华章不解地问。老土笑笑：“冬暖夏凉哩。”“你以后想搞旅游开发？”“哪有这个本事！”“那你钻洞干吗？”“冬暖夏凉哩。”得，成了车轱辘话。

老土并不是所有山洞都钻，他只钻老君山上的溶洞。

老君山是龙门山脉的余脉，喀斯特地貌，山上溶洞上百个。这些溶洞都没有被开发，处于原始状态。难道老土是为了探险？

可探险其他地方的溶洞也可以探啊，何必在一棵树上吊死？

“我不喜欢探险。”老土一言否定。梁华章问：“那你为啥只对老君山情有独钟，难不成老君山上的溶洞跟其他地方不同？”老土说：“天下溶洞都一样，都是由石灰岩腐蚀而成。”

此时师徒俩站在老君山脚。梁华章手搭凉棚，看了眼高耸入云的老君山：“难道山上的溶洞里有文物？”老土反问：“你说呢？”梁华章想了想：“我看没有。这些溶洞都处在半山腰以上，山高路陡，加上洞里潮湿，人们不可能到那儿居住活动。没有人类活动的地方也就不会有文物。”

两人这样一问一答，走进了山下的古镇——重华镇。梁华章惊讶地发现，镇上的古建筑竟那样多，保存竟那么完好！他是学建筑考古的，一看到这些亭台楼榭，便初步断定，它们大多建于明末清初。

老土显然对古镇很熟，他一边带梁华章游览，一边眉飞色舞地解说，仿佛换了个人：“这是三圣宫，陕西会馆；那是万寿宫，江西会馆……”老土带梁华章走进结构宏伟的南华宫，“这是广东会馆，三百多年前就这么气派，不简单吧！”

的确如此。南华宫由大殿、两侧厢房、后厢房、戏台、观戏楼等组成，雕梁画栋，檐牙高啄，昔日繁盛可见一斑。参观完八大会馆，两人来到街口，那儿有一个牌坊，两边石柱上刻着一副漫漶的对联：“八宫七庙，三十六世家，四十二客栈；两塔三阁，二里四长街，半边佛爷崖。”

“这副对联概括了当年重华镇的繁荣景象。”老土侃侃而谈，“按说重华地处川西，交通不便，物产也不丰富，镇子周边的坡地只能种些红苕玉米，老君山上的丹霞地貌根本就没法种庄稼，野生的山货草药也有限，可从明代末年起，这里却成了川西著名的旱码头，把全国各地的商人都吸引过来了，还纷纷建立会馆长期驻扎，为什么？”

是呀，这个问题梁华章从未想过，这到底是什么原因？难道仅仅因为这里是蜀道咽喉？老土摇头：“蜀道咽喉不过说明此地险要，可那么多商人到这儿来干吗？无利不早起，商人到这儿来还是为了赚钱。这说明重华镇出产过一种东西，这种东西其他地方没有或者很少。”“那是什么东西？”梁华章问。老土笑笑：“你问我，我问谁。”

“会不会是金银、铜矿铁矿或者盐巴？”梁华章假设。老土说：“这些东西其他地方都有，不值得广东、福建、江浙商人千里迢迢跑到这儿来。况且，如果重华盛产这些东西，县志上一定会大书特书，可我翻遍清代县志，对重华的特产只字未提，讳莫如深，为什么？”梁华章想了想：“会不会是贡品？”“那更不对，如果是贡品，外地商人来掺和什么？县志上也不至于不提。”

这下梁华章没辙儿了，抬头看了看云遮雾罩的老君山。老土也抬头看山：“也许，答案就在山上的溶洞里，只是我钻了几十年山洞，一直没找到。”梁华章更加莫名其妙了：“使山下繁荣的东西会在山洞里？这不是缘木求鱼吗？”

老土高深莫测地笑笑：“你还别说，我缘这木还快把鱼求到了。”

回到县城，梁华章细细翻阅县志，发现这个史实：明末清初，陕西农民起义首领张献忠在成都称帝，建立大西政权。清世祖为统一全国，引兵西进，跟大西军展开激战。张献忠战死，残部带上大西国库的金银财宝逃往老君山一带，消失在诡谲的云雾之中……

难道重华镇昔日繁华是因为那些藏匿山上的财富？难道老土几十年如一日在老君山上挨个钻洞是为了寻宝？他说他“缘这木还快把鱼求到了”，说明他寻宝已经有了眉目！

“土老师，你下次钻洞能不能带我一块儿去，我也好长长见识，学习学习。”第二天一上班，梁华章就对老土说。老土听后愣了愣：“可以呀，国庆长假我有个大行动，正好缺人手。”其他同事笑开了：“近墨者黑啊，小梁不但成了土行孙的徒弟，还成了徒孙，继承其衣钵，哈哈哈……”

很快到了国庆，寻宝队朝老君山进发。除了师徒俩，老土还请了四个山民：一人的背篼里装发电机，一人的背篼里装满满一壶汽油，另外两人背帐篷和食物，费用都由老土出。

“我们这次钻哪个洞？”梁华章问。老土说：“老君山上有一百多个溶洞，除了朝阳洞，其他的洞我都钻过了，没有发现我所需要的东西。我估摸，在朝阳洞的可能性很大！”

梁华章听后十分振奋，边走边向山民打听朝阳洞的情况。山民告诉他，朝阳洞位于悬崖峭壁的中部，得从山顶缒绳子下去，稍有不慎就会摔个粉身碎骨，不少寻宝者都踏上了不归路。梁华章听后倒吸一口冷气。

众人在密林里穿梭，第二天傍晚才到达山顶。歇息一夜后，天一亮就开始行动。梁华章伸脖往有洞口的那面绝壁看了看，只见白云缭绕，老鹰盘旋，吓得腿肚子直打战，连忙缩回去。一个山民把酒杯粗的绳子绑在腰间，另一头捆在山顶的松树上，之后就试探着往下缒。十几分钟后，绳子抖了抖，老土知道探路者已安全到达洞口，就把绳子拉上来：“小梁，你第二个下。”梁华章面有难色：“我不敢……”

“小伙子家，这有什么不敢的。”另外三个山民背着东西，先后缒了下去。老土对梁华章说：“这下轮到你了，你最后一个下我不放心，而且今晚我们住在洞里，不上来。”“土老师，我有恐高症……要不，你跟我一块儿下，给我壮壮胆。”

“好吧。”老土把绳子绑在梁华章的腰间，之后跟他一块儿握着绳子往下梭。老土身上没绑任何东西，一旦失手，有去无回。还好，师徒两人安全着洞。

洞口半圆形，足有十层楼那么高，梁华章还没见过这么大的溶洞。山民发动发电机，点亮那盏绑在木棒上的100瓦白炽灯。众人进洞。洞体一路倾斜，令人惊奇的是，里面有不少小土山，连绵起伏，给梁华章的感觉是在一个天然的沙盘中行进。

老土扑到土山前，捡起一块泥土看看，嗅嗅，之后咔嚓一咬，嚼嚼，兴奋地说："胜利在即！"他走在最前头，不停地用"掌中宝"拍摄。梁华章的任务是照相，但他认为没有什么可照的。"小梁，快照啊，以后你的照片会价值连城。这可是全国独一无二的文物，申请'国保'（全国重点文物保护单位）都没有问题！"老土高兴得像个孩子。

我晕，这些泥巴是文物？梁华章也捡起一块泥巴看看，嗅嗅。就一般的黄泥巴。老土是不是疯了？

走着走着，众人发现前面有一只篾条编的泥箕，老土伸手去拿，泥箕一下子消失，原来已风化成灰，可见年代久远。之后又陆续发现箩筐、竹笕、撮箕，都是稍碰即化成青烟。

"哇，前面好多灶子啊！"那个持灯的山民叫了起来。

可不是，除了密密麻麻的灶子，还有各式各样的滤池和导水渠。老土激动得声音都变了："终于找到了！大家注意点儿，千万别踩烂这些灶子，它们可是国宝级文物！"

"这些灶子是干吗的？"梁华章问。老土习惯地反问："你说呢？""总不会是新石器时代人类活动遗址。""没那么久远，就明清时期的东西，它们跟重华的繁盛有关！"

梁华章把这些灶子细细看了看，也看不出个所以然。

此后一路都是灶子和水池，足有上万只，可见当时规模之大。古人到这儿来到底开发什么东西？梁华章百思不得其解。

五个钟头后，众人走到洞底，那里有一挂瀑布，訇訇直响。这是个死洞，没有出口，所以大家原路返回。回来是爬坡，七个钟头才爬到洞口，天早黑了。在洞里来回走一趟竟花了十几个钟头，如果没有发电机和备用汽油，根本不行。

一个月后，文物局专家和电视台记者来到文管所，所长出来迎接，专家说："我们找梁华章，让他给我们带路，我们要到老君山朝阳洞去看看。"梁华章不想受二茬苦，便推说身体不舒服，让老土陪他们去，反正他熟悉。专家不信任地看了老土一眼，勉强同意。

他们走后，所长问梁华章："朝阳洞里到底有什么东西？"梁华章说："就一些明清时期的灶子，可能是烧炭用的。"

十几天后，考察团返回县城，召开新闻发布会：老君山朝阳洞发现古代炼硝遗址，硝是制造火药的最主要原料。洞底的炼硝遗址是唐代文物。而发现这一遗迹的，竟是一个年轻人，他的名字叫梁华章！

梁华章大吃一惊："土老师，你怎么把功劳归到我身上？"老土说："那天不是咱们一块儿进的朝阳洞吗？""可在此之前你已钻了几十年山洞，我怎能……"

老土拍拍他的肩膀："你就承着吧。我马上退休了，要这些虚名有什么意思。你就不一样了，你还年轻，可以助你一臂之力。"原来，那次考察朝阳洞后，老土把相关资料以梁华章的名义寄给文物局，引起了高度重视。

梁华章很感动，问师傅当初怎么想到老君山上的溶洞里会有古代炼硝遗址。老土说："你想嘛，既让重华镇繁盛，县志里又不敢记载的东西，只能是军火。当时的先进军火是火药。一句话，重华镇盛产火药。但这是秘密，所以县志不能提。八大外省会馆驻扎重华，表面上做生意。明清之际，社会动荡，火药奇缺，利润很大。"

"我之所以想到火药上来，是因为老君山的名字。众所周知，火药是古代术士炼丹时偶然发现的。经深入调查，我发现老君山的泥土里富含硝，山上的溶洞至今仍有硝源源不断地析出。朝阳洞里连绵起伏的小土山就是炼硝后的废料。”老土说，在其他溶洞，古代炼硝工人肯定也炼过硝，而且把硝炼完了，所以才到险恶的朝阳洞去继续炼。只是，其他溶洞里的炼硝遗址已被一代又一代的寻宝者破坏殆尽。朝阳洞因地势独特，常人不易进去，所以炼硝遗址得以保存下来。

两年后，老君山古代炼硝遗址被批准为重点文物保护单位，重华镇也被誉为“中国火药之乡”，而癖好钻洞的老土同志也在这一年光荣退休了。

变脸

石钟自小喜欢听评书，记性很好，听别人讲两个小时，他也能讲两个小时；听三个钟头，他也能讲三个钟头。县文工团见他是个人才，把他招了进来。很快，他的评书成了文工团的主打节目，观众如潮，不少茶馆纷纷请他演出。石钟上班挣工资，下班挣外快，很是风光，不久跟皮鞋厂一名女工结了婚。

这天，熟人带着一个叫梁文达的少年来找石钟，想让梁文达拜他为师，学习评书。石钟碍于熟人的面子，把梁文达收下。

梁文达对评书很有悟性，通过观摩师傅讲评书时的举止、语气、神态，很快有青出于蓝胜于蓝之势。到了后来，他听师傅讲一个钟头的评书，能讲上一个半钟头，除了发挥原有的内容外，还插科打诨，甚至唱上几句川剧选段，活跃现场气氛，塑造人物性格，很受观众的欢迎。

但不久，梁文达却被辞退了。

十几年后，文工团入不敷出，宣告倒闭。石钟幸有评书特长，从此穿梭各茶馆，给茶客讲评书为生。又过了几年，皮鞋厂破产，老婆下岗，改行擦皮鞋，勉强可糊口。偏偏此时，随着娱乐的多元化，评书越来越没落，茶馆都购置了电视机、影碟机，茶客想看什么自己放，声像并茂，精彩迭现，哪个还去听单调的评书？石钟彻底失业，想去干点儿别的，可他除了会翻两片嘴皮子，肩不能扛，手不能提，擦鞋吧，又抢老婆的生意，因为擦鞋市场早已极度饱和。

而这时，三个孩子正念高中大学，学校经常催收各种费用，石钟一筹莫展。不久，老婆被查出患了早期乳腺癌，手术要十五万元。石钟无计可施，只得给省演艺界慈善基金会写信，把困难说了，希望得到援助。不久，基金会回复，同意给他二十万元。石钟大喜，当即到省城来领钱。

会长问他除了评书外，还会表演什么？石钟说他在文工团时经常跑龙套，所以也会一些川剧唱腔和动作，说毕表演了一个《柳荫记》选段。会长看后点头说："这次资助你二十万元，主要是为你爱人治病和给孩子们念书。可钱用完了怎么办？你有川剧的底子，所以，我们打算等你忙完后，请位变脸大师免费教你学变脸，你看怎么样？"

石钟眼睛一亮，说："行啊，在我居住的小县城还没有人会变脸呢，这是川剧一绝，人们都爱看，学成后，在婚宴、寿宴和各种商业演出中表演变脸，肯定能挣钱！"之后问教他变脸的是哪位？会长说："你认识的。你先把你爱人的病治好再说。"

此后，石钟一直在想，教我学变脸的是哪个？我在省城演艺界可没有什么熟人哪。

妻子的手术很成功。出院后，还剩一万多块钱，够支撑一段时间。因此，石钟把换洗衣服一带，就兴冲冲到省城来学变脸。

他入住基金会为他安排的招待所。才安顿好，会长就带着一个年轻人走了进来，两人各提一只手提箱。会长打开手提箱，拿出一套用于变脸的表演服装、披风、道具、脸谱，并说这是专门给石钟定做的。石钟试穿表演服，不大不小，正好，因此十分惊讶："你又没给我量过尺寸，咋做出来的衣服这么合身？"会长笑道："我会目测。"

石钟学艺心切，问教他学变脸的老师啥时候来。会长说："来了呀，就是这位年轻人，合山，合老师。"石钟惊讶地看了合山一眼："你？"合山含笑："对，我负责在半个月内教你学会变四张脸谱。"说完打开手提箱，开始上装。

石钟悄声对会长说："可我并不认识他呀。"会长一愣："现在不就认识了吗？合老师虽说年纪不大，但变脸技术很高，一会儿你就知道了。"

合山穿好表演服，上好脸谱，戴好帽子，披上披风，之后摁响一个微型录音机，一支表演变脸的歌曲飘出，表演开始！

合山手持纸扇轻盈进场，脸上是一个绿色鬼怪脸谱，除了眼睛，看不到五官。他表演几个舞蹈动作后，唰地挥扇，绿脸消失，取而代之是一张蓝色鬼脸；走了几步，猛地转身，蓝脸没了，出现一张红色关公脸；又做了几个动作，把头一低，再仰头时，红脸不见了，成了一张黄色大花脸。石钟正暗自叫绝，合山把手在眼前一晃，黄脸遁去，成了一张恐怖的棕脸；再一晃，黑脸；再一晃，白脸；再一晃，所有脸谱无影无踪，现出了合山英姿勃发的肉脸儿！

太神奇了！石钟一边鼓掌一边上前跟合山握手，谁知后者把手一晃，脸上又出现一张狰狞的金脸！石钟正在错愕，合山却过来跟他握手，之后又一挥手，金脸隐去，还原真身。近在咫尺，石钟却不知道那脸谱是如何上去又是如何消失的！

合山对石钟说："我在三分半钟内变了八张脸。你才入门，先变四张，熟练后，再慢慢增加脸谱。"

因有川剧功底，加上记性好，石钟只花两天时间就把变脸时的走步基本功学会了。第三天进入实质性的变脸。

先是上脸。即把画有脸谱的绸布一张张贴在脸上。这些脸谱因人而异，根据不同的脸型而定。每张脸谱都附有一把丝线，丝线系在衣服某个顺手而又不引人注目的地方。石钟上脸时发现，每张脸谱的大小宽窄都跟自己的脸型完全一致，难道也是会长目测的结果？

合山叮嘱石钟，粘脸谱的黏合剂不能用得太多，也不能用得太少，太少了粘不稳，太多了呢，表演时不好扯下来，或者一次把所有的脸谱都扯下，那样就演砸了。至于粘多少，完全凭感觉。

上好脸，石钟就在合山的言传身教下学习扯脸。在舞蹈动作的掩护下，把脸谱一张张扯到衣服里，动作要快速敏捷，干净利落，掩护动作也要做得巧妙，这样才能分散观众的注意力，使脸谱成功“切换”。

刚开始时，石钟扯得很慢，拖泥带水的，还常常找不到机关。原来，有多少张脸谱就有多少个机关，顺序还不能搞错，表演时也不能用眼睛去看，一看就会离形走神，观众也会顺着你的目光发现破绽，所以只能凭感觉摸，摸错了，如果临阵慌张，那么演出就搞砸了。

有道是，熟能生巧，在合山的悉心指导下，石钟不断练习，变脸越来越得心应手。半个月后，基本速成，再自个儿练上两三个月，就可以登台表演了。

这天一早，石钟收拾好东西，正准备到基金会去向会长和合山致谢，这时有人敲门。开门一看，门口站着一个穿着变脸服装、贴着脸谱的人。脸谱的图案是十二生肖之首：鼠。

“合老师？”石钟叫了一声。对方并不答应，而是快速变脸，左手一挥，蓝脸；右手一挥，红脸；左手，黄脸；右手，棕脸；一挥，黑脸；一挥，白脸……每变一张，石钟就数一下，当数到九时，他惊呆了，此人不是合山，而是一位变脸大师。

唰！第十二张印着猪图案的脸谱一扯掉，出现了一个既熟悉又陌生的面孔。石钟正在惊讶，那人扑通一声跪下：“师傅！”

石钟连忙把对方扶起。那人是他早年的徒弟梁文达！

原来，梁文达被师傅辞退后，恰逢地区川剧团招考演员，就去报名，以优异成绩考上。不久，跟一变脸演员学变脸，学成后，通过不断探索和革新，技艺越来越高，后来就到省城发展，目前能变十二张脸，多次出国访问演出，被西方观众誉为“化装和角色变幻的世界大师”。

“师傅，多亏您当初辞退了我，要不然哪有我今天！”梁文达紧紧地握着石钟的手说。石钟笑了笑，说：“只要你不记恨我就万事大吉了。”梁文达说：“徒弟知道您用心良苦！”

原来，石钟收梁文达为徒后，发现他更擅长川剧，但在文工团，川剧只是一个次要节目，发展空间不大。石钟向县川剧团推荐，对方不予理会。得知地区川剧团招考演员后，石钟就动员梁文达去报考，但后者恋家，不想离开师傅。石钟不想梁文达一辈子窝在这个小天地，就故意找碴儿把他辞退，让他不得不去报考地区川剧团。

梁文达被辞退后，一直记恨师傅。直到前不久，他才从一位在基金会工作的熟人口中得知当年师傅辞退自己的真相。为此，会长把教石钟学变脸的主意一出，他就表示赞同，并亲自给师傅制作表演服装和脸谱。虽然离开师傅这么些年，但他对师傅的身高和脸型一直了然于胸，所以制作出来的服装和脸谱都很合身。只是为了避免尴尬，他先叫自己的高徒合山教石钟变脸。

现在他再加以点拨，石钟的变脸技艺更上一层楼。师徒俩复好如初。

石钟学会变脸后，一登台表演，马上轰动县城。邀他演出的电话快把他的手机打爆了。石钟一算，每月的演出收入都在六千元以上。

会长得知这一情况后，心里十分欣慰。他没有告诉石钟的是：资助他的二十万元是梁文达出的，因为基金会初创，根本没有钱。

龙行天下

龙坪和梁凤翔家住四川蒙顶山脚，自幼喜欢武术，从懂事时起，他们就跟山上一名武僧习武，武艺不相上下。一天，省武术队一名教练到山上拜访武僧，看了两人的表演，很满意，就想带走一人到省城深造。村主任于是竭力推荐梁凤翔，因为那是他的宝贝女儿。

看着教练把梁凤翔带走，龙坪又闷又气。说句实话，他当初习武就是想当李连杰第二，离开蒙顶山区，跻身演艺界，可没有关系，武术练得再好又有什么用？龙坪悲观失望，不再习武，学习成绩也一落千丈，连高中都没考上，只好顶班到山上的茶场打杂。

大概因为父母都是茶场职工的缘故，龙坪从小喜欢喝茶，用他的话来说就是一天不吃饭可以，但一天不喝茶就会要他的命。喝了十几年的茶，他对茶极有悟性：不必看茶，更不须品茶，只消站在十步之外闻一下随风飘来的茶味，就能说出该茶的品种、成色、优劣、产地，毫厘不爽！

场长奇其才，把他提为秘书。从此，龙坪经常跟场长穿梭各地茶叶交易会，增长见识。龙坪说："龙井是名茶，但咱们蒙顶山茶也不错，'扬子江中水，蒙顶山上茶'，蒙顶山已有一千多年的种茶历史，咱们完全可以在种茶、制茶、售茶和茶文化、茶旅游的开发上搞出特色，增加效益。"

场长说："蒙顶山终年烟雨蒙蒙，云雾缭绕，土壤肥沃，环境优越，出产的绿茶极品'蒙顶甘露'和黄茶名品'蒙顶黄芽'

都很不错，可就是缺乏一种宣传载体，养在深闺人未识。”

龙坪说：“咱们可以通过茶艺把蒙顶山茶推介出去。”场长说：“如果茶艺没有特色，模仿日本茶艺或我国传统的潮、汕、台茶艺，人云亦云，恐怕也难。”

为了尽快拓展市场，推销产品，茶场成立一个攻关小组，龙坪被任命为组长。

如何才能让人在多如牛毛的茶叶中记住蒙顶山茶，继而喜欢上它？龙坪绞尽脑汁。他想了多种方案，但又一一推翻。

三天三夜，说龙坪茶饭不思，那是假，他不思饭，可时刻都在思茶。到了第三天晚上，昏昏沉沉的脑海里突然电光石火一闪：“这武艺呀，不但可以防身，还可以掺茶。”

谁说的？师傅缘武法师。龙坪当时听后只觉得可笑，心想掺茶谁不会呀，还用跑到这儿来学？

莫非师傅的话中暗藏禅机？或者，他所说的“掺茶”就是失传多时的川派茶技？

第二天，龙坪带上几斤“蒙顶甘露”到白云深处的蒙顶寺拜访师傅。还没走拢，就听到一阵爽朗的笑声：“徒儿，我知道你还会来的。”龙坪一看，师傅正在寺前的空地上舞剑。

龙坪待师傅练完剑后，正要说明来意，缘武法师说：“三年未见，你先舞几下给我看看再说。”说着把剑抛过来，龙坪没接住，剑插到地上。师傅皱眉。龙坪拔剑起舞，但是感觉手很生，动作非常僵硬，因为三年来他几乎没再练过武。

师傅很生气，一把夺过剑，拂袖而去：“如此水平，你还有脸来见我！”

“师傅，我给您送的茶叶……”

“不必，你已把所学的武艺还给我了。如此‘大礼’，已够贫僧消受，还要你的茶叶干什么？”缘武法师头也不回，“你什么时候把武艺恢复到离开我时的水平，什么时候来见我！”

为了得到茶技真传，龙坪苦练一个月后，又来拜见师傅。师傅看他舞完剑，捋须首肯："这还差不多。如果我传给你的武艺分十级，那么你现在已达六级，算及格。"

师徒俩坐下喝茶，泡的是龙坪带来的"蒙顶甘露"。缘武法师问徒弟知不知道"蒙顶甘露"的来历，龙坪摇头，缘武法师说："你在茶场做事，怎么连这都不知道？"龙坪一拱手："请师傅多多指教！"

缘武法师喝了口茶，说开了：东汉甘露元年，一个叫理真的和尚云游到云遮雾罩的蒙顶山，看到这里美如仙境，就修庙隐居，并种下七棵奇异茶树。说它奇，是因为当年种下，当年就有嫩茶采摘。由于这个缘故，理真和尚就把这茶叫"蒙顶甘露"。

到了唐代，蒙顶山漫山遍野都是茶树，"蒙顶甘露"也越传越远，终于传到唐玄宗的耳里，唐玄宗命西川节度使进贡。节度使为讨皇上欢心，就选"蒙顶甘露"中的极品"龙宸甘露"送去，可结果大大出乎节度使的意料！

"咋啦？"龙坪惊问。缘武法师说："人头纷纷落地！""为啥？""想知端的，等你的武艺过了七级再说。"

龙坪下山后想，蒙顶山茶既是理真和尚所种，那么该茶的历史和文化在山上寺院的经卷中一定有所记载。要搞茶文化，茶旅游，推销蒙顶山茶，复活川派茶艺，不把这些典故弄懂弄透不行啊。

龙坪横心一条，一下班就跑到山顶跟缘武法师学武。即使当不成李连杰第二，做个会武功的茶博士也不错呀。

一个月后，龙坪的武艺就达到七级了。"西川节度使在进贡'龙宸甘露'中到底出了什么事？"他迫不及待地问。

缘武法师说："龙宸甘露"原名"龙辰甘露"，的确是好茶。好在哪儿？十分珍稀。原来，"龙辰甘露"所用的原料必须是清明那天辰时，也就是上午八时采摘的茶芽。这茶芽必须二闭八拆，即只开八分。而在开的那八分里，必须有一颗甘露，也就是龙涎。这种极品茶芽一般八棵茶树才能采到一蕊。每年蒙顶山焙制的“龙辰甘露”都只在八两左右。

天宝末年，西川节度使派五名心腹把精制的“龙辰甘露”送往长安。唐玄宗很高兴，亲自为杨贵妃泡了一杯，果然香气扑鼻。可杨贵妃一喝，哇地吐了出来。唐玄宗不解，小心喝一口，也呸地吐了，之后愤怒地把茶杯掷到地上，只留茶头回去向节度使汇报情况。

龙坪问：“那茶不好喝吗？”缘武法师摇头说不。“那到底是什么原因？”“欲知后事如何，等你过了八级武艺再作分解。”

龙坪听后，心里仿佛有只猫儿在抓。在此之前，他隐约听说过“龙宸甘露”，知道该茶曾一度跟龙井齐名，但“龙宸甘露”的焙制工艺流程却失传。

莫非师傅知道这一工艺流程的最后线索？

为了早日把谜底揭开，龙坪更加勤奋练武，半个月后就达到九级了。缘武法师继续他的故事——

西川节度使听了茶头的禀报后，大惑不解，在进贡前，他亲自尝过，十分好喝，人间少有。“龙辰甘露”的包装里三层外三层，中途也没哪个开过封，为啥在四川能泡出好味道，到了陕西就变了？这到底是怎么回事？

眼看清明又到，皇室又令节度使进贡“龙辰甘露”，并说这回若再进贡不力，就不再念他守边有功，提脑袋来见皇上！

节度使一筹莫展，在加大贡品茶焙制监督力度的同时，遍访山上名僧，寻求主意。一个叫禅茶的武僧听后说：“这有何难？在献茶时，贫僧一块儿前往，保证龙颜大悦。”

节度使想不出更好的办法，只好同意。

此后两个月，节度使在忐忑中度过。果如禅茶法师所言，皇上十分高兴，不但把“龙辰甘露”钦笔改为“龙宸甘露”，还赏了八只大食国进贡的夜光杯！只是禅茶法师被皇上留在长安，专门掺茶。不久，安史之乱爆发，禅茶法师在护驾中被叛军乱箭射死。

“禅茶法师到底用什么法术让龙颜大悦？”龙坪问。缘武法师不答，转身回禅房，拿出一大一小两只杯子：“瞧，这就是大食国产的夜光杯，大的这只是御赐，当年节度使高兴，给寺庙送了一只；小的这只是禅茶法师从大食带回来的，他到蒙顶山之前，曾在大食游历多年。这两只夜光杯的质地完全相同。”

缘武法师往大夜光杯里放了一撮“蒙顶甘露”，之后从旁边的炭炉上提过那壶才烧开的滚水，泡了半杯茶，递给龙坪品尝。龙坪一呷，奇苦无比，味同中药，还有一股马尿味，“蒙顶甘露”的清香荡然无存！

“知道当初皇上为什么震怒了吧？”缘武法师说。龙坪问这是怎么回事，缘武法师不答，只自顾自地说：“我用同样的茶叶，同样的开水，同样质地的杯子，再泡一次，其味又如何？”

说着，他在小夜光杯里放了一撮“蒙顶甘露”，之后从旁边拿过一根六尺长的竹管，中空，插在茶壶的嘴儿上，把壶嘴儿加长。他运了一下气后，就以壶为剑，舞了起来。龙坪一看，正是他学的武术“龙行天下”！

龙坪正看得眼花，师傅猛地把头往后一仰，搁在下巴上的竹管嗞地窜出一条白龙，隔着两米远的距离，直奔那只放在桌上的空杯！与此同时，一股奇香从杯里弥漫开来。师傅立定后，龙坪上前一看，小夜光杯里注了半杯茶水，旁边竟没洒落一滴！

“你再尝尝这杯看。”师傅含笑道。龙坪端起来一喝，竟香得他周身通泰，飘飘欲仙，胜过用紫砂壶泡的十倍！

这是怎么回事？师傅告诉他，大食国产的这种夜光杯有一种奇异物质，叫绿莹。泡茶时，少许绿莹会溶到水里。如果泡茶速度慢，绿莹跟绿茶中的茶碱起作用，就会使茶水苦涩难喝；如果泡茶速度快，茶碱以迅雷不及掩耳之势包裹绿莹，又能使茶水奇香无比！

如何才能使茶叶迅速泡开？可以通过武术，通过加快掺茶速度做到这一点。所以，禅茶法师经过十八年的摸索，创作了川派茶技——“龙行天下”！皇上怒斩茶丁后，禅茶法师估计问题出在掺茶上，因为当时大食进贡的夜光杯一直被皇室视为稀罕物，皇上极有可能用它泡茶。果不出禅茶法师所料。

禅茶法师被叛军杀死后，“龙行天下”茶技在漫长的一千二百多年里失传了。

十几年前，缘武法师在加固禅房一面墙壁时，在夹墙里意外发现一只木匣，打开一看，里面装满花椒，花椒里埋着一本线装书，竟是禅茶法师著的《龙行天下》！

缘武法师大喜，认真研读，终于复活这一武术。龙坪和凤翔前来拜师学艺后，他就教他们这一招。

龙坪听师傅说完，更加努力学武，很快达到十级。他到铁匠铺打了两把长嘴铜壶，师徒俩各执一把，以壶为剑，越舞越娴熟。

半个月后，缘武法师点头说：“徒儿，你可以出师了，下山去用这六尺铜壶搅它个天翻地覆！”

龙坪穿上黄绸表演服，到山下茶馆献艺。只见：蛟龙出海、白龙过江、乌龙摆尾、飞龙在天、青龙戏珠、惊龙回首、玉龙扣月、祥龙献瑞、潜龙腾渊、战龙在野、金龙卸甲、吉龙进宝……一招一式，娴熟自如，让人耳目一新，叹为观止。

成都的茶馆纷纷请龙坪前去表演。因糅茶道、武术、舞蹈、禅学、易理于一炉，充满玄机妙理，每一式均模仿龙的动作，式式龙兴云动，招招景驰浪奔，令人目不暇接，心动神驰。川派茶技很快成了一门独特的表演艺术。龙坪在表演中不断改进，加入现代元素，最后成了美妙绝伦的“龙行十八式”。

龙坪招了一帮小伙子授艺，组成表演队，除在本省表演外，还到全国各产茶区献艺，甚至还走出国门表演。很快，川派茶技越来越为人们所称道。龙坪也在成都开了家茶艺馆，人们纷纷前来一睹茶技表演，生意十分兴隆。

这天，茶艺馆来了一个女子，龙坪一看，竟是分别多年的师妹梁凤翔！连忙把她请进来喝茶。一了解，原来梁凤翔到了省武术队后，虽也努力习武，无奈高手如林，根本无法出头，她不过是别人的陪练。去年武术队举步维艰，解散了，她只好到一武校打工。

“打工干吗，你有‘龙行天下’的底子，完全可以从事茶技表演。”龙坪说，“我正想把‘龙行十八式’改成‘凤舞十八式’，成立女子茶技表演队，你来挑头，怎么样？”梁凤翔高兴答应。

女子茶技表演队由清一色的漂亮姑娘组成。学成后一亮相，很快吸引众多的眼球。从此，男女两支茶技表演队经常在一起献艺，把男子的刚健有力和女子的柔顺娇美发挥到了极致。

本故事的结局落入俗套，龙坪跟梁凤翔结合到了一起。在他们的婚礼上，师傅叫人送来几句禅语：“芸芸众生，机遇隐现。前扃既闩，后牖转圜。攻其一点，心游其间。持之以恒，必定圆满。”

龙坪解释说，师傅这是告诫我们，人生的机遇是很多的，失去了一次机遇，还有其他的机遇。只要选定目标，奋斗不止，就会获得成功。

师傅没有告诉徒弟的是，禅茶法师去为唐玄宗掺茶的故事是他善意的杜撰的，为的是让龙坪在悬念下勤奋练武，把“龙行天下”全部学完。至于那两杯茶水的味道之所以差别这么大，是因为他放茶叶时做了手脚，各加进一臭一香两样速溶的东西，谁让他出家前学过魔术呢。

过年“鸿门宴”

春节前夕，县里决定，大年初一县领导到梅江库区跟钉子户过年，动员他们尽快搬迁。县委书记梁思林具体联系钉子户“户主”鸿石。鸿石闻讯，放出狂言：“梁思林敢来，我就敢毒死他！”

村主任听后，连忙报告镇长。镇长大惊，报告县委秘书长。梁思林听了秘书长的汇报后，淡淡一笑：“是吗，那我倒要会会他的鸿门宴！”

这是怎么回事？

原来，省里要拦截梅江修筑大型水库，经规划，村民全部安置到本县其他乡镇。安置地条件不一，有的身处平原，有的靠近公路，有的位于丘陵地区，但都比地处深山峡谷的红石村强。哪家迁哪里，抓阄决定。抓到条件好的，实地看过后，立马就搬；抓到丘区的十三户人家则要求调换，村主任说安置点是县里定的，不可能调换。那些村民就说：“不调换，坚决不搬！”并推“五毒俱全”的鸿石为首领。

鸿石之所以被称为五毒俱全，是因为他长年养殖蝎子、蜈蚣、蜣螂、壁虎、蟾蜍这五种有毒动物赚钱。另外，他对有毒植物也情有独钟，经常采来熬水当农药喷洒，节约费用。

为动员这些钉子户搬迁，镇里和县各部门没少花脑筋，均无效。县领导亲自出马，还是没用。不把丘区调换成平原，免谈！可哪儿还有平原可安置呀。梁思林带鸿石等人到安置丘区察看，说丘区也有丘区的优势，不比平原差到哪里。见钉子户们还不松口，梁思林想了几天，就决定跟他们过个年，动之以情，晓之以理，劝他们春节后搬迁，别影响施工。没想鸿石却给他来个下马威！他能被一个钉子户吓住吗？

“鸿石这人行为乖僻，光棍一条，什么事都做得出，您最好别冒这个险。”秘书长忧心忡忡地说。

梁思林说跟钉子户过年的通知都发下去了，怎能朝令夕改？秘书长建议思林换一家，梁思林说：“不，鸿石是钉子户的头儿，不把他拿下，其他钉子户就拔不掉！团年活动照常进行！”

秘书长见状，只好另想办法，以确保领导的安全。

大年初一一早，梁思林上车时发现，秘书换了，就问：“小张呢？”秘书长说：“他生病了，这是小王。”小王连忙说：“梁书记新年好！”梁思林看到小王年轻机灵，孔武有力，也就没说什么。出发！

他哪里知道，小王是便衣警察，这是秘书长的专门安排。

路上，秘书长向梁思林汇报说：“过年过节的，咱们也不能只带一张嘴去，所以除了慰问品外，还买了些熟食和酒水，都是您喜欢吃的，吃饭时您主要吃咱们带去的食品，就算鸿石往他做的菜里投毒，咱们也不怕！”

之后秘书长安排：司机负责做饭，从淘米下锅到舀饭上桌，一刻也不能离人；小王监视鸿石的一举一动，发现投毒，立马制止；电视台记者全程跟拍，但要让鸿石感觉是在拍新闻，而不是取证；我则时刻待在梁书记身边，确保领导的安全。

梁思林听后没说什么，只是心里慨叹，怎么现在干群关系搞得跟敌我一样了？到底哪根弦出了问题？

三个小时后，越野车停在鸿家门口。鸿石神情木然地走出来。

“老鸿新年好！”梁思林打招呼。

“梁书记好，”鸿石回应，“快进来烤火，再不烤，待会儿就烤不成了。”小王一听，高度警惕，这个亡命徒果然要行动！

“不忙，先把春联贴好再说。”梁思林说着从手提包里拿出一副对联和一瓶胶水，动手往大门两边贴，“农村过年都兴贴春联。这是你在老家过的最后一个年，不能含糊。”

“是呀，过的最后一个年。能在最后一个年跟梁书记吃顿饭，三生有幸！”鸿石连说两个“最后”，小王心里又一凛，并下意识地摸了摸腰间的枪。

这时，司机把车上的慰问品、熟食和酒水拿进屋。秘书长说：“老鸿，这是梁书记的一点儿心意，请收下！”

“哎呀你们太客气了，现在哪还用得着这些？”

这时梁思林把春联贴好了，众人一看：顾大局舍小家走出山区贫穷窝，修水库建新居迈进丘陵聚宝盆。横批：奔向幸福。秘书长拍手说：“好对！好对！”

“这是我写的，算是对老鸿及库区移民的新年祝福！”梁思林说完进屋烤火，却发现火盆里的炭火快要熄灭了。鸿石说：“山里冷，天天烤火，只剩这么一点儿木炭，不过不要紧，一做午饭就有木炭了。”说完就要去忙碌。

“不不，你坐下，你是主人，陪我说说话，让他们忙！”梁思林说着把鸿石按下。秘书长眼睛一亮，领导水平就是高，只要把鸿石稳住，他就是想投毒也投不成！

梁思林一边烤火一边说：“老鸿，你对搬迁有什么看法，意见，念想，今年有什么打算，讲讲，咱们共同商讨。除了不能调换安置点外，其他的，县上尽量给你们解决。”

“为啥不能调换成平原？其他人都迁到平原，就我们迁到丘区，不公平！”

“这不叫不公平，世上没有绝对的公平，对吧？为啥不能调换？一，安置点是经过多方统筹兼顾的，最后由县委常委会讨论决定，我一人无权更改；二，平原的确没地了，人口密度太大，一人几厘地，发展空间不大，不如到丘区去施展才干？”之后梁思林分析说，丘区适合种植西瓜、枇杷、蜜柚，还有那么多竹子，可以发展竹编业，如果想搞养殖，可以养土鸡、黄羊、兔子……

在梁思林跟鸿石谈话时，司机和小王在厨房里忙开了，一会儿有饭菜香味飘出。鸿石几次想去帮忙，都被坐在他旁边的秘书长按住。

“大过年的，我总不能连鸡都不杀一个吧？”鸿石找理由脱身。秘书长说：“不用，你留着自己吃，荤菜我们都带有，炒个素菜就行了，我们就喜欢吃你种的无公害绿色蔬菜。”

十二点，饭菜端上桌。鸿石扭头进卧室。他去拿毒药！小王和记者急忙跟上。却见鸿石拿来三只玻璃杯和一瓶棕色液体。回到桌边后，他说这是他泡的玉米酒。秘书长以为他要喝，就没开腔。

倒满三杯后，鸿石突然说：“梁书记，‘鸿’字有三点水，所以鸿家的规矩是，对尊贵的客人，先敬三杯！请梁书记入乡随俗，把这三杯酒干了！”

秘书长大惊，没想到鸿石来这一手！“不不，梁书记从来不喝酒！”鸿石不信：“领导不喝酒，哄哪个呀？”

秘书长说梁书记身体不好，不能喝酒。鸿石说无酒不成席，梁书记不喝，就是看不起咱！秘书长只好作出让步，让梁书记喝他们带来的酒，只表示一下就行了。鸿石不悦道：“你这就太见外了，还说跟咱心贴心！”小王说：“要不我帮梁书记喝吧。”

鸿石说没这规矩！他把三杯酒放到梁思林跟前说：“梁书记，只要你把这三杯酒干了，春节后我们立马搬迁，绝无二话！”

席间一时鸦雀无声，众人都把目光投到那三杯酒上，每杯至少有一两，三杯就是三两，如果是粮食酒倒无所谓，如果是毒酒，后果不堪设想！

“好，只要库区移民过上幸福生活，我把这酒干了！”梁思林说完端起杯子就喝。液体入口，有酒味，但更多的是苦味，苦味的东西大多有毒。梁思林稍稍皱了一下眉，继续喝。喝完一杯后，秘书长问咋样，梁思林不答，接着喝第二杯，第三杯。

他把第三个空杯放下时，感到一阵晕眩，歪到了椅子上。

"你看，梁书记真的不胜酒力！"秘书长瞪了鸿石一眼，把梁思林扶上车，同时把那瓶没倒完的酒带上，吩咐司机把车开到镇卫生院抢救。途中，他给小王打手机，要后者严格监视鸿石，只要化验那酒有毒，立马拘捕！

把梁思林送进病房后，秘书长把酒拿到化验室去化验，果然有毒，里面含有大量蟾酥！秘书长正要通知小王拘捕鸿石，这时接到梁思林打来的手机："你咋把我弄到这儿来了？半途离席多不礼貌呀，马上回去！"

回到鸿家，梁思林看到所有钉子户都聚集在院子里，鸿石正在讲话，看到梁思林，他迎上来握手，之后对众人说："以前我们不愿意搬迁，是因为丘区交通没有平原好，而且是红壤，干旱，人畜饮水困难。刚才梁书记跟我说了，关于交通，县里打算在我们安置的村子修一条水泥村道，直通镇上。至于吃水，多打几口机井，费用全由政府买单，而且这些都是暂时的，只要水库一修起，引水工程从村里经过，饮水就不用愁了！"

"还有，我放出狠话后，梁书记照样来跟我过年，还敢喝下我泡的毒酒，够义气！这样的好领导，我们还有什么犹豫的，春节后就搬迁！"

"感谢老鸿的毒酒，我的胃病好多了！"梁思林感动地说，"乡亲们，刚才医生告诉我，我喝的是蟾蜍酒，对治疗胃病有特效！"

原来，上次察看安置点时，鸿石发现梁思林老按胃部，就问秘书小张梁思林书记是不是有胃病，小张回答是，患了好几年了，一直没见好。回去后，鸿石就用活蟾蜍和黄酒蒸了一坛蟾蜍酒，专等梁思林前来服用！这可是他们鸿家的祖传秘方！

扶贫轶事

为了增进党群关系，县里开展万名党员干部心连心帮扶活动，活动规定，党员干部必须帮助一个贫困户脱贫致富。贫困户名单由各乡镇统计后报县上，县上再采取相应的办法分派到人头。县人事局副局长梁古济对应叫黎木的贫困户。

梁古济并不认识黎木，他认为运气不好是因为黎木住在本县最偏僻的山区——杨梅镇红石村铜鼓堡。从县城到镇政府，勉强有一条坑坑洼洼的机耕道，从镇政府到各村，则完全是羊肠小道。

说来惭愧，梁古济在人事局待了这么久，杨梅镇只去过一次。那地方交通之不便，自己的帮扶对象，恰恰就在这个镇。梁古济翻开县地图，查找铜鼓堡的位置：竟处于杨梅镇最偏远的一个角落！

梁古济因为长得胖，体力欠佳，连走路都害怕。为了不爬楼梯，他甚至跟别人对换，把家从四楼搬到了一楼。越胖越不想动，越不想动就越胖，形成了恶性循环。40 多岁的人，一米六八的身高，倒有两百多斤的体重！虽吃过不少减肥药，可就是不见效，反而有加速横向发展的势头，伴随肥胖而来的，是心悸气短、高血压、冠心病、糖尿病等。

对帮扶活动，梁古济没有什么异议，他觉得社会上那些弱势群体确实需要别人帮上一把才能迅速摆脱贫困。但话又说回来，要他翻山越岭去帮黎木，又实在让他为难。想了几天，他想出了一个好办法——遥控帮扶法。他给黎木寄去五百元钱和一封信，叮嘱黎木好好发展生产，并于每月月底到镇政府接待室向他打电话汇报生产生活情况。

月底，黎木打来电话，梁古济问："五百块钱收到了没有？"

黎木说："收到了。"

梁古济问："发展了什么项目？"

黎木说："吃掉了。"

梁古济大惊："什么，吃掉了？那可是帮你脱贫的钱啊。"

黎木玩世不恭地说："是帮我脱贫呀，我都贫得没东西吃了。对我来说，吃就是扶贫。"

这是什么逻辑？梁古济生气地说："你这样下去，永远是恶性循环，永远脱不了贫！"撂下电话后想，偏远不说，还摊上这么个不求上进的贫困户！

下午，梁古济到县委会议室开会。县委书记说到了帮扶的事，他说："这次帮扶不是一般的献爱心，不能只捐点儿款就了事，一定要帮助贫困户在种植和养殖上想点子谋出路，授人以鱼不如授人以渔，一定要变以前的输血型为造血型。只有这样，贫困户才能早日摆脱贫困的局面。所以，在具体帮扶中，最好不要送现金，而是送去发展生产的资料……"

梁古济觉得县委书记这段话是专门对他说的。他叹了口气，决定第二天到黎木家里去一趟。

三菱吉普车颠簸了六个小时后，才开到杨梅镇人民政府。梁古济晕车，一路昏昏沉沉。下了车，周身无力，问镇长："到铜鼓堡要走多久？"

镇长说："五个小时。"

梁古济想，自己这么胖，至少要走七个小时，天黑也走不到。只好在镇政府歇一夜，第二天一早就在镇广播员的带路下，向铜鼓堡进发。半个小时后，梁古济的衣服就湿透了，双腿也酸痛得厉害，好像不是自己的，但梁古济咬紧牙关气喘吁吁地一步步走下去。到了中午，肚子咕咕叫，荒山野岭的，也没东西可吃，只好掬两口山泉，继续赶路。下午三点，赶到黎木家。

黎木看到梁古济亲自来看他，十分感动。黎木是个光棍，年纪跟梁古济相仿，但他长得骨瘦如柴，面色清癯，举手投足都软弱无力。黎木家中还有个老爹，长得比他还黑还瘦。饱餐了玉米、红薯后，梁古济和黎木讨论致富路子。铜鼓堡石多土少，种植显然没有出路，只好搞养殖。养什么呢，讨论了半天，梁古济说："养羊怎么样？这里山上多草，养山羊很合适，我下周买六只母山羊给你。"

买了母山羊后，送羊的事，梁古济本打算请人代劳，可县电视台打来电话，说他们正在拍一部反映帮扶活动的专题片，因为其他人的帮扶点子都是种植，只有梁古济一人是养殖，梁古济送母山羊给贫困户的镜头，他们一定要跟拍。没法，梁古济只好又去了一趟铜鼓堡。为了保证当天能赶到黎木家，梁古济一行午夜三点就从县城出发。爬山时，不知是因为前面有镜头对着自己还是别的什么缘故，梁古济觉得似乎没有上次累了。

两个月后，梁古济在电话中询问母山羊的生长情况。黎木说："吃掉了。"梁古济不解："什么吃掉了？"黎木说："我把山羊吃掉了。"

梁古济大惊："你！你怎么能这样？扶贫是给你挖穷根，不是给你填肚子！"

黎木笑嘻嘻地说："填肚子就是挖穷根……"

梁古济怒道："你观念不转变过来，永远脱不了贫！"

正要撂电话，黎木说："梁局长，我发现山羊吃草跟绵羊不同，山羊连草根也挖来吃，这样下去，这里就会变成光秃秃一片，所以，还是把它们消灭掉好。"

梁古济怒道："你这是给自己的馋嘴找理由！"

翻翻县委发下来的《帮扶通报》，看到不少党员干部都在帮扶中做出了或大或小的业绩，只有自己停步不前。唉，都怪自己运气不好，抓到了这么个馋鬼。电话里说不清，梁古济只好又抽空去了一趟铜鼓堡。

两个月不见，黎木不再那么瘦弱，脸色也好了许多，可见六只山羊没有白吃。见梁古济来兴师问罪，黎木似乎有些不好意思地笑笑。他带梁古济到山坡上去，梁古济一看，原先野草茂盛的山坡变成了光秃秃的一片，一些嚼剩的干枯的草根撒得到处都是。黎木说："这是山羊干的，这里本来就石多土少，不能再让水土流失，所以我干脆……"

梁古济对黎木的话根本不信，他怀疑这是黎木故意弄的，好为他吃羊找借口。

梁古济问："那你觉得养什么合适？"

黎木说："黄羊，黄羊只吃草，不吃草根。"

梁古济说："好，我下周给你买十只母黄羊，明年春，你必须保证每只母黄羊都下崽儿！"

送母黄羊时，县电视台又要跟拍，这回是新闻：《县人事局帮扶出新招：杨梅山区赶着黄羊建设新农村》，梁古济只好又去了一趟铜鼓堡。这回，他好像没有累的感觉了，去铜鼓堡的路，似乎也没有那么遥远了……

两个月后，梁古济问黄羊的生长情况。黎木说："只剩下六只。"

梁古济问："另外四只呢？"

黎木说："我吃掉了。"

梁古济听后，大怒："黎木，我倒佩服你的诚实！难道黄羊吃草也吃草根不成？"

黎木说："古局长，我吃掉的那四只，兽医说是下不了崽儿的。"

梁古济怒不可遏："你倒是很会找理由！黎木，你等着，我跟你没完！”当即就到铜鼓堡去找黎木算账。

黎木在村口等着呢，梁古济一看到他，冲上前去就是一拳。黎木一闪，梁古济右腿灵巧一扫，黎木倒地。梁古济骂道：“扶不上墙的家伙，一天到晚就只知道吃吃吃，什么时候才能填饱你这张馋嘴！”

黎木哈哈大笑。

梁古济怒道：“你还好意思笑！”

黎木说：“梁局长什么时候从柔道冠军变成了武术冠军？”

经黎木一说，梁古济看看自己，确实比以前瘦多了，结实多了，自我感觉也好多了。黎木说：“梁局长，我当初见你过于肥胖，知道你缺乏锻炼，就几次三番激你下来爬山，这不，我的目的达到了。”

梁古济说：“你的目的达到了，可我的目的却泡汤了。”

黎木说：“谁说泡汤了？没有！古局长，实话告诉你吧，我是属于因病致贫的那一类，我和我爸都了慢性肝炎，草药不知吃了多少筐，可就是不见好。肝炎是富贵病，吃得差怎么能好？身体不好脱贫就成了一句空话。吃了你送来的六只山羊和四只黄羊后，我们父子俩患了多年的病现在完全好了，上一周，我们到镇卫生院去查肝功能，正常！古局长，现在我们除了养黄羊外，还经常到山里采药挖野菜。山里野菜很多，我打听过了，那些野菜因为没有污染，在城里十分畅销。古局长，我保证在年底之前不仅脱贫，而且实现存款一千元！”

梁古济一听，怔住了，原来自己一直都在错怪眼前这个帮扶对象。

年底，梁古济被提为人事局局长。以前，他健康一直欠佳，诸病缠身。现在见他身体好了。黎木前来祝贺，并向他报喜，今年实现了存款一千五百元，明年准备翻一番。

黎木临走时说：“梁局长，下周星期天如果有空，就到铜鼓堡来喝我的喜酒吧。”

梁古济又惊又喜：“你要成亲了？新娘子是谁？”

黎木说：“一个寡妇，不过人挺能干。”

梁古济一拍黎木的肩膀说：“好呀黎木，真有你的，我一定来！”

幸运号码

巴部命途多舛：母亲生他难产而死；3 岁时，父亲抗洪遇难，他只好跟爷爷奶奶过日子，奶奶平时做些鞋垫拿到街上去卖，开烧饼铺的邻居梁必富也常常周济他们；5 岁时，奶奶去世，他只得跟爷爷去拾荒；6 岁时，他遭遇车祸，双腿被碾断，经抢救，虽保住了性命，但却成了残疾人，只好待在家里。

爷爷用捡来的废轮胎给他做了个“坐墩”，上面有两根绳子，固定在他的双肩上，行动时，他两手各执一块木砖，撑着木砖一下一下地移动身体。

因为残疾和贫困，他没上过一天学，但却对中国象棋极有悟性。爷爷本来就喜欢下棋，而且下得不错，拾荒回来，祖孙俩就兴致勃勃地对弈；爷爷去捡破烂后，他就一人对着棋盘冥思苦想。七岁时，爷爷就下不赢他了。

16 岁时，爷爷去世。为了谋生，巴部上街摆棋摊，下残局，对手任选一方，如果对手赢，他给对手二十元；如果对手输，对手给他十元。

路过棋摊的象棋爱好者驻足观看，觉得残局很简单，就选有利的一方跟他对决，结果无不败北。很快，“倒水街出了个半截棋圣”的说法就在本县传开了，各路高手纷纷前来挑战，可都没有一人赢过他。巴部的生意越来越兴隆，天天观者如堵。

这天傍晚，巴部收摊时，附近那家“幸运投注站”的老板过来跟他商谈，要他从第二天起到投注站门前摆摊，如果巴部这样做，投注站每天中午免费送他一份盒饭，巴部同意。

巴部到投注站门前摆摊后，投注站一下子人气飙升。过往市民先是停下观棋，之后顺便进投注站看看。

可人一多，就引起有关部门的高度重视。每次都是梁必富跑过来求情，并塞一摞热气腾腾的烧饼。

执法人员说："你得到棋协去开个条子，证明的确有困难，需要上街摆摊，并把占道费、清洁费、治安费、创建费、管理费交清。"

梁必富跑到象棋协会去办手续，可会长说巴部不是会员，不能开证明；梁必富就代巴部申请入会。会长拖过一张表问文化程度，梁必富说文盲。会长说那就免谈，入会必须具有高中以上的学历！

梁必富无功而返，巴部劝他不要为这事操心，哪个部门不让摆摊，我就到哪个部门去要饭吃！

果然，巴部把那几个部门都"跑"了一遍。领导见到他，吓了一跳，连忙叫人往外拖，可巴部像猿猴一般敏捷地抱住领导的一条腿，因他经常以手"走路"，双臂格外粗壮有力，外人哪里拖得动，除非把领导一块儿拖走。领导哀叹："到底哪个是弱势群体呀，整反了！也罢，就让他继续摆吧，做好监督管理，还能丰富群众的文化生活。"

这样，巴部的棋摊获得了许可。下雨天干脆搬到投注站里继续开战。

这天，巴部正跟一名高手拼杀，突然昏倒在棋盘上。老板和梁必富连忙把他送往医院。一查，是早期尿毒症，两年后必须换肾，否则有生命危险。

"换肾要多少钱？"巴部虚弱地问。医生说二十万元。巴部苦笑，他一辈子也挣不到二十万元，等死吧。从此，巴部情绪一落千丈，不管梁必富怎么开导，他就是振作不起来。

"我出生的日子不好，"他黯然地说，"81 年 4 月 16 号，

81416，‘巴要死一路’，说得真准呐！”

“不，这是个吉祥号，‘不要死翘了’！”梁必富反驳，“你虽遭到一些不幸，但你对象棋很有天赋！你的棋艺在全县无人能比！等你把病治好后，我要赞助一次象棋大赛，把你推出去！”

“可我哪有钱治病啊，做手术要二十万元。”

“现在离做手术还有两年，这样吧，咱们赌一盘：从现在起，我采用守号的方式购买体彩排列5，就买81416这个号码，如果在两年内中奖，就算我赢，咱们就用中奖的钱为你治病；如果没中奖，就算我输，你想咋样就咋样，如何？”

“行，一言为定！”

医生给巴部开了一些控制病情的药。巴部一边服药，一边摆摊挣钱。梁必富不时到幸运投注站买彩票，但都没有中奖。

巴部劝梁必富不要再拿钱打水漂。后者摇头：“精诚所至，金石为开，我相信终有一天会中奖，因为81416是个幸运号码！”

转眼两年时间就要过去。这天，梁必富又到投注站，又把81416打了五倍，同时还用814投注排列5直选和组选，直选是倍投两倍，组选是一倍，共买了十六元钱。

当天晚上，体彩排列5开出81416，全国一共中出36注排列5直选一等奖！本省彩民占其中六注，而梁必富一人就中了两注，独得二十万元大奖！

梦想终于成真！巴部激动得流下了热泪。

巴部配合治疗，换肾手术很成功。

他的身体恢复得差不多后，梁必富果然赞助了一次“烧饼杯”象棋大赛。经过初赛和半决赛，县象棋协会在会员中决出二十名高手。根据梁必富的意思，巴部跟这二十名高手进行车轮战，决出冠亚军！

决赛在县中心广场举行。二十张桌子围成一个圆圈，仿佛一个大烧饼，桌上摆一副象棋，桌边站一名裁判，桌后坐一名高手。巴部坐轮椅待在圆圈内，梁必富为他推轮椅。

决赛开始！各位高手先出招：当头炮，屏风马，拱卒，飞象，上士……各有各的开局法。梁必富顺时针推动轮椅。巴部在甲高手的棋盘上回应一招后，梁必富把轮椅推到乙高手处；巴部回应了乙高手的妙招后，梁必富把轮椅推到丙高手处……依此类推。梁必富一圈一圈地推轮椅，巴部一招一招地走下去。

转到二十圈时，就有人被淘汰出局了；转到四十圈，已有一半高手被将死；五十圈，只剩下五个人；七十圈，两人；八十圈，只剩下会长一人！

决战冠亚军！比赛进入白热化！

会长的实力跟巴部相当，因此会长踌躇满志，心想我堂堂会长难道还下不赢你这半截子江湖棋手！

可令会长吃惊的是，巴部专门对付他一个人后，攻势非常凌厉，才走十来步，他的实力就没了一半！再走七个回合，他的老将就被巴部将死了！

媒体把这事报道出去后，很快引起轰动。市象棋协会把巴部请去进行一次全市范围的车轮战，结果还是没人能击败他。市棋协见他是个人才，就把他聘请为象棋培训学校的教师，从此巴部有了一份安定的工作。

暑假，投注站老板把儿子送到象棋培训学校来学棋时，顺便跟巴部叙了一下旧。巴部问起梁必富的情况，老板说他一切如常，还是卖烧饼。

“他还买没买彩票？”巴部问。

老板说：“早不了，他买了两年，一次没中，就没兴趣了。”

“他上回不是中了二十万元吗？”

“呃……”老板自知失言，只得告诉巴部真相，“他哪里中奖啊，那是他跟我一块儿合计，为你治病的二十万块，是他从多年的积蓄中拿出来的！”

第四辑　爱的印记

爱的印记

梁壮从学校出来后，到成都一家武装押运护卫保安服务有限公司当现代“镖师”。

每天清晨五点半，他就起来了，赶往公司。六点半，跟队友们穿戴好黑色制服、钢盔和防弹衣，检查运钞车，列队点名，之后在队长的指令下，迈着整齐的步伐来到枪械库。这是个名副其实的军火库，戒备十分森严，一道防盗门，一排防护栏，对外只有两个小窗口。队员们在门外排成两列，每两人一组，依次进库，登记、领枪、领弹……

为防止意外，枪支和子弹不能出现任何问题。押运员要登记自己的名字和枪号，每支枪都要经过检验，确定正常才能使用，任务结束后如数归还。

“验枪，上弹！”小小验枪区内，简洁的命令不断重复，每个人都严肃认真。咔咔咔……防暴枪发出一阵清脆悦耳的声音。验枪结束未发现异常，又在统一的口令下将子弹装入枪内。

一切就绪后，已是七点，梁壮他们持枪登上押运车出发，每车四人。

车上几乎全封闭，又挤又闷又压抑。按规定，执行任务期间不得闲聊、听广播、接打电话；不管遇到什么情况，押运车不到目的地不能开门，也不能开窗。坐在副驾座密切观察沿路情况的梁壮早已习惯这种生活，还不时通过后视镜看看后方是否异常。与前排相比，另两名队员所在的后座就显得有些拥挤了。

七点半，到达银行金库。停车后，梁壮先下车持枪警戒，迅速观察四周，确定没有可疑情况后，才示意车里的其他人员下车。

押运员和业务员快速进入金库，在银行员工的协助下把装着现金的保险箱用一辆辆铁车子推出来，将钱款按照距离远近分类放入押运车后，便驶向各个银行网点。

到达网点后，梁壮和押运员站在指定位置持枪警戒，业务员则负责把每箱50斤重的现金带进银行。虽然每个网点的送款过程只有几分钟，但紧张而有序。直到把所有网点送完，押运员们才舒一口气。

这天送到最后一个网点，梁壮发现该网点的值勤保安换成了美女，手里提着警棍，身穿保安制服，飒爽英姿，不禁眼睛一亮，紧张的工作柔和了许多，一上午的疲劳烟消云散。众所周知，保安中女性不多，美女更是凤毛麟角。

他看美女，美女也看他，并走过来对他说："嗨，我说你这持枪姿势不对呀，防暴枪怎么能平端着呢？万一走火伤了人怎么办？枪口应该向上或者向下。"

他一瞅，果然是这样，原来只顾瞧美女，忘了持枪姿势，连忙说："不好意思，谢谢你提醒，谢谢！"

美女嫣然一笑，到旁边忙碌去了。

送款一结束，押钞员们就要离开。梁壮依依不舍地瞥了美女一眼。美女也正好朝这边看。两人的目光相碰，铿锵，似有火花闪现。梁壮的心弦动了动。他26岁了，还是光棍一条。

上了车，美女的影像还在眼前晃，以致梁壮有些魂不守舍。现在押运车是空的，倒也不用像来时那样高度紧张。回到公司，已是午饭时间。用了餐，梁壮第一次不到健身房去打拳，而是躺到椅子上想入非非。他盼望下午四点早些到来，因为那时要到各网点去把钱箱收回送至金库，就又可以看到美女了。

可这次，他只看到她的背影，因为她一直在补登机那儿为客户服务。

钱箱收毕，路过员工栏，他瞥了一眼其上的照片，知道她叫班江。

此后，班江经常在他的脑海里出现，令他辗转反侧，夜不成寐。

武装押运，干着相同的事情，对外充满神秘，对内却十分枯燥而且机械。可在队员们看来，只要不出事，再枯燥再机械也值得。

可哪会有河流不起些波澜呢？

这天下午，押运车停在最后一个网点，大家才把钱箱提出，突然从业务大厅窜过一个戴大口罩的客户，掏出手枪，截住最后那个提钱箱的银行职员："不许动，跟我走！"

突发的变故，令押运员们如临大敌，纷纷举起防暴枪高喊："放开他，停止犯罪，不然我们就开枪了！"

歹徒叫嚣："敢开枪，我就跟他同归于尽！"一步步挪向门口。

说时迟，那时快，只见一道矫健的身影凌空一闪，歹徒手中的枪被踢飞。众人一看，是班江！人质趁机挣脱，把钱箱递给押钞员。歹徒恼羞成怒地跟班江格斗起来，拳来脚往，眼花缭乱。

看样子，歹徒学过武术，功夫了得。有人想拿防暴叉叉他，根本无法近身。班江的武艺也不俗。两人打得难解难分。业务大厅成了演武厅。顾客们先是惊慌，胆小的跑出去，胆大的掏出手机录视频。这种原汁原味的警匪片，可是很难看到。

班江毕竟是女性，渐渐体力不支。便从腰间抽出警棍，往歹徒身上一杵。网点主任连忙喊："别……"

嗞——随着一股焦味弥漫开来，歹徒被击昏，木头一样倒在地上。

主任跑上前，手足无措："哎呀，这是演习，你怎么真电？

快叫救护车！快！”

班江喘着粗气，高耸的胸脯一起一伏：“演习？有没有搞错呀，我咋没接到通知？！”

“梁壮没跟你说？他说班江他来通知，我就没再跟你说。”

“他哪跟我说过？梁壮是谁我都不知道！”

“他就在这儿！”主任一指地上的“歹徒”，“你刚才踢飞的是玩具手枪！”

班江俯身摘掉梁壮的大口罩，原来是那次持枪姿势不正确的那个押运员。

救护车来到，班江和主任把梁壮抬上车。

车子开走后，主任安慰班江：“不要紧，顶多是轻伤。小班，真看不出哇，你的武艺十分高强！”

班江受到表扬，却高兴不起来：“我以为是真歹徒，所以下了狠手。”

“梁壮忘了通知你，那是咎由自取。经过这次教训，他就会知道：细节决定成败！”

下班后，班江到医院去看望梁壮。后者已经醒来。

“你怎么不通知我那是演习？”班江又嗔怪又抱歉道。

梁壮苦笑：“事情一多，就忘了。”

“还痛吗？”

“被电处起了水泡，问题不大。关键是倒地时得了脑震荡，要住一段时间的院。”

“那你就安心养伤，好好休息。我每天下了班就来看你。”

两人聊了一会儿，班江问：“你的南拳打得不错，跟谁学的？”梁壮说：“白花堂。”班江高兴道：“我也是！”再深谈，两人还是郊区一所农村高中的校友，梁壮高班江两届。

那时梁壮成绩不怎么好，就想扬长避短，报考体育院校，便在高二时跟当地武术名人白花堂学习南拳和南棍。后来考上成都中医药大学体育系。毕业后，又考上了成都体育学院的武术研究生。

他参加高考那年，发现低他两届的校花班江也到白花堂的武术培训基地学武。只是青涩年纪，羞于表白，他喜欢班江，却没有跟她说过话。不过他暗暗发誓，一定要考上大学，给班江等学弟学妹做个榜样。

“我笨，只考上一所不大理想的大学。后来干脆报名参军，在武警部队当一名特警。”班江说。

“难怪身手不凡。叫你当网点保安，屈才了。”

“退伍后，自谋职业，慢慢来吧。”

众人后来虽知是演习，但那“警匪”激烈格斗的视频还是很快在微信中传开。班江被这家民营银行刮目相看，女行长把她提为贴身保镖。而梁壮也很快被保安公司提拔为押运三大队副大队长。

两年后，一对保安夫妻结合。新婚之夜，新郎告诉新娘，那次演习，其实是他故意不通知她的：一是考验她的应急能力，二是创造跟她接触的机会，三是测试一下她的武功，是金子总会发光的。

“只遗憾在你身上留下了电击的疤痕。”新娘心疼地说。

“那没啥，爱的印记！”新郎幸福道。

奇怪的志愿者

龙和是晚报的见习记者，这天接到报料，有人在清湖义务捞垃圾。龙和闻讯，立马赶去。

清湖在建设局与旅游局之间，两局都想把它开发成景点，但谁也不让步，最后市上说，水域是国有，不属于任何单位。这样，原生态的清湖就成了市民垂钓的乐园。人一多，商家看到了商机，纷纷购置竹排、木船、摩托艇招徕顾客游湖。因没人管，几年下来，湖上飘满了各种垃圾，影响市容。卫生部门见状，勒令商家停止非法营业。

龙和赶到湖边，果然看到一个穿着橘色救生衣的男子撑着竹排在湖上捞垃圾。他不但捞水面的塑料物，还用竹篙把沉在湖里的垃圾搅起，之后用火钳夹到排头的箩筐里。

龙和看得出，那人捞得十分仔细，大有要把湖里垃圾消灭之势，不由得一阵感动。清湖的环境问题，龙和曾曝光过多次，但都没有得到彻底的解决。

因隔得远，龙和看不清那人的面孔。他掏出手机看时间，快12点了，那人一定会靠岸吃午饭，到时再详细采访。龙和用单反相机拍了几张照片，就坐到湖边的榕树下“守株待兔”。

12点半，那人终于收工，撑着竹排朝榕树而来，竹排上的两只箩筐装满了垃圾。越来越近了，龙和看到那人的救生衣上印着“环保志愿者”几个白字；再看那人的面容，清瘦，黧黑，胡子拉碴，一看就是长年在野外劳作的人。

竹排一靠岸，龙和便迎上去打招呼，并自我介绍说是晚报的记者，可那人只看了他一眼，将竹排插稳，之后用一根湿漉漉的木棍把两筐垃圾挑起就走。龙和跟上：“师傅，请问您叫什么名字？”

那人没有反应，走得飞快。龙和不甘心，小跑到前面拍了几张照片，之后拦住去路，又问了一遍。那人这才停住脚步，指指嘴巴，啊啊了两声。原来是个聋哑人！这么高的思想境界，龙和更是感动得不得了。

龙和不懂哑语，没法采访，只好一路跟着，看聋哑人要把垃圾挑到哪儿去。箩筐里大多是脏兮兮的塑料袋、塑料瓶之类，废品回收站不可能收购。挑担的木棍一头圆，一头削扁，圆的那头包着一个干净的塑料袋，外面缠着小麻绳。干吗要把扁担弄得这么古怪？

来到垃圾转运站，聋哑人将垃圾倒出，龙和连忙抓拍。聋哑人到旁边的水龙头洗了洗手，之后把箩筐摞到一起，用木棍挑上，走进附近的小饭馆。聋哑人指了一下菜单上的菜名，再比一下手势，服务员就把饭菜端上来了。龙和坐到聋哑人对面，也要了一份饭菜，吃了起来。其间，他掏出采访本，写上一句话：“请问您叫什么名字？为什么要到清湖捞垃圾？”聋哑人看了一眼，摇了摇头，原来是个文盲。

这稿子怎么写呀？回到报社，龙和给环卫局和清湖社区打电话询问聋哑人的情况，均被告知不认识，也不知道这件事情。龙和只好把所见原原本本写下来，幸亏他拍了不少照片，文字不够就用图片充，竟也占了半版，还拟了一个通栏标题：《清湖上的聋哑人环保志愿者》。

下午一拿到报纸，龙和就兴冲冲来到湖边，他要送聋哑人一份样报，以对聋哑人行为的肯定。果不出龙和所料，聋哑人还在清湖上捞垃圾。

龙和正在榕树下等，一个光头市民走过来，见龙和手里拿着报纸，就要过来看。光头把报纸展开一瞧，笑道："嘿嘿，老韦成聋哑了！"

龙和大吃一惊："你认识？！"

光头说："咋不认识嘛，他叫韦德胜，那竹排就是租我的。我见他是捞垃圾做好事，就没收费，只要不弄坏就行。"

"那他为啥要装哑？"龙和更吃惊了。

"装哑？"光头反应过来，"原来文章是你写的呀！他装哑，可能是不想接受采访，结果你真把他当真的了，哈哈哈！"

笑过之后，光头便朝湖上喊："老韦，你成聋哑啦，'清湖上的聋哑环保志愿者'，报纸上白纸黑字登着呢！"韦德胜无声地笑了笑，继续捞垃圾。

龙和脸上火辣辣的，还以为写了篇好稿呢，谁知却闹了笑话！要挽回影响，必须作后续报道，把韦德胜装哑的原因挖出来，只有这样，才能合理地推翻前面的不实报道。

韦德胜把两只箩筐装满后，就把竹排撑过来。龙和上前质问："你不愿接受采访就算了，为啥装聋哑？弄得我成造假的了！"说着把报纸展示给他看。

韦德胜吃了一惊："我以为我不说话，你就无从下笔，谁知你还是写了出来！"龙和故意把事情说大："这可是严重的新闻事故，弄不好我饭碗都要丢！"韦德胜十分惶恐："那咋办？我到报社去跟领导说明原因，登个《声明》。"龙和说："那倒不必。只要你配合采访，咱们写个真实详尽的报道推翻这个不实报道就行了。"

"好吧，咱们边走边聊，我要把这担垃圾挑到转运站去，待会儿还要接着捞，一般一下午能捞三大担。"韦德胜挑上垃圾朝前走。龙和边跟边采访，问他为啥要到湖里捞垃圾，当志愿者有什么感受，如何理解"绿水青山就是金山银山"，等等。

韦德胜憨厚地说："这些塑料泡一万年也溶化不了，漂在湖上不好看吧，所以我就想把它们捞起来，捞完，嘿嘿。”龙和问：“有人给你报酬吗？”“咱是志愿者，哪个给报酬哇。”“你的工作单位？”“没有单位，农佬一个。”

龙和心中一凛，进城打工的农民工都这样热爱城里的环境，难能可贵呀！这可是个不错的亮点，值得深挖！可不管龙和怎样挖，韦德胜始终是那几句车轱辘话：“垃圾漂在湖上不好看，所以就想把它们捞起来，捞完。”

龙和不解：“没人给你报酬，那你吃饭怎么办？湖上的垃圾至少要捞十天半月。”韦德胜一笑：“靠山吃山，靠水吃水。”龙和更疑惑了：“可这些垃圾又不能卖钱。”

韦德胜顾左右而言他：“你写一篇报道能拿多少稿费？”龙和说也就百把块吧，韦德胜嘿嘿一笑，“还没我挣得多！”

这就奇了！看来要解开这个谜，必须到竹排上去一趟。在回来的路上，龙和一提出，韦德胜却把头摇得像拨浪鼓，理由是竹排承受不了两个人的重量，龙和也没救生衣，万一落水，不是闹着玩的。龙和打量竹排，觉得上面站四五个人都不成问题，韦德胜为什么竭力阻挠？可见奥秘就出在竹排上，不近距离看，发现不了……

龙和假意说那就算了，在韦德胜拔篙撑排的刹那，他一下子跃到了竹排上。竹排晃了晃，很快稳住了。“这……”韦德胜面有难色。龙和拿起火钳夹水面上的垃圾：“我也当一回环保志愿者，体验一下。”

韦德胜犹豫了一下，还是把竹排撑到湖心。他解开木棍上的小麻绳，把木棍扁的一头绑到撑篙上，再拿掉另一端的塑料袋，之后把接长了的竹篙伸到水下搅。龙和知道，湖水很深，韦德胜这样做，是因为竹篙不够长。

随着搅拌，沉渣泛起，空气中充满了泥腥味儿，韦德胜用火钳把垃圾一一夹到箩筐里。隔了一会儿，他把竹篙梭出水面，阳光下，有刺眼的东西在闪亮。龙和定睛一看，上面竟附着不少硬币！他上前细瞅，原来木棍末端是一个手榴弹状的强力磁铁！

“现在你明白了吧。”韦德胜告诉龙和，他以前在城里打工，有一次上街买菜，两个壹圆硬币叮当掉下来，从箅子缝儿滚到阴沟里。那水泥箅缝儿只有手指宽，硬币掏不出，就回工地拿块磁铁过来吸，没想却吸出了一大把硬币。韦德胜不好意思地笑笑，“不过，这是公私兼顾，等我把湖里的硬币吸完，也绝对将垃圾捞完了。我这环保志愿者呀，自个儿给自个儿开工钱！”

光明

明佳香扶着栏杆，一步一步地摸上楼去，她决定从这座十三层高的大楼上跳下去，结束自己，也结束那段刻骨铭心而又一去复不返的恋情……

佳香心如死灰，脑海里一片空白，双腿只机械地迈着，她对这里的楼梯很熟悉：每隔十二级，就是平台，就转弯……

走到七楼，她有些气喘了，身上也微微出了汗。她站住歇息。她抚着那里的栏杆，想着如烟的往事，忍不住失声痛哭……

这里是她爱情的起点，也将是她爱情的终点，她跟黑自良的初次认识，就在这里……

四年前，为了庆祝中华人民共和国成立五十周年，县里举行盛大的焰火晚会。为了更好地欣赏这一盛会，吃了晚饭后，佳香就约了个女伴到这座全县最高的建筑——香山顶大厦去，可是不巧，大厦的电梯坏了，女伴因为胖，怕爬楼，就回去了，佳香只好独自上楼。

当时已是黄昏，楼道里的光线很暗，加上佳香边走边想心事，走到七楼时，一不小心，脚一崴，摔到了地上。佳香感到一阵尖利的疼痛从脚踝处汹涌而上，她脱鞋一看，高跟鞋的细后跟已经脱落。佳香按摩一下脚踝，试图减轻疼痛，可是没用。怎么办哪，上不着天下不着地的，佳香急得要哭。

这时，楼道里传来有力的脚步声，有人上楼来了，佳香只好龇牙咧嘴地挣扎着爬起来。她手扶楼梯，分散重心，以减缓脚踝的支撑力，但还是痛得冷汗涔涔……

脚步声越来越近，最后那人出现了，是一个高大的小伙子，手里拿着一份报纸，他爬楼梯的速度是小跑，跟小老虎一样矫健。

小伙子从佳香旁边跑过去时，扭头看了她一下，佳香竭力装出好像是走路走累了暂时歇息的样子，她想，如果待会儿疼痛还这么难忍，就慢慢下楼去找医生。

小伙子往前爬了几步，停下，回过头来问："你怎么啦？"

佳香尽量平静地说："没什么。"

小伙子看了一眼那截脱落的鞋跟，问："你把脚崴了？我看看。"说着返身回来，走到佳香跟前时，见她持有戒备心，他就掏出一个证件说，"我是县医院的外科医生。"

佳香看到证件上写着他的名字：黑自良。尽管如此，本能的羞涩使她拒绝了他的好意："谢谢，我真的没什么，过一会儿就好了。"

为了证实自己的话，她稍稍动了一下脚，可一阵剧烈的疼痛又沉渣泛起，她失声地哎哟了一声。

这一切，自良都看到了眼里："我是医生，救死扶伤是我的职责，请相信我，崴了脚如果不及时治疗，就有可能妨碍踝关节功能的恢复，后果不堪设想。"

这一说，把佳香吓住了，只好把痛脚伸出来说："那你就给我看一下吧。"

自良把报纸铺在楼梯上，扶佳香坐下，佳香顿觉轻松了很多。自良蹲在她的面前，捧起她的秀足察看："还好，没有出血，我给你按摩按摩。"他从T恤衫口袋里掏出一瓶麝香风油精，边涂佳香的患脚边笑说，"这风油精本来是带来防止蚊叮虫咬的，没想到派上了其他用场。"

佳香问："你也是来看焰火晚会的？"

自良说："是呀，这是县里举行的首场盛大焰火晚会，机会难逢，不看可惜了。”

涂了风油精，自良就开始用大拇指轻重急徐地按摩佳香右脚的痛区以及足三阳、阳陵泉、绝骨等穴位。随着风油精丝丝凉爽的渗入和自良熟练自如的按摩，佳香觉得痛感被驱走了大半，她对自良投来了感激的目光……

十多分钟后，焰火晚会开始了。这时，楼道里已经昏暗得视物模糊，随着一声声爆裂的轰响，一束束五颜六色的礼花冲天而起，火光透窗而过，一闪一闪地映在两人的身上。

佳香说：“好了，不用按摩了，你快上楼去看焰火吧。”

自良问：“那你呢？”

佳香说：“我也去，我慢慢走。”

自良说：“你的脚受了伤，怎么走？再说鞋又坏了，我背你吧。”

佳香说：“不。”

自良说：“你怕我背不起？你这么瘦，两个我也背得起，来吧。”说着，背朝佳香蹲到了楼梯上。

到了这一步，佳香不好再推辞，只得往前倾到他的背上。他双手抱住她的双腿，轻轻地站了起来，之后就一级一级地爬楼梯。自良笑说：“你这么轻，体重可能只有我的一半。”

佳香不答话，她这是第一次这么近地靠近异性，她脸红耳热，心跳加快，她闻到了他身上那股好闻的气息。他一口气把她背上楼顶，她的眼睛始终闭着，她感到自己好像是腾云驾雾一般……

这次不期而来的相遇，在两颗年轻的心间撞出了爱的火花，这火花使整个焰火晚会黯然失色。

焰火晚会如何精彩，她已记不清了，她只记得她和他各坐在一张报纸上，静静地在如水的夜色中观看那些转瞬即逝的美丽和万家灯火的县城，她觉得他们是天底下遗世独立的最幸福的人。

焰火晚会结束后，他背她下楼。这次，她没有再推辞，也不再感到不好意思，仿佛她跟他已成了多年的老朋友。为了使自己不往下滑，她还配合地搂住他的脖子。下了楼，他到药店去买了瓶布洛芬交给她，说是消炎止痛的。他招了辆出租车，送她回家，因她家住在五楼，下了车后，他又把她背上去，到了她家门口，他叮嘱她睡前一定要对痛脚热敷一下，说完就转身走了。

那一夜，她很兴奋，右脚热敷后还有一点点痛，但她觉得那痛也是一种幸福。她躺在床上，回想着他为她按摩时的情景，脸上不禁燃起了绯云。

他们相爱了。

那瓶布洛芬，她没有服完，剩下的，她锁到抽屉里，作为初恋的纪念。此刻，这瓶药就揣在她的裤兜里。现在，再多的布洛芬也无法消除不公平命运强加给她的痛苦，她决定把那半瓶布洛芬吞完后，就从楼顶上跳下去！

佳香抹抹眼泪，又一步一步地朝楼顶摸去，只有六层楼，就可以把所有的痛苦都抛诸脑后了……

跟自良相爱后，她曾有过两年多快乐的时光，她一度觉得他们是天底下最幸福最匹配的一对。她是县文化馆的美术创作员，不但人长得漂亮，而且全身上下都散发着浓烈的艺术家的气息。恋爱后，她的艺术创作呈现出蓬勃的力量，不少构思新颖的佳作接连出现，她的作品频频获得各种奖项，然而，就在此时，厄运已向她悄然袭来……

半年后，不知是因为常常熬夜画画还是别的缘故，佳香发现自己对颜料色彩的分辨力越来越弱，视野也渐渐缩小，她跟自良说了，自良怀疑是色盲，带她到眼科去检查，发现是视网膜色素变性，外加视觉神经萎缩！此后，佳香跑遍地区、省城、首都各大医院，用尽吃药、打针、手术等各种治疗方法，都没有阻止病情加剧的无情脚步。一年后，她完全失明！

失明对于一个曾在光明世界里生活过的人来说，是一件非常痛苦的事，对一个从事美术创作的年轻艺术家来说，更是一件痛苦得无法形容的事，而就在她最痛苦最需要安慰的时候，自良却离开了她。

今天，外科主任跟院长女儿结婚，他就彻底成了别人的男人，他也彻底在她的心中死去，而她，也不想活了，与其在漫漫长夜中苟延残喘，不如凌空一跳，了却此生！

她爬上了楼顶，风很大，吹得她的头发往后飘，她又想起了四年前观看焰火晚会时的情景，这一切，都给她恍若隔世的感觉。

她拿出那瓶布洛芬，一颗一颗地吃，药很苦，苦得她涕泗横流，然而，这苦跟心灵之苦相比又算得了什么呢？

她把药吃完后，就神情漠然地朝楼顶边缘走去，可在她攀上避雷线正打算往下跳的时候，一只有力的大手抓住了她的胳膊……

“谁？”她吃惊而厉声地喝问。

“一个跟你同样遭遇的人。”一个男中音说。

“跟我同样遭遇？”明佳香说，“你也是盲人？”

那人说：“不错。”

佳香问：“你为什么要跟踪我？”

那人说：“因为我要告诉你：眼瞎了，但心不能瞎，你千万别干傻事。”

佳香说：“可我太痛苦了。”

那人说：“你以为别的盲人就不痛苦？”

佳香说：“可我以前曾经拥有光明。”

那人说：“我也是。”

佳香说：“但是跟我相爱多年的男朋友已离我而去。”

“我也一样，”那人说，“女朋友离开了我，但我祝福她，因为我不想让自己成为她的累赘。”

佳香默然。

那人说：“这里风大，小心着凉，我们下楼去吧。”佳香跟他下楼，那人又说，“我叫光励志，我的双眼是被炸瞎的，我在二楼开了家盲人按摩所，装修弄好了，还没正式开张，下楼去坐一会儿吧，我给你讲讲我的故事。”

原来，励志傍晚到按摩所门口安风铃时，听到楼道里响起了奇怪的脚步声，当过侦察兵的他从脚步试探擦地的声音中判断出那人是个盲人，从脚步声的沉重和那人的叹息中，他知道那人心事重重。上楼为什么不走电梯，莫非想寻短见？励志多留了个心眼，于是就尾随其后，果不出所料……

到了二楼按摩所，励志开门进去，门一动，碰响那挂风铃，一阵叮叮咚咚的音符鸟鸣一般清越。

励志说：“这风铃相当于门铃，它一响，我就知道客人来了，我们眼睛看不到，只好以耳代眼，对了，你叫什么名字？”

佳香报了名字后，励志就带她去“看”房子的装修，通过手的触感，佳香知道房子装修得不错。转了一圈，两人面对面地在按摩床上坐下。励志给明佳香接了一杯纯净水，之后说：“眼睛看不见怕什么，哀莫大于心死，只要心不死，就要发挥所长，干出一番业绩来。在县里，盲人按摩，我是第一家，开业那天，县领导还要来剪彩讲话呢。”

佳香说：“讲讲你的故事吧。”

励志说：“我以前也是一个正常人，而且视力特别好，两只眼睛都是 1.5。1988 年，我从县农校毕业后，因为不包分配，我就报名参了军，到云南某部当侦察兵。1999 年秋天，在拆卸一枚地雷时，不慎把引线弄掉，发生爆炸。当时只听轰隆一声，我就什么也不知道了，醒来后，知道两只眼睛都被炸成了穿瞳伤，眼前通红的一片。后来虽经昆明、北京等地的专家会诊，但还是无力回天。在最初失明的日子里，我也想到过自杀，但部队首长及时帮助我，引导我，给我讲了许多身残志坚的故事，加上失明前我又看了电视连续剧《钢铁是怎样炼成的》，决定像剧中的保尔·柯察金学习，把自己锻炼成一块永不向命运弯腰的钢铁。前年，在我的申请下，部队送我到昆明学习盲文和推拿按摩技术。通过努力，我不但学会了盲文，还能用盲文写作，《盲文导刊》上发表过我写的几篇文章。今年退伍后，在县武装部、县民政局等领导的关怀下，我开了这家盲人诊所。这就是我的故事。”

佳香听后叹了口气说：“我很羡慕你，你很坚强。”

励志说：“坚强不是与生俱来的，而是通过苦难磨炼出来的。你好像很痛苦，也讲讲你的故事吧，讲出来，心里可能会好受些。”

佳香就讲。讲完后，两人沉默了一会儿，只有夜风吹拂风铃的叮咚轻响。励志说：“明佳香，你的故事很美丽，也很动听，但这一切都已成了往事，你现在需要的是正视现实和将来，因为我们脚下的路都还很长……”

佳香说：“你说得对，我想我今生虽然跟美术无缘了，但我也不能无所事事，我也要学习盲文，学习按摩……”

励志高兴地说：“好呀，我教你，我这里的盲文教材《推拿学》《解剖学》《生理学》《中医诊断学》一应俱全。”

佳香临走时，光励志说：“对了，我的按摩所还没有起名呢，你是搞艺术的，给我起个名字吧。”

佳香想了一会儿说：“就叫光明吧，光明盲人按摩所，不但给我们自己的生活带来光明，也给顾客们的健康带来光明。”

“好，就叫光明盲人按摩所。”励志欣然同意地说。

一年后，光明盲人按摩所举行了一场热闹的婚礼，前来参加婚礼的宾客后来全都恍然大悟地说：“原来按摩所的名字就是他们小两口的姓氏呀！”

舞者之恋

看到巴露一天天变胖，奥丽丽心中涌动着快慰。

奥丽丽跟巴露是朋友，表面上，两人好得不得了，可内心深处，奥丽丽却一直希望巴露倒霉，为什么呢，说来话长。

奥丽丽和巴露同为容州市歌舞团演员，素有歌舞团双花之称。这双花各具特点：奥丽丽相貌漂亮，巴露身段优美。相貌是天生的，除非你去做美容手术，否则无法更改，而身段却是后天的，对舞蹈演员来说，只要控制饮食，加强锻炼，就会自然而然拥有一个好身材。

可老天爷对人，似乎总要留下一些缺憾，不会让你太过完美——否则你就是神而不是人了。拿奥丽丽来说吧，只要多练功，少吃零食，身段就能跟漂亮的外貌相得益彰，可她就是做不到，哪怕在男朋友梁顺的监督下也是如此。

奥丽丽在练功房里练了一会儿基本动作，很快香汗涔涔，气喘吁吁。她喝了几口矿泉水，十分气恼地往琴凳上一坐说："不练了，不练了，三伏天练什么功，梁顺你是不是存心跟我过不去？"

梁顺说："台上十分钟，台下十年功。你不练，又想把舞跳好，怎么可能？"

奥丽丽说："你那观点早过时了，你看那些对武术一点儿都不懂的人，还不是照样去拍武打片，照样去拿奥斯卡奖！梁顺，告诉你，我的舞跳得不比任何人差，有些人之所以获奖，其原因，哼，我非常清楚！"

梁顺知道奥丽丽说的是巴露，但他知道奥丽丽这是吃不到葡萄就说葡萄酸。梁顺是歌舞团的舞蹈演员，经常跟巴露合作，他知道巴露的舞蹈功底。他也知道，巴露在舞蹈上所取得的成绩完全是她用辛勤的汗水换来的，但他敢这样说吗？不敢。

梁顺爱奥丽丽，这是毋庸置疑的。他爱她的容貌，更爱她的社会背景。奥丽丽的父亲是市委宣传部部长，管着市里所有的文化活动。梁顺在领导竞岗中获胜，当上了歌舞团副团长。25 岁就获得这样的头衔，这在市歌舞团尚属首次。

其实，这想法十分片面。梁顺当上副团长，奥部长虽然助了一臂之力，但主要还是靠梁顺自己，如果梁顺是摊烂泥，奥部长就是再扶，也扶不上墙。那些嫉妒梁顺的人，其实只要看看梁顺那一木箱获奖证书，就会知道梁顺当这副团长完全合适而且应该。

梁顺是歌舞团的两大支柱之一，另一支柱就是与梁顺同龄的巴露，歌舞团如果缺了这两根支柱，虽说也可能玩得转，但绝对玩不出目前这个局面：在走向市场经济的今天，歌舞团非但没有倒闭，全团十几个人每年还能创收五十万元，不简单！也正因为取得了如此骄人的成绩，奥部长才说动市委书记，对歌舞团职工改半额拨款为全额拨款。

歌舞团表演的文艺节目，内容丰富，形式多样，但主要以歌舞为主。在歌舞中，又以舞蹈为主。在舞蹈中，又以男女双人舞为主。

男女双人舞是“男女搭配干活不累”这句俗语在舞蹈上的具体表现。跳舞如此，欣赏舞蹈也是这样，男女相舞，有阳刚，有阴柔，有山的力度，有水的温情，能给人一种相得益彰的美的享受。比较重要的双人舞，都由梁顺和巴露表演。

梁顺是个实干家，当了领导后，依旧登台演出，一是他不想高高在上；二是歌舞团目前还没有哪个男演员的舞技能取替他；三是梁顺下意识里想通过跳舞这一堂而皇之的理由来跟巴露近距离接触，以得到一些他在奥丽丽身上无法得到的感受。当然，职工们只看到前两点，所以，大多数人都很服他，哪怕是那些当初对梁顺当官有过微词的人。

但奥丽丽不服，奥丽丽只看到第三点，奥丽丽当初鼓动梁顺去竞选副团长，就是为了让他不再登台表演——奥丽丽发现，巴露对梁顺一直有着非分之想。巴露跳舞往往很投入，但这种投入，总有假戏真做的嫌疑。有时，两人在舞台上出于剧情需要而把身体紧紧贴在一起，奥丽丽看后总难受得如坐针毡。梁顺穿了富有弹性的紧身舞蹈裤后，胯间那坨显得格外累赘凸出，奥丽丽看后总觉得难为情……

奥丽丽说："作为领导，你应该是一个决策者，而不是一个事务者。"

"决策跟事务并没有本质的冲突，"梁副团长说，"决策是脑力劳动，跳舞是体力劳动，两者互换，也是一种休息。"

话说到这份上，还能说什么呢？奥丽丽只好对梁顺盯紧点儿，但男女之间的感情盯得住吗？

奥丽丽的多虑不是没有根据的，在她跟梁顺确立恋爱关系之前，巴露就追过梁顺，在奥丽丽跟梁顺的关系公开之后，巴露也似乎一直没有死心过。

梁顺曾一度在巴露和奥丽丽之间徘徊，两个女人各具特点，鱼和熊掌不可兼得，最终，奥丽丽的相貌和社会背景占了上风，可在经过更深一层的接触之后，梁顺渐渐了解到，在漂亮的外表下，奥丽丽没有上进心，有时甚至还俗不可耐。梁顺想让奥丽丽有上进心，可是不行，奥丽丽只满足现状，得过且过——说真的，如果不是为了追求和盯住梁顺，她早就离开这个破团。

梁顺在奥丽丽身上渐渐失望起来。梁顺对舞蹈情有独钟。梁顺来自农村，酷爱跳舞，在乡下，没有道具，他摘一片菜叶也能舞上半天。12 岁那年，他小学毕业，恰逢歌舞团招收演员，他就报名考了进来。

因热爱舞蹈，他特佩服那些跳舞跳得好的人，他觉得，在团里的女演员中，巴露的舞蹈跳得最好，因此经常跟她切磋技艺。奥丽丽看在眼里，妒在心上，梁顺却对奥丽丽这种情绪浑然不觉，他跟其他男人一样，看到的只是她们两人之间的亲热和永远也拉呱不完的话题。

梁顺有时甚至在奥丽丽面前夸巴露的舞姿，舞姿跟身段是连到一起的，说着说着，就会在不知不觉中滑到巴露流畅似水的身段上去，奥丽丽听着，满脸冰霜。

几天后，梁顺又拉回一笔业务：市国土资源局给市歌舞团提供八万元赞助，市歌舞团负责排演一台名为《国土之光》的文艺晚会，并在6月25日世界土地日前夕奔赴各县巡回演出十场。晚会中有一个重要的节目——男女双人舞《土地畅想曲》，自然又是梁顺和巴露主演，两人在其中分别扮演农夫和土地，以形体语言，诠释农夫对土地的深情与爱意。有一个情节：面对遭到人为破坏的土地，农夫俯伏到土地上，痛苦万分，欲哭无泪……

从排练之日起，为了体现土地的肥沃与丰腴，巴露认为，土地是自由的，不应有所束缚。巴露的腰围很小，但胸围却很大，两者似乎有些不合比例，可正是这种不合比例给人一种挺拔奇崛之美。去了束缚后，一片天然，一片婀娜，“土地”时常山摇峰晃，十分迷人……

演出非常成功！

国土局的人纷纷称赞说，《土地畅想曲》是整台晚会的戏眼，希望在来年的国土宣传中再次合作。

然而，来年已是另一番景象……

巴露跳完《土地畅想曲》后不久，身材就开始发胖，而且胖得越来越厉害，巴露加强锻炼，严格控制饮食，同时吃了不少减肥药，可就是不见效。没有身材倒是其次，关键是从此以后要告别舞台，怎么甘心？可不甘心又有啥法？谁喜欢看一头狗熊跳舞？

巴露到省中医院去检查，结论是：肥胖症。

这肥胖症是怎么得来的？巴露百思不得其解。

后来她得到了答案，她向梁顺递交辞呈。

梁顺不放人，他说：“你这样子，辞职后怎么办？在团里虽说你不能跳舞了，但还可以跑跑龙套打打杂，还有一份固定收入。”但巴露决计要走，梁顺只好同意。巴露临走时说：“梁顺，好好待丽丽，她很爱你……”

巴露走后，奥丽丽恍惚了好几天，她们毕竟是朋友……

梁顺遵照巴露之言，对奥丽丽很好。不久，两人去办了结婚登记手续。

走出民政办公室，奥丽丽下了几次决心，终于说：“梁顺，你跟我结婚，后不后悔？”梁顺说：“后悔啥呀，这是水到渠成的事。”

“可巴露也很爱你。”奥丽丽说。梁顺说：“真的吗，我怎么没看出来。”奥丽丽笑着说：“你现在就用不着装蒜了吧。”梁顺说：“就是爱，也没你爱得深。”

奥丽丽说：“这话算你说对了。梁顺，我爱你，为了得到你，我可以不择手段。”梁顺听后很动情地把奥丽丽的手拉到了一起。奥丽丽在兴头上，又说：“你想不想知道巴露变胖的原因？”

梁顺不解地看了妻子一眼。

奥丽丽说：“明人不说暗话，我经常往她的水杯里投放催肥剂。”

梁顺停下脚步，愕然地看着奥丽丽。

奥丽丽有些得意地说：“就是喂猪用的那种。在最后一次投放时，被巴露撞见了，但她没闹，第二天她就辞了职……”

梁顺很震惊，他像不认识奥丽丽一样看了她一会儿，之后他猛地夺下她手中的结婚证，返身走进民政办，连同自己那个结婚证一起，递给婚姻登记员说："麻烦你换成离婚证。"

第二天，梁顺不辞而别，据说，他找巴露去了……

翌年春天，万物复苏的时候，市歌舞团倒闭了，职工全部被妥善安置到市文化局下属的其他单位，奥丽丽也受到了相应的法律制裁……

标新立异的舅舅

舅舅排行第四，身为乡村会计的外公懒得给他的四个儿子取名，就甩出几个阿拉伯数字，一路命名为贾一、贾二、贾三、贾四，然而到贾四时，却卡了壳，四舅无论如何也不喜欢那个四平八稳的四字，上学报名时，就自作主张改名为贾死。

老师吓了一跳，问为什么选那个字，哪怕叫贾斯也好啊。舅舅说，那不成了假斯文了？老师说："那也不能取名为死嘛。"舅舅说："人固有一死，或重于泰山，或轻于鸿毛。"——这段语录是前不久才贴到屋厅的神龛上的，舅舅虽不认得字，但也跟着人们念熟了。老师见是领袖语录，一时哑口无言。那时舅舅八岁，已初露标新立异的锋芒。

当地人叫小孩，喜欢在名字后面加个仔字，贾死就成了死仔，人们一天到晚死仔死仔地喊，迷信的外公终觉刺耳异常，他要贾死改名。

"难听死了，"外公说，"快改为别的。"贾死说："为什么要改？我觉得挺好的。"外公问："有什么好？"贾死说："至少不会有人跟我同名。你知不知道我们班上有四个李刚，都是大炼钢铁时出生的，为了区分，只好叫黑李刚、白李刚、瘸李刚、歪嘴李刚，多费劲啊。"

外公说："不管咋个说，你的名字不吉利，要改！"舅舅嗤的一声笑了："亏你还月月交党费，居然还怕死，怕死就别当共产党员，刘胡兰说的。"这句话把外公激怒了，他黔驴技穷地吼道："不改名，下学期就莫想从我这儿拿到一分钱学费！"

一个月后，四年级上学期开学了，舅舅没向父亲要学费，照样大摇大摆地上学去。外公以为一两个月后，老师就会寻上门来讨学费，谁知却没有，外公感到好生奇怪，就到学校去问，学校说学费已交。外公回来后问儿子钱是从哪弄来的，贾死说："反正不是从你那儿偷来的。"噎得外公半天说不出话来。外公哪里知道，为了挣学费，四舅整整扯了一个暑假的鸡骨草，之后卖给公社收购站。

四舅跟外公似乎是一对天敌，两人在一起，总是话不投机，许多观点，父子俩截然相反，也许，这就是所谓的代沟。外公喜欢从众，四舅却正好相反，他觉得随大流就没了个性，一句话，他喜欢标新立异。因此，上学时，他成绩平平，却爱看些杂书，又喜欢提些刁钻古怪的问题，比如他说，人的寿命极限只有一百多岁。

对于这些言论，学校曾给他多次警告，但他却置若罔闻。最致命的是他居然说葵花向太阳并不是因为热爱太阳，而是恰恰相反，葵花身上有一种奇怪的植物生长素，怕晒，常常躲在花盘后面，花盘为了不晒坏生长素，只好跟着太阳转……

这一恶毒攻击"朵朵葵花向太阳"的言论，结束了贾死的读书生涯。

贾死回乡务农，那年他 12 岁，因手不能提，肩不能扛，生产队就安排他放牛。放牛时，他就扯草药，镇上的收购站收什么，他就扯什么。在扯草药的过程中，他对中医中药产生了浓厚的兴趣，因此，扯草药所挣的钱，他多是买医书看，他并不想当赤脚医生，相反，他对赤脚医生嗤之以鼻。赤脚医生的药箱里，主要放着去痛片，不管什么病，吃上几片，总会立马见效，但却治不了根本。贾死迷上中医，是因为他觉得中医很神奇，一些以前被当作柴草烧掉的草药，居然能使人起死回生，真是不可思议。

四舅只念了四年半小学，啃医书非常吃力，尽管那些中医入门是为广大工农兵编写的，力求浅显易懂。贾死觉得最恼火的是，在层出不穷的中医术语中药名字中，生字太多，有时，他懒得查字典，就想当然地给生字发个音。至今，他还把黄檗念成黄辟，把羊踯躅念成羊郑蜀，尽管如此，并没有改变中药的药性。

四舅真正学医，是在 1972 年以后。那年 5 月，县中医院院长孙杏林时年不惑，自称是唐代 101 岁的著名医学家孙思邈的第 53 世孙，著有《温卫之我见》，倡导温病卫、气、营、血的辩证和治疗方法，对治奇经、脾胃、儿科等病尤为擅长。

孙杏林住在村头的一间破庙里，离外公家不远，四舅奇怪的名字一下子吸引了他的注意。他说："古人有叫辛弃疾、霍去病、曹无伤的，以死命名似乎还没有。"得知贾死在自学中医后，又说，"你取名为死，又去学医，谁敢叫你看病？"四舅说："那是假死，不是真死，还吉利呢。"孙杏林就笑，不久收贾死为徒，从中草药、生理解剖到病因病理、诊断辨证、治则治法等对四舅进行手把手的悉心传授。贾死对中医中药本来就有悟性，经这一点拨，境界就高了一层。

几年后，四舅在孙杏林的指导下开始行医，但百姓都不相信他们。贾死的第一个病人是与他同龄的少女薛白。

薛白被迫停学在家，到生产队养猪场帮父母和姐姐养猪。养猪是累活，一天到晚忙得要死，扯猪草、洗猪草、剁猪草、熬猪食、喂猪、铲猪粪、扫猪圈……四人马不停蹄地扯猪草，才勉强够它们吃一天。

因为累，加上睡眠不足，薛白那天扯猪草，扯着扯着，她就歪到树荫下睡着了。不久梦见一根长针，狠狠地朝大腿扎去。一阵刺痛，她惊叫一声，醒了，旋见一条粗大的蛇从大腿旁边的小洞里扬长游出。原来，她小憩时不慎把蛇洞压住了，蛇在里面闷得慌，就咬开洞口的堵塞物，出来了。薛白撩起裙子一看，右边大腿上被咬的地方很快红肿，发乌，她感到一阵晕眩。她仓皇四顾，见贾死在不远处放牛，就喊："贾死，快过来，我被蛇咬了！"

贾死快步奔来。"我被蛇咬了，在这儿。"薛白指着伤口说。贾死二话不说，趴下去，用嘴猛吸伤口里的乌血，吸一口，吐一口。吸完乌血后，伤口的肿消了些，周围的肌肉也成了粉红。薛白感激地说："贾哥，谢谢你。"贾死不说话，到溪边漱了漱口，之后，扯了把草药，放到嘴里嚼，草药苦得他龇牙咧嘴。薛白想挣扎起来，贾死却把嚼烂的草药吐到手上说："不忙，我还要给你敷药。"薛白只得仍旧躺着，两条丰腴白皙的大腿在阳光下犹如两条休闲的鱼。

贾死把草药敷到薛白的伤口上，按按，之后嘶啦一声从衬衣下摆撕下一条布，把药浆包扎好。薛白说："哎呀，可惜了你的衬衣。"贾死笑笑说："没事，反正这衬衣有些过长。"

包扎后，贾死说："从伤口的形状看，是五步蛇咬的。这种蛇毒性大，咬后走不出五步就要死人。幸亏你呼救及时，不然的话，毒液一扩散，你就没命了。"薛白坐起来，噙着眼泪说："贾哥，谢谢你……"

薛白伤好后，扯猪草时，碰到贾死，就说："贾哥，那天你把衬衣扯烂了，我给你做了套衣服，你今晚到猪场来试试看合不合身。"贾死说："算了吧，你那么客气干什么？"薛白说："还有一顶白帽和白大褂呢，真的算了？"

贾死抵挡不住白帽白大褂的诱惑，吃了晚饭后就去了，当医生没有这两样东西，多少让人觉得有些不对劲，仿佛是冒牌货似的。进了猪场旁边的小屋，薛白已在里面等他了。很明显，薛白洗了澡，换了干净清爽的裙子，头上的刷子小辫也细细梳过。她笑着，忙碌着，身上弥漫着勃发的青春气息和淡淡的栀子花香。

"你爸妈他们呢？"贾死问。薛白说："他们在家里。平时一般是我守猪场。"说着去给贾死拿衣服。贾死微笑地看着她忙这儿忙那儿。

薛白把折叠好的衣服捧到跟前。贾死说："把你们家的布票都用完了吧？"薛白说："布票算什么，快试试。"贾死试了试白帽白大褂，正合适。薛白说："不知衬衣裤子合不合身，你试试看。"贾死就把衬衣往身上套，薛白说："哎呀，要脱了试，才能看出效果。"贾死面有难色。薛白一笑："当医生的，还这么封建？"说着走出屋外，拉上门。"你穿好了，我再进来。"薛白在门外说。

可贾死才把身上的衣服除去，薛白就推门进来了，她扑到贾死的怀里，紧紧搂住他。

夜里，月光透过窗子，在两个相拥而眠的人的身上涂了一层亮亮的银，仿佛罗丹的玉石雕塑。两人相视而笑。薛白往贾死身上贴了贴说："贾哥，我是不是很坏？"贾死说："不，你很好。"薛白说："我出身不好，你不会觉得有失身份吧。"贾死嗤地笑了："出身算什么玩意儿。你现在已经是我的老婆了！"

老婆一词把薛白陶醉得沉默了下来，良久，她才喃喃地说："你真的要娶我？你会后悔的。"贾死说："我做事从来不后悔。"薛白说："要是你爸不同意咋办？"贾死说："又不是他要娶你，他管不着。"薛白搂着贾死的脖子，幸福地说："那我就像小母猪一样，给你生一窝孩子。"贾死听后很动情。月亮躲进了云彩里……

几天后，贾死到生产队长那儿开证明。队长吃了一惊说："你怎么跟恶霸地主出身的人搅到了一起？"贾死说："婚姻法上并没说出身不好不可以通婚。"

队长作不了主，就把贾死的父亲贾会计喊来。贾会计一听，顿时暴跳如雷，他唾沫四溅地说："你就是打光棍，也不准把地主娶回家！"贾死说："老爸，你这话就有语病，薛白并不是地主，她只不过是地主的第一世孙。依此类推，老爸，你是南宋奸臣贾似道的第二十八世孙，也红不到哪里去。”贾会计怒道：“放屁！你敢娶她，你就给我滚！”贾死当真很响亮地放了一个屁，之后说：“这么说，只要我滚，你就让我娶她了？队长，开证明吧。”

生产队及大队开了证明后，贾死薛白两人就结伴到公社去扯结婚证。管结婚登记的人要贾死写一份《结婚申请书》。

对方见贾死背诵语录过关，就开了结婚证。

猪场旁边的小屋，成了两人的新房。孙杏林给他们送来了一副用中草药名拼成的对联。各种大小不一的公猪母猪，则成了他们独特的贺喜宾客。夜里，两人在猪们的呼噜交响乐中，格外亢奋地合而为一……

若干年后，我研究村志县志时发现，当时在整个红石大队乃至在整个容州县，贾死是唯一一个跟地主家庭联姻的贫农。

新婚宴尔，如胶似漆，日日缱绻，夜夜缠绵，但这种日子没有持续多久，薛家出了丧事：薛白的姐姐薛粉因难产，死了。

这事给四舅打击很大，他对内科虽很有研究，对儿科、外科、五官科等也略知一二，可对妇产科，他完全是外行，在没结婚前，他根本就想象不出女性生殖器的样子，看解剖挂图，也是莫名其妙的。四舅决定学习妇产科。

薛白说：“大男人哪有学妇产科的？”四舅说：“医生眼里只有病人，没有男女。”薛白说：“你就是学会了，也不会有人请你去看的。”四舅说：“到了人命关天的时候，我看他请不请？”

孙杏林调回县中医院去了，贾死被安排进红石大队医疗合作社工作。四舅买了些有关妇产科方面的书看，因为基础扎实，又有薛白这个活标本，不少问题都迎刃而解，实在不懂的，每到县里购药时，他就到中医院去请教同行。

四舅个子小，手也小，无论检查还是接生，都十分在行，如遇特殊的难产，需要做手术的，他就打电话给中医院，中医院就会很快派救护车来，从此，村里没有了因难产而死人的悲剧发生。

不久，四舅退出医疗合作站，自己开了家长生诊所，这在当时是十分标新立异的，民间行医虽有，但公然打出个体诊所招牌对抗集体全民所有制，尚属罕见，为此，《容州日报》还开辟专栏，很是讨论了一阵。讨论归讨论，长生诊所很快在村民中赢得了信誉，贾死成了人们心目中的名医。

贾死行医之余，常把行医经验和感受写成论文发表。他的论文《肝癌的中医中药论治》后来被全国首届农村医学学术会选中，并引起外国专家的重视，在斯里兰卡科伦坡召开的世界自然医学大会上，来自中国容州市容州县杨梅镇红石村的贾死先生被授予医学博士学位！

山村沸腾了，县城沸腾了，贾死一时成了容州县乃至容州市的新闻人物。孙杏林见贾死是个人才，想调他到县中医院工作，贾死婉言谢绝，他说："我当初学医，就是因为村里缺医少药，我去了，岂不是重新缺医少药？"有人说他傻，贾医生说："你不如说我标新立异，我更爱听些。"

后来，公有制性质的医疗合作站垮了，非公有制性质的长生诊所却一天比一天兴旺。四舅带了两个徒弟，在十条清规戒律中，头一条就是，学成之后，必须留在村里行医……

如果你到桂东南著名的铜鼓堡风景区旅游，经过红石村时，走累了，不妨蹩进长生诊所坐坐，诊所里清凉如水的空气一定会丝丝缕缕地把你所有的疲劳濯个罄尽。桌后那个戴白帽，穿白大褂的瘦个子，就是我的四舅贾死，墙上的行医执照旁，挂着一张放大的全家福，那两个大人就是贾死和薛白，那两个小孩，就是他们的子女。

火中情

办公桌上放着一张火红的请柬，打开一看：罗权和杨叶下个星期日结婚。我稍稍一愣，可细细一想，他们的婚事其实也在情理之中。

我是通过采访认识他们的，而他们的认识，则是通过那场大火，那场由干柴引起的大火。完全可以这样说，是那场大火把两颗陌生的心突然熔到了一起……

去年冬天，天干风猛，六图巷一家木式结构的小吃店突然起火。一时烈焰冲天，浓烟滚滚，大有吞掉整条小巷之势。小吃店的楼上，住着一家人，起火时，一个姑娘正跟两个小男孩在屋里看书，等他们发现异样时，火苗已经蔓延到了木窗前！姑娘开门一看，下楼去的木楼梯早已成了一片火海。她只好关上门。楼下有人喊他们跳窗，可姑娘反倒把窗关上，她以为关上窗火就进不来了，谁知木窗木门根本抵挡不住火的进攻，火闯了进来！跟火一块儿闯进来的，还有一个小伙子。小伙子烟熏火燎，跟黑人一样，他一边扑打衣服上的火苗，一边冲上前去把烧得正旺的窗板一脚踹开，热浪猛地袭来，他踉跄了一下。他把头伸出窗外喊："下边准备接人！"

在楼下密密围观的群众都伸出了双手。小伙子抱起一个小男孩扔了出去，另一个小男孩害怕，哭喊着转身想走楼梯，可楼梯这时已被烧得轰然倒塌了，幸亏那小伙子及时拉住，小男孩才没掉到火海里去。

小伙子对姑娘吼道："你还愣着干什么，快过来帮忙呀！"

姑娘反应过来，跟小伙子一起把挣扎着的小男孩扔了下去。这一耽搁，底下的火势变猛了，站不住群众了。小伙子把屋内的晾衣绳解下，捆在姑娘的腰间说："我缒你下去！"

姑娘问："那你呢？"

小伙子说："我待会跳窗。"

姑娘说："我也跳窗算了。"

小伙子说："不，要是摔瘸了，你们姑娘家可就太亏了。"

见墙角那儿有桶浇花的水，小伙子就提过来，哗啦一声泼到姑娘的身上，姑娘冻得直打哆嗦。小伙子说："衣服泼湿了不容易着火。"

姑娘登上茶几时，小伙子又把铁桶扣到她的头上说："你头发长，别让火给烧焦了。"说完就用绳子把姑娘缒了下去，可快要着地时，绳子被火烧断了……

我赶到时，大火已被市消防支队扑灭。因巷子窄，消防车开不进去，为了阻止大火蔓延，他们拆掉了隔壁的裁缝店。小吃店已被大火夷为平地，只有几根焦黑的大梁还在冒着袅袅青烟……

几经周折，我在医院里找到了那个救人的小伙子，他身上多处烧伤，左腿也被摔成了骨折。他是旁边那家裁缝店新来的学徒，大火燃起来时，他跟大家一起往外跑，可看到小吃店楼上有人后，他又毫不犹豫地冲了进去。

我问他当初想到了什么豪言壮语。

他只说："哎呀梁记者，我不跑上楼去救他们，他们怎么办？眼睁睁看他们被烧死吗？"

采访时，我看到一个剪着短发的姑娘进进出出地忙这儿忙那儿。姑娘出去后，小伙子说："她就是我救的那个人，她除了头发梢被烧去一点儿外，基本没受什么伤，她现在干脆就剪了短发。"

行文至此，读者诸君不难猜出，小伙子就是罗权，姑娘就是杨叶。

后来我写的特稿《火海救人》刊登在2005年12月8日《容州日报》头版头条。年底，罗权被评上容州市见义勇为先进个人。

拿着请柬，我对主任说："罗权跟杨叶结婚一事，我看可以发个简讯，这也是对去年《火海救人》报道的回应……"

主任看了看请柬说："什么简讯？你别偷懒，好生采访，我给你留头版头条！"

乡土之交

武称生在贫瘠山村，一心想跳出农门，可高考时鬼使神差上了农业大学，他以为毕业后可以进农科所工作，这样也可以留在城里。可农科所哪是那么好进的，硕士博士都挤得头破血流，更何况他一个本科生。

武称实在不想回老家种地，就在城里找工作。可他学的专业城里都用不上，工作很难找。后来一家汽车修理厂收留了他，让他在办公室迎来送往。

汽修厂有个大客户叫平安运输公司。令武称惊讶的是，公司经理安平竟是个跟他年纪相仿的年轻人！

原来，安平从技校毕业后，因喜欢开车，就买辆卡车搞运输，很快发了。几年下来，他办了个运输公司，现有卡车十几辆。

安平知道武称来自乡下后，很快跟他聊到了一起。安平在城里长大，十分向往乡村，几乎每个周末都要跟同城驴友去爬山、宿营、野炊，感受乡村生活。

安平虽是老板，但为人随和，毫无架子，每次车子出了毛病，都是他亲自开过来修。在修理工忙活时，他就跟武称聊乡村。两人很快成了好朋友。

安平知道武称学的是农业后，就劝他回老家发展，因为不少城里人到乡下承包土地搞种养殖都发了，武称生于乡村，熟悉乡村，学的又是农业，更应发财才是。

武称苦笑："哪那么容易发财。"

“是缺乏资金吗，我可以资助你一些。”

武称说不是，他的老家红石村土地贫瘠，种东西不爱长，种植一直是弱项，村民们只好外出打工挣钱。

“种植不行搞养殖呀，养猪养鸡什么的。”

武称笑了：“你当猪和鸡不吃东西？地里不长东西，只好花钱买，钱从哪儿来？”安平说：“我可以借你。”武称说：“借了总要还吧，万一有个闪失，亏了咋办？”安平说：“你看问题总这么悲观，哪天我到你老家看看，帮你把养殖搞起来。”

武称不置可否地笑笑，这种随意说说的话他听得多了。城里人哪，都以为搞养殖像养宠物那么简单。

安平的话显然是说来玩的，半年没见动静，也没见他再提起，不过武称也没在意。大概因为夸下海口，安平不好意思见武称，就没再到汽修厂来过，偶有卡车坏了，也是司机开来修。武称给安平打电话，安平显得有些尴尬。尴尬过后，他说这些日子有些忙，没有过来看望老朋友，非常抱歉。

武称决定抽空到平安公司去一趟，劝朋友不要把一时随口说的许诺放在心上，他不是一个较真的人，也根本不想搞养殖，他对乡下生活不感兴趣。

这天，武称请了假，正要到平安公司去，却接到安平打来的电话：“你待在汽修厂别动，我马上开车过来。”

十几分钟后，武称听到外面响起喇叭声，出来一看，是一辆装满琉璃瓦的卡车，开车的是安平。武称走过去，发现朋友比上次见面憔悴了不少。难道就因为那个随意说下的许诺？

“你怎么今天亲自开车？”武称问。

安平说：“这车琉璃瓦是红石村委会买的，所以我来开车，顺便到你老家去看看，以前说过的。上来吧。你也正好回趟家，看看父母。”

武称上了副驾驶座：“你这人也太认真了，其实用不着。”

三个钟头后，卡车开到村委会。工人卸货时，两人到武家去。

武称父母看到儿子，喜出望外。武称向他们介绍安平后，父母就要杀鸡宰鸭招待他，安平说："千万别，我在城里大鱼大肉吃腻了，下乡就想吃个无公害蔬菜，能吃上野菜，最好！"

老爹说："又不是旧社会，吃啥野菜呀，莫给新农村抹黑！"武称说城里人兴吃这个，父母这才半信半疑去扯野菜。用野菜待客，他们还是头一遭，说出去要笑死人。

武称陪安平到附近转悠。安平细细察看后说："这里水源充足，可以养鱼。武称，我帮你挖口鱼塘，出钱帮你购买鱼苗，你回来养鱼，赚了是你的，亏了算我的！"

"这……"武称很感动。

"兄弟，打工不是长宜之计，现在是你创业的时候了！你学的是水产养殖学专业，正好！"

"可挖鱼塘很麻烦……"

"这个你别管，我用机械挖，保证一个月把鱼塘挖好，把水蓄满，你回来发挥所学的知识就是了。"

这样一说，武称有些心动了，他在汽修厂干了几年，也干得十分憋屈，哪能跟自主创业那样可以甩开膀子干？

吃饭时，安平把这打算一说，武称的父母也很高兴。老爹说："我多时就想养鱼了，可就是没有水塘，这下可圆了我的养鱼梦！称儿，到时你回来，咱爷儿俩一块儿养！"

回到汽修厂的第二天，武称接到父亲从村委会打来的电话："安总这人真够义气，说挖就挖。那挖掘机可厉害了，挖一爪，胜过人力挖半天！"

一个月后，武家旁边出现了一口大鱼塘，蓄满水后，就像一面巨型镜子。安平交给武称十万块钱做启动资金，武称感动得不知说什么好。

武称回到家，看到鱼塘非常漂亮，挖出来的泥巴也清除掉了，显得很整洁。他顿时技痒起来，决定搞立体养殖：塘边养猪、鸡，塘面养鸭、鹅，塘里养草鱼、鲢鱼、罗非鱼。

父母负责岸上，武称负责水里。为了防止天气闷热出现翻塘现象，武称还购来增氧机，安到水塘里，鱼儿一浮头，他就开机增氧。养殖大获成功。到年底一算，纯赚 15 万元，相当于在城里打五年工！

武称沉浸在成功的喜悦里，切身感受到当初安平劝自己回乡创业的路子走对了。武称打电话请安平下来钓鱼，叙叙旧，同时把借的十万块钱还给他，并好好感谢一下老朋友。

安平高兴驱车前来，跟上次分别时相比，他的气色好了许多。他果然带来了渔具，两个朋友一起到塘边钓鱼。两人把鱼竿插稳后，武称掏出十万块钱还安平，谁知平安不但不要，还从手提包里拿出几沓钱拍到武称手里："这是我借你的 30 万，现在还你！"

这从何说起？武称丈二和尚——摸不着头脑。"你没搞错吧？"

安平笑笑："你还记得我运琉璃瓦时的样子吧，很憔悴，对不对？"

他告诉武称，那时公司出了事故，为了赔偿，他拿出所有的积蓄，还把坐骑卖了，仍差 30 万元，怎么办，只好卖卡车，可他实在舍不得，因为那是他的挣钱工具，卖了还怎么挣钱？只好借钱……

武称打断他："你公司出了事，我怎么不知道？"

"告诉你没用，所以就没跟你说。"安平继续他的故事，"可借钱要还利息，不划算，直到来到你家后，我才豁然开朗，时来运转！原来你家是个聚宝盆哪！"

武称更诧异了。

这时鱼儿上钩了，两人连忙收竿，之后又装鱼饵，又把钓钩抛到水里。“安平，你越说我越糊涂！”

“还不明白？”安平笑道，“其实挖鱼塘啊，既是帮你，也是帮我。”

武称细细想了想，还是不明白。

安平从塘埂上揪起一坨泥巴问：“这是什么？”

“白墡泥。”

安平点点头：“白墡泥学名高岭土，肥力不行，但却值钱，是烧制唐三彩的原料，寻常不易找到。县陶瓷厂把本地的高岭土用完后，为了维持生产，只好到外地买，可谁曾想到这里就有这种泥土！所以，我把挖塘挖出来的高岭土全部运去卖给陶瓷厂，50 块钱一吨，共卖 8000 吨，得款 40 万块。10 万块钱帮你搞养殖，30 万块帮我渡过了难关！”

武称如听天方夜谭。

“但我不能提前把这个宝贝告诉你，我怕你光卖泥土不搞养殖。高岭土是不可再生的资源，卖完了也就没了；养殖呢，却可以持续发展，做大做强。”

武称点头称是。“可你怎么认得高岭土？”

“因为我念技校时学的就是陶瓷专业！”

甘孜之行

康藏高原昼夜温差大，天一擦黑，气温就骤降，晚风一吹，冷飕飕的，仿佛进了一个巨大的冰箱，但梁诒谋却热得满头大汗：轮胎坏了，用十字套筒捣鼓了半天也没能把烂轮胎卸下来，因为轮胎螺母的型号跟工具不一样——螺母比套筒稍小一点儿，套筒咬不住它，拧起来犹如滑丝。

按理说，所有轮胎的螺母跟套筒都是一一对应的，为什么此车的螺母就特别另类？梁诒谋恼怒地把工具往地上一扔，喘着粗气用袖子擦了把汗。这里海拔 4300 多米，稍一用力就上气不接下气。他气喘吁吁地往四周看了看，那些起伏的草地已由暗绿变成了黑绿。天上抹着乌云，显得更加冷峻。星星出现了，大得像碎玻璃，悬在头顶上一闪一闪的，似乎随时都有可能落下来。刀子似的冷风一个劲地吹着，把汗湿的衬衣吹成了冰冻的铠甲，贴在身上，格外难受。

公路像一条巨大的黑蛇蜿蜒在草地间，远处薄雾迷蒙，可就是没有一辆车开过来。目力所及处，有几栋用条石砌起来的藏族民居，可那有什么用？这里离前后两个县城都有 100 多公里。梁诒谋切身体会到什么叫地广人稀。就是给两地县城的汽车修理厂打电话，人家也早下班了；即使不下班，这么远，修理工也不会来——换个轮胎能挣多少钱？

梁诒谋想起出发前老婆的劝阻，老婆说，最好有两个车，一个车出了故障，另一个车可以照应一下，因为那里很多地方都渺无人烟。但特立独行的梁诒谋想，自己这是新车，能出什么事，顶多是轮胎坏了，反正有备胎。换轮胎算多大个事儿？没想到，现在就成了大事。

梁诒谋打开手机上的手电筒，又到车上翻找一遍，试图发现更多的工具，然而没有。

正在找着，手机的灯光一暗，熄了，原来没电了。梁诒谋急忙去拿充电宝。可一插上线，手机毫无反应，原来充电宝上次用完后忘了充电。

梁诒谋叹了一声，感觉更冷了。没想到在酷暑的高原，晚上竟这么冷。而在四川盆地那座故乡小城，此时人们正热得四处纳凉。正因为出发时很热，所以他带的都是衬衣。梁诒谋摸黑到车上把所有的衬衣翻出来，一件一件地套在身上。这种穿着一定很滑稽，但温度要紧，讲不得什么仪表风度了。

正穿着，一辆摩托车亮着灯开了过来，骑车的是一个当地人，到近后问："轮胎坏了？"因为很明显，左后车轮瘪成了橡胶皮。

梁诒谋嗯了一声，心想你又帮不上什么忙。那人幸灾乐祸地笑了两声，把车慢慢开走了。梁诒谋发现他边开车边掏出手机打电话，便警惕起来，难道他想叫人来抢劫？可转念一想，不会吧，扫黑除恶搞了两年多，社会风气已大为好转，不过在这偏僻地方也难说，多留个心眼总是好的。

梁诒谋穿完四件衬衣后，身上暖和了些，发现天完全黑了下来，满天星斗，特别大，特别亮，夜色也特别凄清凛冽。他上车打算今晚就在车上过夜，修车等明天再说。他在车上给手机充电，如果有什么情况，马上报警。他拿过一个面包来啃，可面包太干，吃一个就不想再吃了；喝矿泉水吧，又太冰。

后面有灯光射来，梁诒谋从半开着的车窗扭头一看，是独灯，知道又是摩托车，就不再理会，闭目养神，心里想着明天该怎么办。

摩托的声音越来越近，到了车子边，停了下来。梁诒谋睁眼一看，摩托车没有关灯，一个汉子从车上下来，把车架好，问：“轮胎坏了？”

梁诒谋嗯了一声。汉子解开捆在摩托车后架上的木箱，揭开盖子，找出一个扭力扳手，就拧起坏轮胎的螺母来。梁诒谋连忙下车，看到螺母竟被拧松了，就高兴地问：“你是修车的吗？换轮胎多少钱？”看看对方的装束，似乎又不像，他觉得先把价格问好，免得对方把轮胎换好后漫天要价。

汉子不答，只一下一下地拧螺母。有的螺母很紧，他就咬着牙跳起来拧，这样可以把自己的体重加上，再紧的螺母也被拧松。梁诒谋不好意思再问价格，心想他要收高价就收高价吧，在这些地方生活也不容易，便没话找话：“为什么我这套筒的型号跟螺母不一样？”

汉子笑笑：“有的车子就是装怪。”梁诒谋觉得自己也不能闲着，就去后备箱把备胎拿来。

把五颗螺母拧脱后，汉子把烂轮胎卸了下来，把备胎安上。在拧紧螺母时，梁诒谋抢过扳手说：“我来拧吧。”汉子就让他拧，自己在一边看。

安好轮胎，梁诒谋问多少钱？汉子笑说：“换个轮胎收什么钱嘛。”说着把扭力扳手拿回木箱，可想了想，又拿过来交给梁诒谋，“你拿上吧，万一车子再出事故，你好用。”

梁诒谋连忙摆手说：“不行不行，我拿了，你用什么？”

“我还有一个。”

“那也不行，你修车不收费用，我还要你的工具，说不过去哇。”

“拿上吧，以防万一。”

“换了备胎，应该不会再出问题的。就是出了问题，有了扭力扳手也没用，因为我没有第二个备胎。”

汉子想想也是，就不再勉强，把扳手放回工具箱。

汉子说："天黑了，路况不好，弯多险要，你最好先住一宿再走，不要疲劳驾驶。"

梁诒谋说："开了一天车，我也想休息一下，可附近哪有旅馆。"

汉子说："可以住到我家，前面就是，还可以吃饭。我开有一个简易的农家乐。"

"太好了！"梁诒谋高兴道，正好光顾一下对方的生意，以报答对方的帮忙。他上车掉头，跟汉子的摩托车前往。

来到一家整洁的院落，梁诒谋发现院子里停着一辆皮卡车和几辆小轿车。汉子拿出菜单让梁诒谋点菜，梁诒谋专挑贵的点，点了七八个。汉子笑说："点多了，你吃不完。你一个人点两个菜就够了，不要浪费。"

梁诒谋说："你帮我换了轮胎，不收钱，我想请你吃顿饭。"

汉子笑笑："我们已经吃过了。"之后吩咐妻子给客人炒两个菜。

梁诒谋也饿了，香喷喷的饭菜一端上来，就狼吞虎咽地吃了起来。汉子说："你把后备箱打开，我帮你把那个烂轮胎修好，以防明天再出故障。"梁诒谋听后，感动得不知说什么好。

梁诒谋把饭吃完，汉子也把烂内胎补好了，塞进外胎里，正在用空气压缩机给轮胎打气。梁诒谋看看那间小屋，里面放着很多修车工具和汽车零部件，空气中充斥着机油的味道。

"没想到你还是专业人士！"梁诒谋赞叹说。

汉子谦逊道："初中毕业，我到职中读了三年汽修，后来外出去打工。结婚后就回来了，一是要照顾家里，二是近年甘孜州的旅游搞得有声有色，自驾来观光的游客越来越多。这里地广人稀，车子在路上抛了锚，我们也好给他们修。"

汉子告诉梁诒谋，近年来，本地的生态牦牛特别畅销，一头成年牦牛可以卖好几万元，村民们都靠养殖牦牛和绵羊致了富，不少人家都买了皮卡车，既可以载人，又可以拉货，底盘又高，非常实用。不买车不行啊，草场这么宽，靠传统的骑马放牧已经落伍，现在是开车放牛羊，洋盘（洋气）得很。车子用久了，就会出这样那样的问题。弄到县城去修不太实际，所以他把修车技术传授给村民们。一般的故障，村民们都会排除。遇到游客的车坏了，我们也帮忙修一下，像换轮胎、火花塞之类，举手之劳，都是免费。我们做好服务，前来观光的游客多了，对我们也有好处，因为每家每户都开有农家乐。像你刚才吃的炒牦牛肉，就是自家产的，绝对的绿色食品。

当晚，梁诒谋住在汉子的客栈，就像住在自己的家里一样，踏实，放松，睡得十分香甜。

第二天，驱车回到故乡后，梁诒谋第一件事情就是报名参加第三批援藏帮扶工作队。他是农业大学畜牧兽医专业毕业的，他要用自己所学到的知识，为奔康后的乡村振兴贡献力量。

抢红包

微信群中发红包，大家都爱抢，虽然金额不大，但都引为乐事。可有的人光抢不发，更有甚者抢了红包连个“谢谢”也没有。星火群中的“旁观者”就是这样的人。

旁观者入群后，一直旁观，从不发言，入群跟没入群一个样。可傻愣一段时间后，竟变成了红包杀手，抢红包速度最快，抢到手后不言不语，闷声发财。微友们对他的意见越来越大。

有微友生病住院，群主发起捐款接龙。梁达向来有爱心，就捐款两百元。这两百本是私发给群主的，可因为习惯思维，他把这200元以红包的形式发到了群里。梁达才点下“发送”，红包就被人抢走了。一看，抢走者是旁观者。梁达马上在群里发语音：“这是捐款，请退回来让群主接收。”旁观者没有吭声。梁达以为他没有听到，又在群里打了一行字提醒。这回，旁观者有反应了，直接退群，溜之大吉！

太不像话！微友们纷纷在群中声讨旁观者，有文字，有语音，有动图，群里一下子热闹起来。有微友甚至建议以“抢夺罪”起诉旁观者。马上有人回复：“你连他姓甚名谁都不知道，怎么起诉？”很快有人接茬儿：“他是梁达拉进来的，梁达应该了解他。”

他是梁达拉进来的不假，但梁达对他并不很了解。

梁达在县团委负责志愿者活动。因为工作需要，经常跟各种各样的青年志愿者来往，他本人也加入了各种各样的志愿者群。每天的微信内容多得删都删不赢，不删占空间，但微信也给他的工作带来了莫大的便利——要开展什么志愿者活动，要招募志愿者，在群里发个通知就可以了。

梁达的真名和微信昵称都叫梁达，可见他是一个很实在的人。

梁达是在一次志愿者活动中认识旁观者的。旁观者真名叫庞观，20多岁，留着小平头，话语不多，在一家民营食品公司办公室工作。企业献爱心，团县委帮助联系受捐助人。庞观跑前跑后，跟梁达认识，并主动要求加梁达的微信。梁达来者不拒，还顺便把庞观拉进本县最大的志愿者群——星火群。此群宗旨是“聚是一团火，散是满天星”，意思是说：平时各忙各的，一有志愿者活动，马上组织起来，像火一样照暖人心。

梁达见庞观退了群，就跟他私聊，叫他把那误领的两百元钱退回来。庞观不回复。梁达有些气不过，就直接给庞观打电话，可电话中却传来机械的声音：“你拨打的电话正在通话中……”

梁达隔了一会儿再打，仍是这样。他知道，有些人不想接电话，就专门设置这一语音作为挡箭牌。

为了昧掉区区两百块钱就这样做，值得吗？梁达真想把庞观从微信中踢出去。可后来想了想，还是忍住了。如果把他踢出去，他想退钱就不方便了。希望他忽有良心发现。

梁达一肚子不快，回到家里，打开电视机散散心。电视新闻正在播报昨晚的事件：昨日23:17，正在江面上行驶的光明号轮船突遭罕见的强对流天气带来的强风暴雨袭击……电视里，救援人员正研究救援方案……

光明号？梁达皱了一下眉，好像庞观乘坐的就是该船。梁达依稀记得三天前刷微信“朋友圈”，看到以前从不发言的庞观在朋友圈里晒了一下船票，船票上写的就是光明号。庞观还写了一句颇有意味的留言：黑夜坐“光明”，驶向大光明。

梁达虽气愤庞观冒领捐款的不耻行径，但还是很关心他的安危。梁达马上翻看三天前的朋友圈，果然看到庞观乘坐的就是光明号轮船，开船时间是昨日 20:13。梁达把船票照片存到手机上，再读一下庞观写的那句话，不知是哲言还是谶语？

再到星火群看庞观抢走 200 元红包的时间，是今天上午10:02。这说明，故事发生后，庞观没事！

梁达细看那张船票照片，发现庞观坐的是底舱。

梁达舒了口气，同时想，在发生如此重大灾难的情况下，庞观仍不忘抢红包，真够淡定的！梁达对他的气全消了：到鬼门关走过一遭的人，给他发个 200 元的红包安慰安慰，也没什么。

梁达在私聊中打了一句话，问庞观："你现在情况如何？"

这次庞观回复了："还好。"

一会儿后，庞观又发来一条信息："谢谢你的大红包。"

梁达看后哭笑不得。那不是红包，是捐款。算了，就算是给你的红包吧。

梁达不再说什么，把这事抛到了脑后。

午饭后，庞观所在的那家公司的老总打来电话，说昨晚庞观乘坐光明号轮船出差，遭遇事故，两个手机都打不通……

老总因经常献爱心，跟梁达很熟。梁达安慰他说："放心吧，庞观大难不死，今天上午还在群里抢红包呢。"

对方听后，心中落了一块石头："那就好，那就好……"

几天后，救援工作结束。遇难者中有庞观的名字。

原来，庞观买的船票是底舱，但因为一名买了四楼舱的老人腿脚不便，热心肠的庞观就跟他调换。轮船一倾覆，庞观所住的四楼舱就沉到了水里，成了真正的"船底"。他拧开舱门想逃生，但巨大的压力把江水一下子冲了进来，根本就游不出去……

那庞观遇难后抢红包又是怎么回事呢？原来，庞观能上微信的那部手机在他出差前两天就掉了。掉了为什么不销号？一是因为忙，二是他认为没掉，是不小心落到租房内了。为了这趟出差，庞观加了两天班，天天住办公室。本打算加完班回租房去拿手机，可等加完班一看时间，根本来不及，于是就直接打的到码头上船，反正手边还有一部手机可用。

后来警方根据那部手机的定位功能，找到了该手机。手机被一个叫郑段的小偷捡到。

郑段捡到庞观的智能手机后，一下子被手机的好玩迷住了，其中最快乐的事情就是在各个群里抢红包。他出手很快，立即成了红包杀手，没有一个人能抢赢他，虽然他抢来的红包也没法转到自己的手机上。他一直使用摁键式的老式手机，为的就是不让警方轻易找到他，因为他认为，手机越先进越高级，警方就越容易找上门。

捡到智能手机后，郑段翻看了一下庞观的微信记录，发现庞观虽然不爱聊微信，但却在资助几名高中学生，经常在微信中鞭策他们努力学习。学生们也很争气，有了进步就向他报喜。庞观接到报喜，往往发个红包鼓励一下。

郑段捡到手机后，一名男生报喜，说他在前天的英语测验中考了 118 分。郑段就冒充庞观把抢来的红包发给那个男生，并叫该男生继续努力，争取更大进步。男生回复："谢谢哥哥！"

郑段看后很感动，同时感慨万千：如果当初有人资助我，我不辍学，我会沦落成小偷吗？

不久，一名女生上传一张照片，是她考的一张数学试卷，考了 150 分！女生说，此前她最怕数学，可在"哥哥"的鼓励下，她第一次考了满分，学习数学的兴趣也随之大增。

郑段看后，为女生高兴。他想发个红包鼓励一下，可这时手机"钱包"里的钱已经发完。郑段正在遗憾，突然看到星火群里有人发红包，马上本能地抢，竟是 200 元的大红包！一抢到手，他就立马转发给那个数学考了满分的女生。女生十分惊喜，表示要再接再厉，以更加优异的成绩报答"哥哥"。郑段看后，十分欣慰。可这时梁达发来信息，说那是捐款，叫他退。他怎么退？手机上已没有钱，他本人的现金也没法转到手机上，只好不予理会。见梁达一再啰嗦，他干脆退群。

警方找到郑段后，郑段说明原委。得知庞观已遇难，郑段很难过。征得庞观家人同意后，为了不影响受资助者的学习，决定继续“冒充”庞观联系他们，资助他们，直到他们毕业。郑段接受法律制裁后，庞观家人同意郑段继续保管庞观那部爱心手机……

很快，郑段自己也买了一部智能手机，把银行卡绑到新手机上，添加庞观和梁达为好友。还掉梁达那两百块误抢的红包后，郑段把自己的钱转到庞观的手机上，再以庞观的名义资助学生……

此后，在当地的志愿者队伍里，多了一名活跃分子，他就是郑段。从一个误入歧途的小偷到一名热心公益的志愿者，郑段知道，是庞观在冥冥之中教育了自己，改变了自己。庞观虽然走了，但他助人为乐的精神却在郑段的身上得到了传承与发扬。

精神不朽！

咂酒飘香

仡佬族老汉熊老仰今年60多岁，是红石村有名的能人，会打铁，会石工，会酿造咂酒，还会制作一种叫泡木筒的民族乐器，日子过得比较滋润。

有道是：艺多不压身，东方不亮西方亮。在以前，熊老仰制造的火药枪，射程可达20多丈远。猎人们都以拥有一杆老仰牌鸟枪而自豪。政府实行枪支专项管理后，民间所有枪支上缴公安部门。熊老仰并未失业，他铸枪为犁，打造出的各种农具一样受到山民们的喜爱。后来市场上出现大量价廉物美的铁器用品，传统打铁行业受到冲击，铁匠铺纷纷关门，熊老仰也不例外，但他的财源并未因之而停止，因为他还会石工，技艺精湛，所刻石雕大多用于石廊装饰。

当然，在经济收入中，他主要靠咂酒。咂酒是仡佬族的特色饮食，制作时以玉米、小麦、小米等为原料，经过煮熟后，发酵装缸。装缸时，把两根手指大小、长约一米的水竹竿（其中一根用火燎后弄弯），除顶端留一竹节外，其余竹节均打空，插入缸中密封。密封时间越长，酒味就越醇厚。饮用时，将顶端的竹节打通，直竿进空气，弯竿作吸具。无论筵席或平时待客，都按照老幼尊卑次序吸吮品咂，真乃“万颗明珠一瓮收，王侯到此也低头。五龙抱住擎天柱，吸尽黄河水倒流”。

咂酒制作看似简单，但越简单的东西越讲求手艺，比如配料的比例，加水的多少，蒸煮的火候，发酵时间的长短等，都很重要。熊老仰经过长期摸索，总结出了一套酿酒手艺。他酿出来的咂酒，醇香浓烈，回味悠长，喝后三天都能咂出酒味，深受消费者青睐。有人上门请教酿酒经验，他笑而不答；有人想把酒糟买去研究，也是痴心妄想。一句话，从他那儿，你除了能买到现成的咂酒外，什么也别想得到。

脱贫攻坚战役打响后，茅台集团帮扶该县，派出助理品酒师梁醇到红石村担任驻村扶贫第一书记。熊老仰大喜，因为该集团财大气粗，主导产品茅台酒历史悠久，源远流长，其酿制技艺入选国家级非物质文化遗产代表作名录，是一张香飘世界的“国家名片”。他熊老仰再能干，能酿出最好喝的咂酒，可也酿不出世界级的茅台酒哇。只要集团动动手指头，或把他酿造的咂酒列为茅台系列酒，那他的咂酒就能上升到世界的层面，那将更加供不应求，财源滚滚。因此他主动请梁醇到他家下榻，因为他家不是贫困户，有空余房间，可后者婉言谢绝，住在村委会，为的是工作方便。

梁醇一到任，就走访每一户村民，了解情况，做好记录，仔细察看村里的地形地貌，还提取了一些土壤样品寄给专家化验分析。

熊老仰几次提出把他酿造的咂酒加盟茅台系列，如果能命名为“茅台咂酒”更好。梁醇每次都顾左右而言他：“其实没这必要，茅台走的是高端路线，是阳春白雪，而咂酒正好相反，是下里巴人，各有各的特色。您应该把酿酒经验和秘方公布出来，让咂酒成为咱们村的一大特色，共同把红石咂酒这一品牌打好。”

见熊老仰不开腔，梁醇又说：“一枝独放不是春，万紫千红春满园。您把酿酒经验和秘方公布出来，提升全村的咂酒品质，让大家共同致富，为日后的乡村振兴、乡村旅游打下基础，因为游客到仡佬村寨观光，肯定是以喝咂酒为主。”

“可公布出来后，大家的咂酒都变好喝了，我的咂酒就卖不出去了，我这不是搬起石头砸自己的脚吗？”熊老仰闷闷道。

梁醇说："大家奔康后，仡佬村寨焕然一新，到这儿来观光的游客就会越来越多。到那时，您开农家乐赚的钱会比单纯卖咂酒多得多。"

熊老仰摇摇头："别跟老汉开玩笑。我们这儿到处是山，又这么偏僻，就算外头的人想过来玩，车子也开不进来。还农家乐！能把咂酒卖出去，我就自个儿乐了！"

梁醇笑道："要致富，先修路。在发展产业的同时，修路也会全面铺开。我们不但要修好县、乡、村公路，还要让道路像毛细血管一样通到每家每户！"

仿佛为了印证梁醇的话似的，这时山外响起了几声爆炸声。"这是修路的开山炮。"梁醇解释说。

熊老仰的儿子说："梁书记，你就别费唇舌了。在此之前，我也劝过爹多次，叫他公布酿酒经验与秘方，让乡亲们共同致富，可他就是不干。哼，想跟他要酿酒经验与秘方，那简直就是与虎谋皮！"

"啥子与虎谋皮，这叫商业秘密！请问梁书记，你们集团把你们的酿酒经验与秘方公布了吗？没有。你们不公布，为啥子要我公布？这到哪儿也说不通！"

熊老仰这样振振有词，竟把梁醇给镇住了。他微微一笑："您不公布，我大概也能摸索出来，因为我也是酿酒的，而且品酒还有那么一点点天赋。"

熊老仰一愣：梁醇虽然来过家里，但并未到咂酒作坊参观过。作坊的大门，自己从来都是锁上的；就是儿子，关键的流程也从来不让他看。他们怎么能猜得出我的酿酒经验与秘方？

几天后，召开村民大会。梁醇宣布：经过实地考察和村两委研究，决定调整农业产业结构，在村中所有向阳坡地种植高粱，助农增收，因为高粱性喜温暖，抗旱耐涝。所种出的高粱，集团全部按订单收购，3 元 / 斤，用于酿酒。

村民们听后，喜忧参半。种高粱，虽然不愁销路，可本地千百年来都以种玉米为主，现在换成种高粱，这里的土质和气候适应吗？专家说适应，可那只是纸上谈兵。万一种植失败怎么办？

熊老仰一听到要在全村种高粱，顿时慌了。如果是这样，他的酿酒经验与秘方将不攻自破。因此他竭力反对："十里不同天，茅台集团离我们这儿600多里，天气就更不同了。茅台那边适合种高粱，我们这儿就不适合。想靠种高粱脱贫致富，那是黄粱美梦！"

一个年轻村民嘲讽地提醒："熊大爷，高粱是红的，不是黄的，不是黄粱美梦。"熊老仰一个老朋友也笑嘻嘻道："你说不适合种，可你为什么要种？"

熊老仰一愣，他在偏僻地块偷偷种高粱一事，以为瞒过了所有的村民，谁知却没瞒过精明的老朋友。与其否认，不如承认，掌握主动权。他就干咳一声说："没错，我是种有一小块地的高粱，可那是做药用的，因为我患有食积、消化不良、湿热、下沥、小便不利等毛病，用高粱泡水喝，可以使症状变轻。"熊老仰撒谎不脸红，"但高粱的产量很低。你们想嘛，苞谷的颗粒那么大，亩产也才650斤。高粱的颗粒只有苞谷的六分之一大，亩产也只有苞谷的六分之一，110斤不到；就算种植成功，就算集团包收购，那又有什么搞头？"

他这样一偷换概念，有的村民就动摇了。梁醇连忙说："熊大爷，你种的高粱产量不高，是因为品种不行，管理不到位，我们集团推广的是优质丰产高粱，亩产可达700斤，而且上门收购，有多少收多少。如果种玉米，还要背到场镇上卖才换得到钱。"

熊老仰还要说什么，他儿子出来算账："种苞谷，一年亩产650斤，收入不到800元，还耗费很多人力物力。种高粱，亩产700斤，人家上门收购，3元一斤，一亩就收入2100元；就算收成只有一半，也有1000多元，也比种苞谷强，而且还省人省力！这高粱我种定了！”

熊老仰反问：“种高粱，你就餐餐吃高粱？高粱粗糙得你拉屎都困难！”

儿子反驳：“你这是什么逻辑？制造农药的人就得天天喝农药？有了钱，我想吃什么不行？告诉你，有了钱后，我不再吃苞谷啦，我要顿顿吃大米饭！”

熊老仰唾沫四溅：“庄稼人还花钱买粮吃，那是败家的征兆！”

父子俩越吵越凶，一方要种高粱，一方不让。最后父子两人分家，把高粱种植动员会的气氛弄到了高潮。

会后，只有一半人种高粱，另一半人在观望。种植面积500多亩。梁醇当即给种植高粱的村民免费发放高粱种子，每亩免费发放有机肥料一袋。

一年后，虽然村民们种高粱的技术还不是很成熟，但亩产也有五六百斤，比种玉米划算得多。集团上门收购，村民们足不出户就拿到了硬扎扎的钞票，笑得合不拢嘴。那些种玉米的村民见状，不用动员，纷纷转项种高粱。村子很快成了有名的高粱村。一到秋天，漫山遍野的高粱变红，像一个个火把，映照得村庄格外喜庆。

熊老仰虽然拒绝公布酿酒经验与秘方，但村民们在梁醇的指导下，咂酒酿造技术还是有了很大的提升，所酿出来的咂酒很快赶上并超过熊老仰。梁醇成立咂酒酿造合作社，打造“红石咂酒”品牌，统一收购，统一销售，还利用电商，销往全国各地。熊老仰抱残守缺，所产咂酒又无商标，让人感觉疑似假酒，最后无人问津，只好自己喝。

在公路修到熊家门口时，梁醇特意带上一坛咂酒，骑上摩托车，来到熊家，请熊老仰品尝。熊老仰尝后，点了点头，味道的确超过了自己。他很不解：自己的酿酒经验与秘方并未公布，也没泄露，梁醇是怎么摸索到的？他趁着酒劲，把心中的疑问说了出来。

梁醇笑道："其实，我喝了从您处买的咂酒后，就把你的酿酒秘方咂出来了。您的咂酒跟其他村民的咂酒最大的不同之处，是您在配料中加进了高粱，虽然量不是很多，但我还是品味出来了。"

"所以你就号召全村种高粱，跟我作对？"熊老仰闷闷道。

"这不是作对，是一举三得。我们集团每年需要大量高粱，而这里的气候土壤又适合种高粱。在这里发展高粱，一是满足集团需求，二是为村民创收，体现酒业的帮扶特色，三是提升咂酒的品质，村民们有了高粱，在酿造咂酒时，我就会指导他们加一些进去。"

熊老仰慨叹："在你们这些有知识有文化的年轻能人面前，我这个过气能人落伍喽。"

"熊大爷，一个人再有能耐，如果一门心思只想到自己，道路就会越走越狭窄，但如果是为了大家，就会越走越宽敞！比如你现在的咂酒，靠你一个人卖，就很难卖出去，加入我们合作社吧！"

"你们还要我这个老顽固吗？"熊老仰抬起头，感到很意外。

"怎么不要？您是咂酒酿造方面的老师傅，经验丰富。脱贫奔康后，我们还要搞乡村振兴哩！"

"谢谢！脱贫攻坚我拖了后腿，乡村振兴我一定要贡献余热，不然就真的是狗熊！"熊老仰说着，拿过刚制作好的泡木筒，呜哇呜哇吹奏起来。

梁醇细看，泡木筒长两尺余，中空，凿有两孔，上端插竹唢筒。这是仡佬族庆丰收的独特乐器。

创优

一

梁思思改完最后一帧画面，把短片从头到尾看了一遍，感觉很满意，便关电脑，关灯，关门。一到没有空调的室外，马上冷得哆嗦了一下。深夜的广播电视大厦万籁俱寂。电梯上来，叮咚，开门的声音似乎特别响。梁思思走进去，按了 1，就疲惫地闭目养神，耳边是电梯从 15 楼呼呼下降的声音，身体似乎有些失重了。

走出广电大厦，凛冽的夜风一吹，脑袋清醒了很多。街上已无行人，偶尔有几辆车子在玉兰灯照耀的街道上疾驰而过，跟梦幻一般。

梁思思踏着斑驳的树影，来到停车场，开车出了电视台。到了拐角处，看到那儿的烧烤摊还在营业，一帮下夜班的青年男女正在大快朵颐。香味飘来，感觉肚子更饿了——因为加班，晚餐只在单位泡了一桶方便面，现在早就消化完了。梁思思就在街边停车，要了几串羊肉串，坐在小桌旁吃了起来。

电视制作一个镜头一个镜头地接，每个镜头只用三四秒，8 分钟的短片，那得用多少镜头哇。虽然拍的素材很丰富，可一点点儿找，一点点儿贴上去，时间一久，眼睛还是特别疲劳。加上瞌睡，梁思思干脆闭上眼睛吃烧烤。

“哈，半夜街头吃独食！”有人笑道。

梁思思不用睁眼睛，就知道是封彧，她管他叫“封或”，晚报驻县记者，新闻油子。梁思思睁眼道："来得正巧，还有硕果仅存的一串。"封彧笑着坐下来："你吃。我刚吃完饭局回来，喝了一肚子啤酒，胀得很。最近又有什么新闻？"

这是封彧每次看到梁思思必问的话，言外之意是：有好新闻请拿出来，资源共享。

梁思思说："这些天搞创优，哪有什么好新闻？倒是你有什么新闻点子，我们一起跑。"

封彧问："搞什么创优？"梁思思答："就是一年一度的广播电视节目创优。还是你们报纸好，不用搞创优。""但我们也要搞好稿评比呀。你创优的内容是什么？""就是那次隧道塌方救援。"

封彧点头说："这个点子好，结局出人意料。我当时如果知道是这种结局，也一定跟你一块儿去采访。"

吃完消夜，梁思思要送封彧回去，封彧说："不用，我租的房就在附近。"

二

梁思思跟封彧是校友，比封彧低一届，两人在大学时就认识，那时封彧是学生会的宣传委员。4年前，梁思思毕业，在封彧的介绍下，到容州县广播电视台找工作，因为封彧说，他跟台长熟。可当时电视台并不缺记者，倒缺节目主持人。台长见梁思思形象不错，东北人，普通话说得标准，就叫她去试镜。梁思思找工作心切，决定先谋到一份职业，把自己养活再说，就在耀眼的聚光灯下，不慌不忙，落落大方地读完提示器里的新闻口导。普通话说得抑扬顿挫，珠圆玉润，十分动听。台长看后很满意，便把她留了下来，让她到文教频道锻炼，当该频道《教育万花筒》栏目的主持人。

世上的事情就是这么阴差阳错，学的是新闻专业，干的却是播音专业的活儿。不过梁思思没有抱怨，艺多不压身，电视台提供了这么个平台，就要把它干好，干出色。

播音之余，梁思思跟栏目组一起出去采访。先是出镜，往往一道成功，因她记忆力强，把要说的话先默记下来，拍摄时，脱口而出，让摄像记者佩服不已。除了出镜，梁思思还详细采访对方，之后主动对记者说，文稿由她写。记者也是招聘的，自称是“新闻劳工”，正巴不得有人替他写稿，自己可以轻松些。梁思思是科班出身，写出来的新闻稿，中规中矩。编辑按相关程式作了修改，但修改得也不多。没事时，梁思思就向记者学习摄像，跟制作员学习制作。美女请教，大家都乐于悉心传授，唯恐不周。梁思思冰雪聪明，学一样会一样。半年下来，她就把采访、摄像、撰稿、播音、制作全套技能学会了。也就是说，她一个人就能把电视新闻节目弄出来，这在容州电视台是绝无仅有的。

《教育万花筒》每周出一期，每期 20 分钟，空余时间多，梁思思就向分管领导请示，给她发一台摄像机，在不影响节目主持的情况下，出去拍新闻，发挥她的专业特长。领导见梁思思这么好学，很高兴，当即答应她的要求。那时梁思思刚考取 C 级驾照，为了采访方便，也为了练手艺，她买了一辆二手小轿车，之后到处跑，哪里有新闻，哪里就有她的影子。一年后，恰逢记者证换证，梁思思就考了全国通用的《新闻记者证》，成了一名正式记者。

有时封彧向梁思思要稿子，她就把文稿和视频截图从 QQ 传给他。封彧按报纸格式作了修改后，发到晚报上，算他的“工分”，也没给梁思思付稿费，顶多挂一下她的名字或请她吃顿饭。梁思思也不计较。她发现封彧搞了几年新闻，早就搞油了。整天窝在租房里，像蜘蛛一样向通讯员们要稿子和图片。稿子弄到手后，有什么不明白的地方，再给通讯员或当事人打电话询问。

不过，报纸新闻可以这样搞，电视新闻则不行。电视新闻必须到现场拍视频，不然怎么报道？所以搞电视新闻是最累的。

三

今年夏季的一天，梁思思接到线人提供的新闻线索：杨梅镇红石村铜鼓堡过水隧道塌方，3 名工人被困里面。她马上给封彧发微信，告知此事。“去不去？去可坐我车。”

封彧发回语音：“这种负面新闻不好报道。”

梁思思没再说什么，驱车直奔现场。

现场已被警察拉了警戒线，严禁外人进入。梁思思出示记者证。警察客气道：“对不起，现在正在救援，结果不明，谢绝采访。”

梁思思说：“正在救援，我可以把救援过程拍摄下来。你放心，容州电视台是党和政府的喉舌，不会给你们添乱的。”

警察请示县委宣传部部长。部长说：“容州电视台的记者可以进来采访，其他媒体的记者，一律不准入内。”

梁思思进去一看，塌方的土石堆积如山。作业面小，只能容纳一台挖掘机挖掘。可地质疏松，边挖边塌，4 个小时过去了，只挖了一方多土。众所周知，援助的前提是必须保证援助人员的安全，不能造成二次伤害。

梁思思把摄像机固定在三脚架上，推，拉，摇，拍了一些全景、中景、近景、特写，之后插上话筒，把摄像机的显示屏扭转 360 度，按下录制键，走到摄像机前，调整好位置，出镜介绍现场的救援情况。又采访施工方，了解隧道的相关数据和出事始末等。这条隧道是通水用的，是农业灌溉系统中的一部分。

挖了 5 天，塌方的土石还没有清完。按相关规定，此时可以停止救援，因为被困人员的生还已十分渺茫。但政府坚持挖到底，生要见人，死要见尸，挖了5天，不能功亏一篑。就继续挖。挖到7昼8夜，终于挖通。救援人员进去一看，3名被困民工竟然还活着！原来，他们虽然被困在隧道内，但里面空间大，有空气，地上也有从洞壁渗下来的积水可喝。家属们激动得一下子跪了下来，发自肺腑地哭喊："感谢政府的全力救援！"

梁思思把这些珍贵的镜头，全程拍了下来。

既然被困民工全部生还，部长指示大张旗鼓地宣传。电视新闻除了在县台播出外，市台、省台也纷纷播出。梁思思一下子名气大增。这个点子，也就成了今年电视节目创优的首选点子。

四

第二天，梁思思把制作好的电视创优节目刻成光盘，与15份文稿一起，交给总编室。

此事完成，她就把它抛到脑后。她就是这样，每对一件事，必全力以赴去做，精益求精，做完之后，就不再去想它。

下午，梁思思正在外面采访，总编从市广播电视学会打来电话，说她的《7昼8夜救援记》获得评委们的一致好评，夺得全市电视创优节目通讯类特等奖，并上送到省上继续参赛。

梁思思听后，只淡淡一笑，一切都似乎在她的意料之中。

半个月后，《7昼8夜救援记》在省上评比，再次荣获特等奖。省上一家电视台的台长参加了此次活动，看了梁思思的节目，十分惊讶，他难以想象这是出自基层台记者之手：一是节目的角度、镜头、质量，甭看只有短短几分钟，其实记者本人在救援现场蹲了7昼8夜，创作者的敬业精神可略见一斑；二是节目的采访、拍摄、撰稿、出镜、配音、制作，全由梁思思一人完成，这在所有参赛节目中，是绝无仅有的。像梁思思这种一专多能的多面手，正是电视台所需要的。

台长马上要到梁思思的手机号，打电话问她，愿不愿意跳槽到本台来。梁思思当然愿意，因为调到省上后，视野会更开阔，发展空间也会更大。

不过，在容州电视台待了4年，梁思思对它也很有感情，毕竟是她第一个参加工作的地方，有些依依不舍。总编大度地对她说："人往高处走，你有了更好的发展平台，为什么不去呢？容州台不过是你练飞的地方。省台，会提供给你更广阔的翱翔空间！能为上级台输送人才，我们基层台也感到十分欣慰。"

梁思思听后很感动："谢谢你们给我提供了那么多的锻炼机会，谢谢你们4年来对我的帮助。"

总编笑笑："谢什么，那些锻炼机会都是你主动争取过来的。天道酬勤，机遇与幸运，永远钟情于勤奋的人。到了省上，希望你继续发扬勤学多思的作风，活到老，学到老，做出更大的业绩来。"

梁思思点了点头。

走的那天，封彧把她送到高铁站，慨叹说："没想到，你比我晚出道一年，如今你调到省上了，可我还在一个县城混，美女的发展机会就是多些呀。"

梁思思说："这你就错了，我调到省上跟相貌毫无关系。我也是两眼一抹黑，认不到任何人。我凭的是实力。拿新闻来说，我把每条新闻都当成创优节目来做，尽心尽力，不留遗憾。而我身边很多同事，也包括你，都是把新闻当作任务来完成，不想更好，只图过关，得过且过；到了创优时，才为了创优而创优。这样被动地工作，被工作拖着往前走，那多累多难受哇。"

封彧默默听着，似有所悟。

"封彧，你并不笨，文字功底也好，'彧'就是文采的意思，可为什么你写的新闻却是干巴巴的？一是你把它当作任务来完成，二是没有深入现场采访，投机取巧，过分依赖通讯员。通讯员没有经过专门的学习与训练，有的时候很不靠谱，他们提供新闻线索可以，但是他们写的稿子，我一般很少用，顶多只是参考一下。而你，全盘照用，这就很容易出事。报纸一旦刊登出来，白纸黑字，根本无法改动，所以更须谨慎。现在你不就应了那句老话：上山多，撞着豹？”

封彧苦笑了一下：“是呀，清零了，一切从头开始。”

前不久，封彧用了一篇乡镇通讯员的稿子，说是该镇发现大型油田。晚报登出来后，引起强烈反响。后来地质队出来澄清说并不是发现大型油田，只是勘探出了一些油页岩。而通讯员夸大其词，一是为了宣传该镇，二是为了上稿市级媒体。他就大着胆子胡编乱造，结果是本报记者封彧背了黑锅——除了刊登《更正》外，他工作 5 年来的所有待遇一笔勾销，重新以实习记者的身份，从零干起。

“封彧，我为什么经常把你叫‘封或’？就因为你比‘彧’字少了两撇。哪两撇？一是勤学，二是多思。你这 5 年，误就误在一个‘混’字上。人生就像逆水行舟，不进则退。你混生活，生活也混你；相反，你创优生活，生活也创优你。你付出多少，生活也会给你回报多少。生活从来不会欺骗任何一个人。”

封彧听后，陷入了沉思。梁思思提着行李进站了。

“‘封或’，省城见！”

封彧猛抬头，看到已通过安检的梁思思正笑着朝他挥手，之后一路小跑朝检票口奔去，留下一串清脆的脚步声……